KB267889

꽃가마

고흐우연

민소영 장편 소설

공후연 1

초판 1쇄 찍은 날 2012년 11월 12일
초판 1쇄 펴낸 날 2012년 11월 19일

지은이 | 민소영
펴낸이 | 서경석

편집부장 | 권태완
책임편집 | 박우진

펴낸곳 | 도서출판 청어람
등록번호 | 제1081-1-89호
등록일자 | 1999. 5. 31
어람번호 | 제 8-0026호

주소 | 경기도 부천시 원미구 심곡2동 163-2 서경B/D 3F (우) 420-822
전화 | 032-656-4452   팩스 | 032-656-4453
http://www.chungeoram.com
E-mail | chungeorambook@daum.net

ⓒ 민소영, 2012

ISBN 978-89-251-3060-6 04810
ISBN 978-89-251-3059-0 (SET)

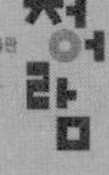

공후연

민소영 장편 소설

1

도서출판 청어람

고요연

목차

序章

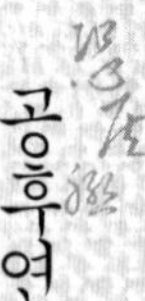

“보기 좋군.”

사방이 어둠에 덮여 있지만 반여의 밝은 눈에는 세세하게 잘 보였다. 돌의 결과 흙의 알갱이, 나무의 껍질… 그의 밤은 모든 이의 한낮보다 밝다.

“참으로… 보기 좋아.”

그저 중얼거리는 목소리였으나 굵고 부드러워 살에 닿고 피에 섞여 퍼지고 검은 천처럼 눈을 덮는다. 그가 말하면 컴컴한 바람이 분다. 그는 살을 가진 어둠이요, 피가 흐르는 밤이다.

달빛이 드러내는 그의 모습 또한 그러했다. 얼굴은 희고 매끄러웠지만 서생처럼 덜 익은 듯 창백한 것이 아니라 달에 젖은 바위처럼 서늘했다. 큰 키도, 넓은 어깨도, 허리를 숙이고 있어도 훤칠하게 드러나는 긴 다리도 모두 주변을 압도하며 서늘하게 식힌다.

반여는 흙을 쥐며 일어났다. 흙이 그 손가락 사이로 흘러내려 부옇게 흩어진다.

도착해야 할 것이 도착해야 할 날이 지나도 오지 않으면, 요즘 같은 시절에는 대부분 도적을 만난 것이라 여기고 포기하는 편이 낫다. 그리고 반여는 의적이든 날강도든, 나쁜 놈이든 아주 나쁜 놈이든, 센 놈이든 더 센 놈이든 누구와 만나든 어쨌든 털리는 입장이 될 수밖에 없었다.

마차는 벼락이라도 맞은 듯 산산조각 나 있고 주변의 힘주어 밟은 발자국 아래로 풀이 으깨어져 있었다. 그 위에 있어야만 하는 그의 보물은 어디에도 없다.

반여는 '이런 넋 나갈 일이'라는, 관습적으로 들먹이는 것 외에는 별 의미가 없는 표현을 지금 자신의 기분에 붙이는 중이었다.

아니다. 이것보다는 더 나은 표현이 있다.

엿 먹었군.

근방에 도적이 없다는 것을 확인하고, 또 다른 산에서 옮겨온 자들이 있는지도 살피라 말했다. 게다가 이 일을 맡긴 병찬은 참새처럼 조심성이 많다. 근방에 수상한 낌새가 조금이라도 있었으면 멀리 돌아갔으면 돌아갔지 절대 이 숲으로 들어오지 않았을 것이다. 멀리 있던 도적들이 우연히 이 숲으로 들어왔을 리도 없다. 이 길은 험해서 상인도 양반도, 심지어 중도 다니지 않는다. 벌레 없는 곳에 거미가 줄을 치지는 않는다. 그러니 그들은 분명 병찬을 노리고 기다리고 있었을 것이다. 병찬이 의심을 하면 병찬과 같이 간 자들 중 도적들과 한패인 자가 해결해 주었을 것이다.

그리고 지금 병찬은 이 일의 유일한 희생자가 되어 바퀴 옆에 옷 무더기로 변해 있다.

반여가 옷자락을 들자 쇠 비린내 풍기는 먼지가 피어올랐다.

"제대로 당했군요."

난하가 말했다.

"그래."

반여는 옷에 꽂힌 화살을 보았다. 화살 끝이 검게 물들어 있었다.

"수질(水蛭)이다."

수질, 즉 거머리.

거머리는 그 주둥이에 피가 굳지 않고 썩지도 않게 하는 독을 가지고 있다. 평범한 사람들에게는 몸 안의 썩은 피를 없애는 효능을 보이지만, 반여 같은 '병' 에 걸린 자들에게는 온몸의 피가 타들어가는 것 같은 극악한 고통을 준다. 반여 와 같은 '병자' 인 병찬도 이 독에 당해 꽤 고통스럽게 뒹굴 었을 것이다.

반여는 바퀴 자국이 끝난 곳을 보았다. 마차는 그곳에서 멈춘 후 병찬이 죽자마자 바로 짐을 탈취당했다. 도적은 병찬을 해결한 뒤 서둘러 짐을 꺼내 옮기고 소를 떼어 끌어낸 후 마차를 부순 것이다.

반여는 이들이 자신이 훔치는 물건에 대한 정보가 매우 부족했다는 것을 짐작할 수 있었다. 이 물건이 무엇인지 모르는 상태에서, 병찬이 종이처럼 쉽게 옮기자 가벼울 거라 생각하고 마차를 부순 것이다. 숲 속으로 옮기기 편하게 하기 위함이리라. 그렇다면 도적들의 산채(山砦)로 가지고 갈 생각이었다는 말이다. 애초에 마차에 싣고 갈 생각이 없었던 것이다.

하지만 이 보물은 정말 무겁다. 분명 금방 지쳐 근방에서 주저앉아 불 피우고 야영을 시작했을 것이다.

반여는 이들이 간 방향을 가늠했다. 서쪽으로 나뭇가지가 꺾이고 땅이 긁히고 풀이 밟힌 흔적이 있었다.

흔적은 그들이 어디로 갔는지, 허둥댔는지 서둘렀는지, 게으름을 피웠는지 여유를 부렸는지 조바심을 쳤는지 훤히 보여주었다.

반여는 그 흔적을 따라갔다.

한 걸음 갈 때마다 반여의 예상대로 그들은 빠르게 지쳐 갔고, 결국 포기하고 주저앉았다.

곧 야영을 한 터가 나왔다. 찢어진 옷과 벗겨진 신이 보인다. 모닥불은 누군가가 그 위에서 뒹군 듯 장작과 재가 흩어져 있다. 그리고 그 가운데에 철로 된 궤가 열려 있었다.

반여는 철궤 앞에 섰다.

이제 그들은 이 안에 무엇이 들어 있어 서로 차지하려 난리를 치는지 궁금했을 것이다. 또한, 얼마나 귀한 것이기에 개성의 반여가 애지중지하여 한양으로 보내려 하는지도 궁금했을 것이다.

불을 피워 고기를 굽고 술을 돌리다가 가장 먼저 취한 자가 한번 들여다보자고 말했을 것이다. 그가 떠드는 동안 더 마신 자가 맞장구를 쳤을 것이다. 모두가 흐물흐물 취해 적당히 멍청해지자, 그래, 해보자고, 이 안에 세상을 살 보물이 있다더니 그게 뭔지 한번 보자고 하며 호기롭게 자물쇠를 부수고 뚜껑을 열었을 것이다.

반여는 터를 보았다. 다친 흔적은 있지만 큰 몸싸움이 있었던 흔적은 없다. 모두 일방적으로 밀쳐지거나 두드려 맞았을 뿐이다.

녀석은 분명 도망치는 데 전력을 다했을 터이다. 그리고 도둑들은 그들이 애써 빼돌린 '보물'이 그렇게 자신들의 취기에 연기처럼 사라진 것에 경악했을 것이다. 부탁이나 청탁받은 일이었다면 도망쳤을 것이요, 그 자체가 목적이었으면 추적하기 시작했을 것이다. 그래서 지금 이 터에서 도적들이 흩어졌다. 한패는 그 녀석을 찾아갔을 것이고, 다른 패는 산채로 돌아가 도망칠 준비를 했을 것이다.

자, 이제 어디로 가야 할지 알게 되었다.

반여는 손에 묻은 흙먼지를 털었다.

“이만 가자, 난하야.”

“복수를 위해 도적들 잡아 족치는 건 시간 후하게 내서 꼼꼼하게 하십시오. 요령껏 도와드릴 터이니. 하지만 지금은 일단 그것부터 찾는 게 우선입니다.”

맞는 말이다. 또 난하는 저리 차분히 말해도 머리카락 끝에도 살이 있다는 것을 실습을 통해 침착하게 보여줄 수 있다. 복수할 시간은 충분할 것이다. 수단도 다양할 터이고.

“그래, 내 보물을 찾아야지.”

第一章
재의 날개

공유연

창이 들썩이며 푸른 날을 세운 바람 소리가 들린다. 듣고만 있어도 뼈가 시리고 이가 시리고 가슴이 시려 온다. 저 한기를 머금은 가을바람이 더 시려져 겨울의 문턱을 넘으면, 이 바람에 얼음과 눈이 스며들 것이다. 흙바닥이 얼어붙고 나무가 잠들고 풀이 말라비틀어질 것이다. 샘이 얼고 우물이 얼고 강이 얼고 눈보라가 닥치며 하얗게 미쳐 갈 것이다. 그렇게 한 해가 저물고 다음 해가 올 터이고, 다음 해의 정월 초하루는 지난해의 그믐만큼 추울 것이다.

우은은 광창(光窓)을 열었다. 이른 서리에 붉게 물든 산에서 불어온 바람이 지붕 위의 낙엽을 쓸어 올렸다. 찬 가을 하늘은 갓 뽑아낸 쪽물처럼 푸르러 햇살은 선명한 칼날처럼 쏟아진다. 그 햇살 아래서는 세상은 금방 닦아낸 듯, 금방 썰어낸 듯 선연하다.

우은은 안채로 향하는 중문 너머로 숙모의 치맛자락이 보이자 얼른 창에서 떨어져 숨었다. 날이 갈수록 날카로워지는 그 얼굴을 보고 싶지 않다. 아침에 보면 아침마다 고통스럽다. 저녁에 보면 저녁마다 답답하다.

언제부터 이렇게 한 숨 한 숨, 한 걸음 한 걸음 눈치 보며 살게 되었을까. 해가 뜨고 지는 것으로 세자니 너무 많고, 계절이 바뀌는 것으로 따지자니 항상 춥기만 한 것 같다. 강릉댁이 '세 해예요, 아래채 아씨' 하고 말했을 때에야 고작 그것밖에 지나지 않았다는 것에 놀랐다. 지쳐 저녁에 잠들면 내일 아침이 영원히 오지 않기를 바라는데도, 벌써 쉰이나 된 듯 마음이 무거운데도, 항상 몸이 무거워 땅 속 깊이 가라앉을 것 같은데도 아직 우은이 소녀이고 고작 지난달에 남동생의 대제를 지냈다는 것을 깨달으면 탄식처럼 중얼거린다.

죄송해요, 어머니.

죄송해요.

지키지 못했어요. 귀한 우재는 갔는데 저는, 아무 쓸모도 없는 계집아이인 저는 이렇게 살았네요.

그러면 물주머니라도 터진 듯 슬픔이 쏟아지고, 종일 울분과 고통이 우은의 뒤로 뚝뚝 떨어졌다. 천엽을 씻을 때도, 양지머리를 넣을 때도, 떡을 찔 때도, 바느질을 할 때도, 그릇을 씻을 때도, 물을 길을 때마저도 항상 생각난다.

죄송해요, 어머니.

집안은 숙부에게 넘어갔고, 우은은 우은의 입으로 들어가는 쌀 한 톨도 값을 받고 싶어 하는 숙모의 손안에 있게 되었다. 우재가 있을 때도 마찬가지였지만, 그래도 그때는 버텨야 하는 이유라도 있었고 우재만 장성하면 된다는 희망이라도 있었다. 하지만 지금은 왜 여기에 살아 있는지조차 모르겠다.

장자(長子)인 아버지가 병석에 누운 것은 어머니와 혼인하기도 전이었다. 그 탓에 딸 가진 집마다 대충 얼버무리며 혼사를 피한 끝에 어머니가 시집왔다. 그런 아버지에게 시집온 어머니가 변변한 집안 여식일 리 없다. 할머니는 항상 어머니더러 조실부모하여 박복하니 제 서방 명줄을 잡아먹는 것이라 하였다. 어머니가 얼굴 마주하고 듣고 있든 말든, 등 돌리고 있든 말든, 우재와 우은이 듣든 말든 상관하지 않았다. 큰아들의 병은 며느리를 잘못 골라 액이 들어온 거였고, 집안이 기우는 것 역시 며느리가 복을 몰아내기 때문이었다. 뒤이어 시집온 숙모는 금방 그 분위기를 눈치채고 시모를 거들며 장단을 맞추었다. 그리고 숙모가 아들 둘을 먼저 낳아 할머니의 어여쁨을 듬뿍 받고 있을 때 우은이 태어났다. 숙부 부부는 고양되어 분가도 하지 않고 자신들이 얼마나 효자인지 부지런히 소문을 내며 들러붙었다. 숙부 부부는 장남인 형이 아들을 보기 전에 저승 문턱으로 떠밀고 싫어했다. 그러니 장손인 우재가 태어난 것은 청천벽력이었다. 치마폭으로 굴러와야 할 재산이 도로 굴러나간 것이다.

그 후 아버지는 의무라도 다한 듯 병이 더 깊어졌다. 병약한 우재를 돌보아야 하는 어머니 대신 우은이 아버지를 간호하기로 했다. 다섯 살도 되지 않았을 때지만 그래야만 하는 시절에는 세 살은 열 살이 되어야 하고 열 살은 스무 살이 되어야 한다. 우은도 다섯 살에 열다섯이 되고 일곱 살에 스무 살이 되었다.

첫 간호라 우은은 긴장했다. 행여 실수할까 봐, 아버지에게 해를 끼칠까 봐 두려웠다. 방이 따스한지, 바람이 들지 않는지, 아버지가 무엇을 원하는지 못 들을까 봐 허둥댔다.

—우은아.

아버지가 불렀다.

—이리 오너라. 문 앞에 있지 마라.

우은은 아버지가 부르자 들떴다. 아버지가 우은의 이름을 부르고 손을 잡아주면 그렇게 좋을 수가 없었다. 허약한 아버지에게 기대지 말아야 한다는 걸 알면서도 아버지에게 재잘재잘 이야기하면 좋았다. 아버지가 웃어주기라도 하면 하루 종일 되새길 정도로 너무 좋았다.

아버지는 열린 문을 보고 있었다. 그리고 그 문 앞으로 검은 그림자가 슬머시 드리워졌다.

우은은 누가 왔나 싶어 보았지만, 밖에는 아무도 없었다.

—거기로 가지 마라. 이리 와라.

아버지가 아버지답지 않게 큰 목소리로 다그쳤다. 우은은 아버지에게 갔다. 그림자가 우은을 따라 들어왔다. 아무도 없는데 그림자만 들어와 호롱불 너머로 그 몸을 드리웠다. 그림자 뒤에도 위에도 아무도 없다. 우은이 조금이라도 철이 들어 세상 이치를 알았다면 그게 이상하다 못해 괴기한 일이란 것을 알았을 테지만 우은은 어렸다. 그래서 그저 신기하게만 보았을 뿐이다.

그 그림자가 소반을 가리켰다. 우은은 소반 옆을 휘저어 보았지만 아무도 없었다. 그림자의 손이 우은을 가리키며 이리 오라며 손짓을 했다. 우은이 다가오자 그 그림자가 다시 그릇을 가리켰다. 바람 탓인지 약사발 안의 검은 약이 출렁였다. 검은 그림자가 그 그릇 위를 휙 넘어 밖으로 사라졌다. 우은은 소반 위에 놓인 약사발을 들어 밖에 버렸고, 그날 내내 혼이 났다.

아버지는 그해를 못 넘기고 돌아가셨다. 곡하는 어머니를 앞에 두고 동생과 함께 앉아 있던 우은은 그 그림자가 다시 나타난 것을 보았다. 우은은 동생의 손을 꽉 잡았다. 그림자가 슬그머니 어머니의 옆에 앉았다.

—어머니, 저기 저 검은 객이 무엇입니까?

곡하던 어머니가 돌아보았다.

—검은 객이라니, 네 무슨 소리냐?

—그림자가 있습니다. 몸은 없이 그림자만 있는데, 행여 제가 보는 것이 헛것입니까? 하지만 헛것인데도 매번 계속

저 자리에 있으니 아닌 것 같습니다.

─예전에 대체 어디에 있었는데?

─아버지 옆에요. 아버지도 아셨습니다.

─지금은 어디에 있지?

─어머니 옆에요.

순간, 볼에 불이 붙었다. 어머니에게는 처음 맞은 우은은 아픔과 당혹, 공포와 슬픔 속에 눈을 껌뻑였다.

─다시는 말하지 말거라.

─하지만 있어요, 어머니.

─그래도 말하지 마. 절대로. 아무에게도 말하지 마! 없어, 그런 건!

어머니가 저리 말씀하시는 것을 보니 분명 저 그림자는 나쁜 것이리라. 그래, 저 그림자가 시켜서 약을 버리지 않았던가. 분명 나쁜 것이리라.

어린 우은은 저 검은 그림자를 어떻게 없애볼까 생각했다. 그렇게 우은이 바라보자 그 그림자의 고개가 슬그머니 돌아갔다. 그것도 우은이 본다는 것을 아는 것이다. 하나 지난번에도 그랬듯 이번에도 그리 무섭지는 않다.

정말 나쁜 손일까.

하지만 몰아내는 방법을 모르는걸. 저 객이 언제 올지도, 왜 오는지도 모르는걸.

그래서 우은은 눈을 감았다.

보지도 느끼지도 말자.

봐선 안 된다. 절대로.

동생 우재의 손가락이 우은의 손등에 닿았다. 눈을 뜨자 우재가 속삭였다.

—누님, 저게 뭐요?

—뭐가?

—이상하지. 지난번에는 뭐가 그리 걱정되는지 아버지 옆을 돌아다니더니 이제 어머니 곁에 있소.

우은은 우재의 손을 꽉 잡았다.

어머니가 세상을 뜬 것은 세 해 뒤였다. 고된 삼년상이 끝나자 갑자기 피를 토하고 아무것도 먹지 못하더니 부들부들 떨다 죽었다. 그리고 그 그림자는 이번에는 동생 옆에 앉아 있었다.

"아씨."

문 앞 툇마루에 강릉댁이 와 앉아 있었다. 강릉댁의 흰 행주치마 위에 저녁 찬거리가 든 함지박이 보자기에 덮여 놓여 있다. 보자기 아래에서 비린내가 풍겨왔다.

"피곤하신가 보네요. 얼굴이 창백해요."

"아뇨. 괜찮아요. 벌써 저녁때군요. 갈게요."

숙모가 저 계집애가 궁둥이 씰룩대며 빈둥댈 궁리나 하고 있으니 데리고 오라 보냈을 것이다. 그래도 이 강릉댁은 병약한 우은을 항상 안쓰러워했다.

"쉬세요. 요즘 얼굴도 눈처럼 하얗고 몸도 약해지셨어요."

"항상 그랬잖아요."

"아뇨. 요즘 더더욱 눈에 뜨입니다, 아가씨. 보세요. 손도 차고 눈 아래도 이리 검습니다. 이런 아씨에게 일 시키면 벌 받습니다."

"괜찮아요. 안 쉬어도 돼요. 갈게요."

"아씨 몸은 아씨가 돌보셔야지요. 옆에서 아무리 보채도 아씨가 괜찮다 괜찮다 하면 아무 소용 없습니다. 그러지 마세요. 오늘 쉬세요."

아프다고 호소해 봤자 내일 배로 고될 것이다. 숙모가 배로 일을 만들어 떠밀 터이니. 내 몸이 나아간다고 누가 좋아할까, 누가 행복해할까. 이 강릉댁 빼고는 없을 것이다. 종들 중 막내 섬섬이조차 우은을 피하고 게으르다며 헐뜯는다. 사람 눈에 보이기도 전에 마음이 그러기로 결정되면 모든 행동이 그런 것이 된다.

우은은 방구석에 놓아두고 모두 잊어버린 물건 같다. 버리자니 버릴 데도 없고, 두고 보자니 너무 보기 싫다.

얼마 지나면 곧 우재의 담제가 올 터, 탈상을 하면 우은은 어디로든 시집보내질 것이다. 숙모의 질투심을 자극하지 않을 만큼 형편없는 곳으로 치워지면 더욱 좋다. 아니, 그전에 죽어주면 더 좋겠지.

장남에 장손에 며느리까지 줄줄 보낸 할머니, 할아버지는 세상일 자체에 관심이 없어졌다. 눈 뜨니 일어나고 눈 감으니 자는 것이다. 그들이 머무는 별채는 그들이 산 채로 들어

앉은 관 같았다.

　그래도 몇 해 지내니 슬픔은 잊힌 듯하다. 숙부는 속은 어떻든 부모님께 정성을 다하고, 숙모 역시 겉으로는 소문난, 아니, 숙모 자신이 소문을 낸 효부다. 또 그 아들들은 모두 기세등등하여 급제까지 하였으니, 슬픔의 흔적인 우은이 사라지면 조부모도 아들에 대한 슬픔의 도리는 다했다 생각하리라.

　나만 사라지면.

　우은은 그걸 느낄 때마다 자신이 이 집의 불순물이 된 것 같았다. 건져 내고 골라내야 하는 불순물이다.

　강릉댁이 우은의 손을 잡았다. 희고 찬 손이 그 거친 손안에 녹아들 것 같았다.

　"아씨, 마님이 은례 아씨를 시집보낸다 하더군요."

　"은례를요? 아직 어리잖아요."

　"그렇죠? 저도 서두르는 것 같아 보입니다. 그래서 어깨너머로 작은 서방님이 혼사 문제로 집을 비우실 거란 말을 들었을 때 아씨 일인 줄 알았는데, 은례 아씨 일이더군요."

　"그렇군요."

　"왜 그리 담담하십니까. 아씨가 언니인데, 아씨가 먼저 시집가셔야죠."

　"화낼 일 아니잖아요. 게다가 누가 데려가나요. 이 박복한 나를."

　두 살 터울인 은례는 숙모와 숙부가 애지중지하는 꽃 같은 막내딸이다. 우은에겐 모두가 우은에게서 빚을 받아내야 할 듯 군다면 은례는 모두가 그녀에게 빚을 진 듯 대한다.

"저기, 주제넘지만… 그래서 제가 큰마님께 말씀드렸습니다. 아씨가 먼저 시집가야 한다고요. 그랬더니… 큰마님께서 정해둔 곳이 있다 하셨습니다."

우은은 놀랐다. 기대도 하지 않은 일이다.

"걱정 말라 하시고, 또 아씨에게도 말하라 하셨습니다. 서운해하지 말고 기다리면 좋은 곳으로 남부럽지 않게 싸서 보내주실 거라 말입니다."

우은은 할머니가 자신에게 그렇게 관심을 두고 있다는 것도 몰랐다. 고맙기 이전에 송구스러웠다. 죄를 짓는 것 같았다. 받지 말아야 할 것을 받는 것 같다.

"저기, 그러니 아씨, 일 많이 하지 마세요. 이리 하얗고 마르기만 해서 시집가시면 시댁 어르신들이 우리 집안을 욕합니다. 먹고살 만한 집인데 인색하게 굴며 먹이지도 않았다고요."

"하지만 먹어도 먹어도 다 사라지는 것 같아요."

"잘 먹지도 않잖아요."

이건 '잘 먹이지도 않잖습니까' 라는 원망이다. 우은은 웃으며 기울어가는 해를 보았다. 퇴색한 햇살이 길게 늘어지고 있었다. 나무의 그림자도, 기둥의 그림자도, 집채의 그림자도 모두 축축 늘어져 반대편 담까지 닿는다. 그리고 그 뜰의 그림자 사이로 주인 없는 긴 그림자가 늘어졌다.

우은은 이를 악물었다.

다시 왔다, 저게.

그래, 세 해가 지났으니 다시 올 때가 되었지.

이번엔 누구를 데려가려 그러니.

그림자는 맞은편 벽 모퉁이에서 기웃거리다 슬며시 아래 채로 들어왔다.

"그래도 기분은 좋으시죠?"

"뭐가요?"

"시집가시는 거 말이에요. 궁금하지 않으세요? 어떤 신랑일지."

"신랑을 보면 그때 생각하지요, 뭐. 참을 수 없이 형편없는 남자면 소박을 놓지 않을 수 없을 정도로 못되게 굴고, 신랑이 소박 놓으면… 집을 나와 산천을 떠돌아다닐래요."

"아씨도 참."

강릉댁의 얼굴이 흐려졌다.

"그러시면 안 됩니다. 절대로 안 돼요. 좋은 서방님 만나 예쁨 받고, 부모 같은 시부모를 만나 효도하며 사셔야 해요. 그래야 해요."

"걱정 마세요. 어지간한 시부모라도 잘 모실 자신 있어요. 하지만 나쁜 남편이라면 견딜 수 없을 것 같아요."

사랑채의 중간 문에서 그림자가 나오더니 안채로 들어갔다.

우은은 뒤를 돌아보았다. 아래채와 안채 사이에 놓인 장독대 위로 그 그림자가 지나갔다. 우은은 입술을 물고 그림자를 지켜보았다. 그림자는 장독대를 스쳐 지나가 안채의 부엌으로 들어갔다.

"아씨, 왜 그래요?"

"다람쥐가……."

우은은 떨리는 목소리로 말했다.

"네?"

"아, 다람쥐가 있어서요. 게으름 피우다 겨울 준비를 제대로 못 했나 봐요. 저리 허둥대는 걸 보니."

"아씨도 참. 그럼 오늘은 쉬시는 겁니다? 나중에 저녁 가지고 올게요."

강릉댁은 바구니를 들고 우물가로 갔다.

우은은 강릉댁이 가자마자 얼른 방 안으로 들어가 벽장을 열고 그 안에 든 함을 꺼냈다. 안에 흙을 이겨 만든 부처와 염주 알이 들어 있었다. 어머니가 물려준 것이었다.

—이게 뭡니까, 어머니?

—일전에 명은사에 다녀왔잖니.

아픈 몸을 이끌고 굳이 다녀오셨다. 강릉댁과 개성댁이 말렸지만, 숙모는 다녀오라 하며 보냈다. 그리 다녀와 우은을 부르더니 이 물건을 건네주었다.

—거기 잠시 머무시던 스님 한 분이 주셨다. 내가 간곡히 청하니 이걸 가져가 보라 하셨지. 귀를 물리치는 거라 하셨다.

─귀를 물리친다니요?

─세상에 항상 머무는 귀가 있다 하더라. 먼 옛날에 그 귀를 물리치던 도사님이 세상을 뜨시자 귀들이 도사님께 해코지를 하여 그 시신을 불태우고 소금과 섞어 묻었다 한다. 그런데 그 무덤에서 몇 날 며칠 동안 흰빛이 뿜어져 나오며 귀를 물리쳤다 하지. 그 흙으로 부적을 만들어 문에 놓거나 몸에 지니고 다니면 귀가 물러난다 하더라.

─어찌 구했다 합니까?

─구해졌다 하더라. 스님의 친지가 가지고 있다가 스님에게 넘겼다 하더구나.

이 조잡한 돌덩이가 무슨 효과가 있나 싶었다. 게다가 어머니가 그리 말하고 있어도 어머니 등 뒤의 그림자는 꿈쩍도 하지 않았다. 사기꾼이 절박한 과부를 감언이설로 속여 패물을 뜯어냈으리라. 우은은 어머니가 시집올 때 예물로 받은 패물 중 하나인 비녀가 사라진 것을 알고 있었다. 칠보 장식이 된 값진 은비녀였다.

─우은아, 내 할 수 있는 모든 것을 하였으니 이제 네가 동생을 지켜주렴.

─제가 어떻게요.

─볼 수 있지 않니. 그러니… 그러니……! 그분들이 주신 거니 반드시 효험이 있을 거야. 우재를 지켜라. 네 아버지의 대를 이어야 해.

그 말이 어머니의 유언이었다. 그날 밤 어머니는 정신을 놓고 며칠 뒤 세상을 떴다. 그리고 우은과 우재 둘만 남았다.

우은은 어머니의 말대로 우재를 보살폈다. 하지만 우재도 결국 두 해가 지나자 쓰러졌다. 숙부 부부는 고맙게도 약값을 아끼지 않고 도와주었다. 하지만 그리 정성으로 보살펴도 그림자는 항상 옆에 있었고, 우재는 밤낮으로 토하며 돌처럼 굳어갔다.

첫 서리가 내린 가을날, 동생은 세상을 떴다. 새벽에 일어나 방문을 여니 동생은 차게 식어 있었다. 불러도 답하지 않고 흔들어도 눈을 뜨지 않았다.

우은은 염주와 흙부처를 쓸어다 함에 넣었다. 사실 다 부수어 땅에 뿌리고 싶었다. 너무 분이 나서 불태우고도 싶었다. 그래도 어머니의 유품이라 차마 그리 못해 함에 담아 벽장에 넣었다.

지금 그림자가 다시 나타나니 우은은 이것에라도 매달리고 싶었다. 아무 소용도 없었는데 어리석게도 이런다.

가슴이 아파 왔다. 머리도 어지러워 현기증이 난다. 요즘 숙모가 그래도 밥 좀 챙겨주고 음식도 남겨주어 오히려 배불리 먹고 있는데 몸은 왜 이렇게 헐어내듯 축나는지 모르겠다.

그때 안채에서 숙모가 나와 우은을 보았다. 안채로 너무 가까이 온 것이 실수였다. 숙모는 막 잔소리를 하려다 창백해져 식은땀만 흘리는 우은을 보고 놀랐다.

"너 왜 그러느냐?"

"아니에요, 숙모님."

강릉댁이 한 말이 떠올랐다. 은례 시집보내기 전에 우은이 먼저 구색 맞추어 보낸다. 그 말은 아직 곳간 열쇠를 쥔 할머니가 우은의 혼수를 우선으로 하겠다는 말이다.

크게 부유하지 않은 이 집에서 우은에게 혼수를 제대로 챙겨주면 뒤이어 시집갈 은례의 몫이 줄어들 수밖에 없다. 어쩌면 장남 몫의 재산 중 일부를 우은에게 넘겨줄지도 모른다.

"또 아픈 게냐?"

"아뇨."

우은은 고개를 저었다.

"병에 걸린 것도 아니면서 항상 아프다고 투정이구나. 네 동생이 아파 주변 어른들이 애지중지하는 것을 보니 너도 아프다 하면 애지중지할 거라 생각하는 게냐."

"아닙니다."

"내 너를 서럽게 하려 이러는 게 아니다, 우은아. 어린 나이에 부모 잃고 남동생까지 잃었다고 가엾게만 여기며 네 꾀병일랑 다 받아주면 나중에 시집가 시부모에게 책잡혀 너도 고생이고 우리 집도 망신이란다. 그러니 엄살 피우지 마."

"네, 숙모님."

말 하나하나에 가시가 잔뜩 서 있는 것을 보니 벌써 할머니로부터 무슨 말인가 들었으리라.

"다 너 잘되라 하는 말인데. 서럽게 듣지 말거라."

"다 압니다, 숙모님."

"찬장에 떡을 두었으니 먹고 일하려무나. 애가 그리 잔뜩 먹여도 입이 짧아 바짝 마르기만 하니 어머님이 너를 굶기느냐며 나를 구박하여 내가 다 서럽더구나."

우은은 찬장을 열었다. 백설기가 놓여 있다. 우은은 숙모가 계속 지켜보고 있자 별수 없이 입안에 넣었다. 절반 정도 먹자 숙모는 그제야 자리를 떴다. 우은은 백설기를 도로 찬장에 넣었다. 입안에 모래를 집어넣는 것 같다. 식은땀이 나며 어지럽고 속이 울렁거렸지만 참았다.

저녁에는 도저히 먹을 수조차 없어 강릉댁에게 괜찮다고 한 뒤에 아래채로 향했다.

역시나 숙모가 가져다 놓은 바느질거리가 구석에 놓여 있었다. 숙모든 숙부든 어찌나 깔끔한 것을 좋아하는지 두어 번 입으면 꼭 빨래로 내놓는다. 천을 모두 뜯어 빤 다음 다시 꿰매놓아야 한다. 우은은 옷감을 챙기다 창가로 검은 그림자가 스쳐 지나가는 것을 보았다.

우은은 아랫입술을 깨물었다.

이번에는 대체 누구지?

나인가?

우은은 온몸으로 스며드는 찬바람을 느꼈다. 지독히도 찬바람이다. 왜 이리 추운지 모르겠다. 우은은 문설주에 등을 대고 앉았다. 몸이 으스러질 정도로 춥다.

멀리 말발굽 소리가 들린다.

찬바람이, 북풍처럼 강하고 서리처럼 싸늘하고 눈처럼 희게 들끓는 그런 바람이 불어오는 것 같다. 감은 눈 너머로 그 바람이 보인다. 검고, 춥고, 강한 바람이.

이상하고 괴로운 꿈이 끈적끈적 덮쳐온다.

사방에서 검은 그림자들이 입도 없으면서 떠들어대고 있다. 요즘 들어 꿈은 다른 세상의 문틈인 듯 괴기한 것을 보여주다가 해가 뜰까 싶으면 얼른 문을 닫고 우은을 새벽으로 던져 버리곤 했다. 그러나 이번엔 갑자기 문을 벌컥 열어젖히고 그 안에서 검고 무서운 것을 쏟아냈다. 안에서 박쥐 떼가 쏟아져 나오는 것 같았다. 꿈에 배신당한 건지, 아니면 우은이 새벽을 배신하고 꿈에 취한 것인지 모를 일이다. 우은은 그 고함 소리에 쫓겨 달렸다. 흰 길이 한없이 이어진다. 뼈처럼 흰 박달나무 둥치들이 솟구쳐 올라 우은을 길 한가운데로 몰았다. 하늘은 어찌나 검은지. 하늘로 뻗은 나무들의 희고 수북한 가지는 검은 종이 위로 흰 물감이 번져드는 것 같았다.

그렇게 달리다 멀리서 울음소리가 들려와 멈추었다. 검던 하늘이 더 검어지는 것 같다.

어머니, 세상이 검어요. 날 감싸고 옆에 머물며 사라지지 않네요. 우은이 속삭였다.

우재가 보인다. 흰 나무들 속에 우재가 누워 있다.

—검은 범 같은 게 내 몸 안에 있어 가슴을 누르고 있소, 누님.

마르고 가는 장작 같은 몸으로 숨을 몰아쉬며 떨었다.

—모래 같소. 손에 쥐려 하면 쥐려 할수록 아래로 흩어지지. 어느 날 먼지만 남을 거요. 먼지마저 사라지면 아무도 날 기억하지 못할 터이지. 저 검은 그림자들 속에 내 그림자도 섞일 거요. 난 저리 검은 넋이 되어 떠돌 거요.

아냐, 우재야. 그럴 리 없어. 넌 자라서 젊은이가 되고 한양 가서 급제도 할 거야. 동네 처자들이 담에 붙어 지나가는 널 우러러볼 거야. 우재가 웃었다.

—그럴 리가 없소. 위로하지 마시오. 더 울고 싶어지오. 하지만 누님, 두려워할 거 없소. 나도 저것이 나와 같은 것이라는 생각이 드오. 저들을 무서워하지 마시오. 저들은 나쁜 것들이 아니니.

—같은 거라니?

—지옥에서 솟아나오거나 하늘에서 떨어진 건 아닌 듯하오. 그러니 누이, 만약… 내가 이 싸움에서 지면 말이오, 나는 어디로 가지 않을 거요. 하늘로도 땅으로도 가지 않고 누이를 지켜줄 거요. 저 그림자 속에 있을 터이니 외면하지 마시오. 꼭 찾아주시오.

그럴 거 없어. 정말로. 애초에 가지도 마. 내 곁을 떠나지 마.

—정말이오, 누님. 지켜줄게. 누님이 불행하지 않도록 해
줄 거요. 죽으면, 귀신이 되면 사람들의 마음속을 더 잘 보
게 될 테니 무엇이 우리를 이렇게 만든 건지 알아낼 거요.

—그러지 말고 가지 마.

—미안하오. 그런데 육신이 힘드오. 하지만 안심하오. 저
그림자들은 무서운 게 아닌 것 같소. 저것들은 사람 마음과
도 같은 거요.

우재 목소리는 금방 꺼질 듯 너무나 작고 가늘다.

—마귀나 귀신이 저곳에 있는 게 아닐 거요. 도깨비가 있
는 것도 아니야. 그냥 천길만길 깊은 사람의 마음이 저곳에
있는 거요. 그러니 저 안에 나도 있을 거요. 내 자리도 있을
거야.

—그러지 마, 우재야.

—저들도 언젠가는 인간의 마음을 가진 인간이었을 거요.
누구든 살아 귀신이 될 수 있고 살아 야차가 될 수 있을 거
야. 아프오. 가슴의 범이 다시 돌아왔어.

그리고 토한다. 처음에는 옅은 산수유 물빛을 토하더니,
이제는 살점을 이겨 넣은 듯 뜨겁고 붉다.

동생이 묻힌 뒤, 망연히 집에 앉아 생각했다.

왜 내게 그 범이 오지 않는 거니.

너 대신 내가 가야 하는 건데.

우은은 열기에 들떠 눈을 떴다. 몸이 무겁다. 여기 있고
싶지 않아. 몸이 너무 무겁고, 세상이 너무 무거워. 그러니

나도 제발, 제발 이 허물을 벗고 나비처럼 날아가게 해줘. 너를 따라가게 해줘. 제발.

하지만 눈을 떠도 세상은 그대로였고, 울다 지쳐 고개를 들어도 세상은 그대로, 우은의 무거운 몸뚱이는 바닥에 내 처진 대로였다.

그런데 지금 또 검다. 너무나.

우은은 떨었다. 가슴이 답답하다. 가슴 위에 정말로 검은 범이 앉아 누르고 있는 것 같다.

이제 내 차례구나. 정말 내 차례야. 우은은 떨며 생각했다. 이상하다. 당장 명을 끊어달라고, 왜 내게는 오지 않느냐고 울부짖던 것이 엊그제인데, 정작 순서가 되니 두렵다. 내게 오지 말라고, 나는 가고 싶지 않다고 외친다. 어리석구나. 그토록 미운 인생이었는데 이제는 그것마저 없으면 난 아무것도 아니라 넋을 놓고 울부짖으니.

순간, 눈앞에서 흰 불꽃이 피어올랐다. 흰 불꽃은 어둠을 하얗게 태우고 우은을 덮었다.

아름답다. 희고 밝다. 눈이 부시고 슬프다. 너무 아름다워 슬프다. 우은은 눈을 떴다. 불빛이 지나간 듯 맹장지 너머로 흰빛이 번진다.

우은은 일어나 창문을 열었다.

하늘이 아직 검어도 달이 이미 진 것을 보니 새벽이다.

다시 흰빛이 보인다. 천둥이라도 치려나.

우은은 밖으로 나가려다 몸을 움츠렸다. 어둡다 하더라도 그 검은 그림자들이 보이지 않는 건 아니다. 어둠 속에 더 어두운 것이 있다는 것을 감만으로도 안다. 그림자들이 더 많이 와 있다.

다시 벼락이 내린 듯 흰빛이 스쳐 지나간다.

'뭐지?' 하고 눈을 깜빡이자 다시 흰빛이 보인다. 그 빛은 집의 담을 돌고 있었다.

우은은 마루에서 내려가 곁문으로 갔다. 사방에 검은 그림자들이 있었다. 문 앞에, 문틈에, 또 어떤 것은 담 옆에 붙어 있고, 어떤 것은 담에서 떨어져 그 너머를 보고 있다. 이들이 이렇게 새카맣게 몰려 있는 것은 처음 보았다.

그때, 문틈으로 흰빛이 스미어 나오자 검은 그림자들이 놀라서 뒤로 확 물러났다가 다시 몰려들었다.

기이한 광경이었다. 그 흰빛이 분명 검은 그림자를 쫓아냈다. 검은 그림자는 계속 밖으로 나가려 했지만 계속 쫓겨 들어오다 결국 포기하고 안에서 머물렀다.

밖에 뭐가 있는 걸까.

우은은 문을 열었다.

끼익 소리가 조용한 밤에 너무 크게 들렸다. 잠귀가 신령님인 숙모 귀에라도 들어갈까 잠시 숨을 죽이고 집 안을 보았다. 그러나 아무도 일어나지 않았다.

우은은 문지방을 건너며 문간채의 창문을 보았다. 집에서 그다음으로 조심해야 하는 것이, 숙모만큼이나 귀가 밝고 입이 음험한 이 문간채에 사는 행랑아범이다.

다시 빛이 스쳐 지나갔다. 우은은 그 빛을 따라 뒷산을 올라갔다. 산속은 먹처럼 검었다. 해가 동산 아래를 스치기 직전이 항상 가장 춥고 가장 어둡다. 밤이 가장 무르익어 가는 때, 어둠이 가장 진해지는 때이다. 지금이 꼭 그 시간일 것이다.

여명조차 오지 않는, 가장 깊은 밤과도 같지. 어머니는 아버지를 그렇게 밤에 비유했었다. 밤의 끝자락에 서 있을 뿐 영원히 빛을 볼 수 없던 서방님. 아버지는 초저녁처럼 우울하고 낮달처럼 창백했다.

그리고 지금 홀로 남은 우은이 그러하다. 모두가 놀랄 정도로 물속의 흰 조약돌처럼 차고 창백하다.

다시 빛이 보인다. 별이 떨어진 듯, 선녀라도 내려온 듯 희다.

우은은 치마를 당기고 더 깊이 들어갔다. 범이나 표가 나올지도 모르지만, 그래도 들어갔다.

"누구 있어요?"

살아 있는 것인가? 그렇다면 나무인가, 풀인가, 짐승일까. 어쩌면 사람일지도 모르겠지만 이렇게 눈부시게 흰빛이 사람일 리는 없다. 정말로 하늘에서 선녀라도 내려온 건가.

"누구……."

다시 흰빛이 이번에는 눈앞을 휩쓸었다. 누구냐고 말을 할 틈도 없었다. 어깨가 잡히며 떠밀렸다. 그 힘을 버티지 못하고 몸이 뒤로 넘어가며 자귀풀밭 위로 쓰러졌다. 돌이 없는 것이 다행이었다. 푹신한 풀이 등을 휘감으며 풀 냄새가 피어오른다. 그 손과 몸을 누르는 무게를 느끼며 눈을 떴다. 사람 눈이 보인다.

상대는 자신이 마주한 것이 병아리처럼 무해한 소녀라는 것을 알자 안심한 듯 손에 힘이 빠지고 짓누르던 무게도 가벼워진다. 우은은 얼굴을 찌푸리며 신음을 흘렸다. 풀밭 위지만 그리 메다 꽂혔으니 아픈 건 아픈 거다. 상대가 우은을 일으켜 주었다. 놀랍게도 소년이었다. 강물과 달빛이 매일매일 씻어주는 듯 희고 맑다. 그 맑은 얼굴에 비해 머리는 지저분한 데다 윗도리도 없이 바지만 입고 있었다. 열여덟 정도 되었을까. 나이는 비슷해 보이지만 키는 훨씬 크다.

그런데 갑자기 주변이 컴컴해졌다. 우은은 그림자들이 우은과 이 소년을 둘러싸는 것을 보았다. 적을 발견한 군사들처럼 몰려들고 있었다.

"피해."

'뭐?' 라고 묻는 듯 소년이 돌아본다. 소년은 그림자가 몰려들어도 전혀 모르는 듯 보였다. 얼굴이 멍하다.

"그림자가……."

밤이 살아 숨 쉬는 듯 그림자들이 점점 더 늘어나 소년을 향해 모여들었다. 별빛도 달빛도 소용없다. 여태 우은이 보아온 그 어둠과는 비교도 안 되는 새카만 암흑이 몽둥이처럼, 짐승처럼 이 밤의 어둠에 숨어 소년을 노리고 있는 것이다.

"무슨 소리야?"

그림자가 솟구쳐 소년을 덮쳤다. 거대한 새가 튀어오른 것 같았다. 소년이 그 스산함에 놀라 이를 악물었다. 그림자들은 항상 떠돌기만 할 뿐 누군가를 해치거나 건드리지 않았는데, 이 소년은 무언가를 본 듯 얼굴이 창백해졌다. 우은은 그의 팔을 잡았다. 소년이 우은의 팔을 뿌리쳤다.

"왜 그러니?"

소년이 멍하니 우은을 보았다. 그 눈에 맺힌 공포에 우은도 같이 겁을 먹었다.

"왜 그래?"

"내 옆에 뭔가가 있지? 그렇지?"

눈이 타올랐다. 증오와 분노에 이글거렸다. 이를 악물고 주먹을 쥐었다. 우은은 주변을 둘러보았다. 그림자들이 소년을 감싸고 있었다. 왜 이러지, 이것들이? 이렇게 위험하고 거친 적이 있었나. 아니, 없어. 소년의 얼굴이 점점 더 창백해지고 굳어갔다. 그 눈에 있는 분노가 뜨거웠다. 세상을 찢을 분노였다.

그때 등 뒤에서 문 여는 소리가 들렸다. 우은은 길 아래에 있는 집을 보았다. 가장 먼저 일어나는 행랑아범이었다. 다행히 이제 동쪽에서 빛이 스며들어 오며 사방이 밝아져 그 그림자들이 빠져나가는 것이 훤히 보였다. 소년도 북쪽을 보다가 급히 동쪽으로 달렸다. 순식간에 일어난 일이다. 우은도 서둘러 집으로 향했다. 그때 문간채 방문이 열리며 행랑아범의 얼굴이 보였다.

"아래채 아씨 아닙니까. 지금 뭐하시는 겁니까?"

우은은 당황해 급히 말했다.

"누가 문을 열어달라는 것 같아서요. 착각이네요."

"정말입니까?"

행랑아범의 눈초리가 묘했다.

"정말 몰라요."

우은은 아래채 방 안으로 돌아갔다.

안에 강릉댁이 있었다.

"왜 나가신 겁니까?"

"아무것도 아니에요."

"정말로요?"

"그냥 밖에서 소리가 나서 나간 거예요."

"아무것도 아니라고 말하는 사람이 정말로 아무것도 아닌 일인 적은 없었습니다, 아씨."

"하지만 정말 몰라요."

정말로 모른다. 우은은 그리 생각하며 고개를 저었다. 그 희고 맑은 소년이 멀리 가버렸으면 좋겠다.

누구일까.

누구이길래 그렇게 그 안에 달빛 같은 흰빛을 품은 걸까.

우은은 멍하니 그 벽 너머를 보다 검은 그림자가 다시 나타난 것을 보았다. 조금 전 그들이 보인 무서운 분노가 생각났다. 이번에는 우은을 잡으러 온 것 같았다. 이를 악무는 우은의 눈에 그가 손을 드는 것이 보였다. 그 손끝이 안채를 가리킨다. 우은이 꿈쩍도 하지 않자, 갑자기 우은의 어깨를 스치고 빠르게 바닥을 휩쓸고 가더니 안채로 스며들었다.

우은은 강릉댁이 안채 부엌으로 들어간 것을 확인한 뒤에 신을 신고 안채로 향했다. 검은 그림자는 안채의 뒷문 앞에 있었다. 우은이 오자 그 검은 그림자는 집 모퉁이 너머로 사라졌다. 그때 안채 문틈으로 도란도란 이야기 소리가 들려온다.

"무슨 소리가 난 것 같군. 우은이 목소리가 들린 것 같은데……."

숙부 목소리다.

"나중에 물어보지요. 우은이 이게 또 밤에 크게 잠꼬대를 했나 봅니다."

잠시 숙부가 아무 말도 하지 않았다.

"…다음 달에 담제지."

"네. 어머님이 끝나는 대로 시집보낼 거라 하시더군요. 서방님께도 그리 말씀하셨지요?"

"그래. 빚을 내서라도 혼수는 잘해주어야 한다 하시더군."

"우리 살림에 그럴 수가 있습니까. 보세요. 돌아가신 아주버님이나 동서, 거기에 우재까지 약값 대느라 재산이 얼마나 축났습니까. 그나마 우리가 용하다는 의원을 불러왔기 망정이지 그게 아니었으면 어머님은 그 사기꾼들에게 속아 재산을 다 넘겼을 겁니다."

"어머님이 그 때문에 오히려 우리를 원망하시오."

"고칠 수 없는 병을 어찌 고칩니까. 화타가 와도 고치지 못했을 겝니다. 그런 마당에 어머님도 아버님도 어떻게 은례 혼수는 과하다 하시면서 그 애 혼수는 모자라다, 모자라다십니까."

"아버님 말씀을 거역할 수 없지 않소. 우은이 가엾기 그지없나 보오."

"그래도 그거 게으른 데다 일을 시키려 하면 꾀병을 부리며 빈둥댈 궁리만 하니 이 못된 버릇 때문에 우리 집안 망신시킬 것이 뻔합니다. 제가 그 애 버릇을 고치려 얼마나 노력했는지 아시지 않습니까. 그런데 한마디 하면 어찌 그리 서운해하는지 걱정이 태산입니다, 태산. 어휴."

"그래서 임자는 어쩔 거요?"

"별수 있나요. 어머님 하자는 대로 해야지."

순간 검은 그림자가 시커멓게 피어올라 우은을 향해 뻗어왔다. 우은은 멈칫했다. 그 검은 기운은 우은을 향해 손짓하고 있었다. 혀를 널름대며 이리 오라고, 당장 오라고 두 팔을 벌리고 있는 듯했다. 잘 들어보라고, 이걸 들으라고.

"하지만 고것 챙기느라 우리 은례를 챙기지 못하는 게 무척 화가 납니다. 은례야말로 귀하게 대접받을 아이인데. 어머님도 아셔야 해요. 그 못되고 게으른 계집애 챙기지 말고 저리 곱고 몸가짐 바른 은례를 챙기셔야 하는데. 눈이 멀었습니다, 멀었어. 불쌍하다고 눈이 멀었다고요. 다 지 복인 것을."

그때 행랑아범이 오는 것이 보인다.

우은은 아래채로 달려가 몸을 던졌다. 숨이 떨려온다. 급히 옆을 보니 검은 그림자가 우은의 그림자 옆에 서 있다. 검고 긴 머리를 길게 늘어뜨리고 우은을 향하는 그 그림자는 코와 입을 담고 있었다. 그 옆얼굴이 우은을 물끄러미 보고 있었다. 우은 앞에 보이지 않는 누군가가 있는 것 같다.

"가."

우은은 벽을 향해 베개를 집어던졌다.

"가!"

울음이 터져 나왔다.

두려움에 온몸에 한기가 치밀어 오른다.

"가버리라고!"

꼴도 보기 싫다. 왜 하필이면 내 옆에 머문단 말인가. 왜 슬픔은 항상 내 옆에 있고, 행복과 기쁨은 저 멀리 있단 말인가.

속이 답답해져 온다. 우은은 기침을 토했다. 핏방울이 바닥에 흩어졌다.

내 차례인가. 정말로 내 차례인가.

우은은 몸을 덮는 냉기에 움츠렸다. 선뜩한 냉기다. 이리 시리게 찬바람은 처음 느껴본다. 무덤 속처럼 차고 동굴 속처럼 으스스하고 동지의 새벽처럼 시린 찬바람이었다. 우은은 몸서리쳤다.

❀

우은은 경대를 보며 머리를 다듬고 머리에 댕기를 물렸다.

동지 새벽 눈밭처럼 창백한 얼굴은 어린 나이에 어울리는 활기도, 희망도 없다. 이래 가지고서야 그 검은 그림자와 무슨 차이가 있을까.

우은은 안채 부엌으로 향했다. 바구니에 닭이 담겨 있다. 숙모가 오늘 또 뭐가 먹고 싶은 걸까. 개경 친정의 호화로운 음식들에 길든 숙모는 친정에서 온갖 요리 비법들을 강릉댁과 우은에게 말해주었다. 대충 이러저러한 요리가 있고, 이게 없으면 밥이 넘어가지 않을 정도로 먹고 싶다는 것이다. 숙모가 친정에서 데리고 온 개성댁이 집에 있던 때만 해도 나름 할 만했고 숙모도 불평은 없었다. 개성댁이 숙모의 친정으로 돌아간 요즘은 간이 안 맞네, 재료 손질이 덜 되었네 하며 타박이다.

—손님이 와서 이런 상을 받으면 나보고 무어라 할 것 같으냐? 다 너를 탓한다. 부모 없이 자란 애라 제대로 보고 배운 것이 없어 이렇다고.

그래요, 그래요.

우은은 닭을 다듬으려 했지만, 눈이 흐려 앞이 잘 보이지 않았다. 강릉댁이 그런 우은의 손목을 잡았다.

"아씨, 너무 창백하세요."

우은은 전날의 각혈이 생각났다. 분명 좋지 않은 징조다. 우은의 얼굴이 더더욱 창백해지자 강릉댁이 한숨과 함께 말했다.

"좀 쉬세요. 제가 적당히 말할게요. 왜 이리 안색이 창백하신지. 하루하루 씻겨 나가듯 희어지기만 합니다."

"고마워요. 하지만 괜찮아요."

"아씨가 일하시면 제 속이 더 상합니다. 어서 가요."

우은은 떠밀려 부엌 뒷문을 나섰다. 무를 말리는 아래 퇴위의 처마 밑 제비집은 텅 비어 쓸쓸하다. 우은은 검은 그림자가 있는지 살폈지만 없다. 우은은 눈을 들어 안방을 보았다. 모두 닫혀 있다.

우은은 갑자기 답답해져 왔다. 화가 치밀어 오른다. 절망이 사방에 가득해 우은의 목을 조르고 있다.

이제 모두가 우은의 인생을 정하려고 벼르고 있다. 저 쓸데없는 거, 어서 치워 버리자고. 그런데 치우자니 마음대로 치워지지도 않는구나. 네가 알아서 꺼져, 지워지라고, 흩어지라고, 세상에 없어져 버려 하고 외친다.

우은은 집을 나갔다. 전날엔 그렇게 파랗게 맑더니, 오늘은 어디서 몰려왔는지 구름이 잔뜩 끼었다. 뒷산으로 향하는 길은 울긋불긋 익어가는 숲과 풀 사이로 녹아든다.

우은은 흰 길을 천천히 올라갔다. 한 발 한 발, 두 발 두

발, 그렇게. 주변에 노란 고들빼기와 흰 개망초가 가득 피어 있지만, 그 작은 꽃들은 아무리 피어도 가득 찬 느낌이 들지 않는다. 작고 수수한 꽃들이라 그런가 보다. 그러나 낙엽은 붉고 노래 온 산을 호화롭게 물들인다. 바람이 불면 우수수 그 금빛 잎이 어깨로 치마로 떨어진다.

우은은 고개를 들었다. 길옆 떡갈나무가 그림자를 드리운 바위 위에 누군가가 앉아 있었다.

"안녕."

소년이 말했다.

우은은 멍하니 소년을 보며 물었다.

"나 알아보겠어?"

"응."

"그날 황당했겠지? 갑자기 튀어나와서."

"아니. 그건 아니야. 놀랐지만 괜찮아."

이 또래 남자아이들이 말하면 목 안에 늑대 다섯 마리를 넣어둔 것 같은데, 이 아이는 옥이 서로 부딪치듯 맑다.

몇 살일까. 열일곱? 아니, 열여덟? 우은과 동갑이거나 한두 살 많아 보인다. 그런데 그 그림자는 왜 이 소년에게 모여든 걸까. 그들이 소년을 꽁꽁 싸자 무엇을 보고 느꼈기에 그런 걸까. 그 분노와 증오는 무서울 정도로 강했다. 끔찍하고 비참한 것을 본 눈이었다.

"그날 뭘 봐서 그리 놀랐던 거야?"

우은이 물었다.

“끔찍한 것을 생생하게 봐서.”

“뭐였는데?”

“집이 몰락할 때의 광경을 다시 봤어. 산 채로 다시 고스란히 겪는 것 같더라. 지난 일인데. 이상하게 생각하지 마. 나도 이상하니까.”

“아냐.”

우은은 그림자에 대해 이야기하려다 말았다. 사술이라도 쓴 줄 알 것이다. 게다가 소년의 얼굴은 무거웠다. 우은이 건드리거나 물어볼 만한 슬픔이나 고통이 아니었다. 물어볼 엄두도 나지 않는다.

“어디 사니?”

그래서 시시한 질문을 했다. 긴장이 풀리자 소년도 웃으며 말했다.

“이 근처는 아니야.”

“이름은?”

“한명헌.”

“서우은.”

우은은 노란 고들빼기와 자색 개미취가 가득 자란 바위 옆에 앉았다. 잘 자란 나무처럼 잘생긴 소년이 그런 우은을 지켜보고 있다. 나도 참, 다 큰 사내애와 이러고 있다니. 들키면 행실이 이리 음란하니 어딜 내놓겠느냐며 방 안에 갇힐 것이다. 그래도 누군가의 말을 지키지 않는다는 것이, 그들이 정한 것을 지키지 않는다는 것이 이리 기분 좋을 줄

이야.

"어디서 태어났니?"

"개성 근방."

"어떤 집인데?"

"몰라. 너무 예전 일이라."

"네가 태어난 것이 예전 일이라고 하기에는 밥그릇 수가 그리 많지 않아 보이는데?"

"어린 시절은 하루하루가 기니까."

잘났다, 라는 말이 목구멍까지 올라온다. 몇 살이나 되었다고 어린 시절은 원래 이런 법이라고 으스대나. 그냥 말하기 싫으니 에둘러 어른 흉내 내어 답하는 것이다.

"집이 망했어?"

"아주 흉한 일을 당했지."

요즘 같은 세상에 집 없어지고 마을 없어지는 일이야 다반사다. 태평했다던 시대는 어떠했을까. 현명하고 덕이 있는 임금이 있던 시절에, 임금이 백성의 마음을 얻고자 애쓰던 시절에는 어떠했을까.

"이렇게 돌아다닌 거야?"

"나무 열매를 따 먹거나 짐승을 잡아 밥하고 술 파는 데 가서 바꾸거나. 아니면 그냥 먹거나. 그렇게."

"그런 것치곤 깨끗해."

소년이 웃었다. 집에 흉한 일을 당한 아이답지 않게 맑은 웃음이다.

우은은 전날 그 시커먼 그림자들이 사납게 날뛰었던 것을 떠올렸다. 이 아이는 궁금하지도 않은 걸까, 아니면 모르는 걸까. 이 아이를 자신이 위험하게 한 것 같아 미안했지만, 동시에 이 소년이 대체 무엇이기에 그러는지, 행여 이 아이의 몸이 가진 그 하얀 빛 때문인지 궁금해졌다. 그림자에게는 이 아이가 위험한 걸까? 빛이 어둠을 지우듯 낮이 어둠을 빨아먹듯 위험한 걸까.

우은은 소년의 얼굴을 보았다.

동정심이 들었다. 정말 집이 없고 가족도 없는 걸까? 그러면 돌보아주고 싶다. 도움을 주고 싶다. 모두가 미워하는 우은이지만, 이 소년에게만은 좋은 아이가 될 것 같다.

"갈 곳 없니? 이렇게 가다 저 탐라까지 갈 건 아니잖아."

"된다면 가야지."

"그럼 절은… 어떠니?"

"절?"

"그래, 절. 근방에 내가 가는 절이 있어. 갈 곳이 없다면 거기에 데려다 줄게. 멀지 않아."

"언제… 갈 수 있어?"

"내일이라도 갈 수 있어."

"나올 수 있어?"

"나는 노비가 아니야. 하는 일은 종들과 별다를 바 없긴 하지만. 그들이 맞을 때 맞고, 그들이 혼날 때 혼나고, 그들이 일할 때 일하지만. 다른 거라곤, 아래채 아씨라 불리는 것 정도지.”

“아씨인데 그리 대접해?”

“그들과 시작이 다르더라도 그들과 완전히 다른 사람이라는 생각은 들지 않아. 그들도 보고 듣고 말하고, 나도 보고 듣고 말하지. 생각하는 방식은 다르더라도 다 같은 피가 흐르는걸. 그들과 완전히 다른 대우를 받아야 할 이유 같은 건 없어. 다만 맞을 때는 맞지 않았으면 좋겠고, 혼날 때는 억울하니 혼나기 싫어. 그건 그들도 마찬가지일 거야. 그러니 되도록 다 같이 그런 일이 없으면 좋겠어.”

우은을 바라보는 명헌의 눈빛이 변해갔다. 동정, 슬픔, 안타까움과 호기심이 보인다. 푸념이 너무 길어진 것 같아 부끄러워진 우은은 말을 돌렸다. 흉한 일을 당한 집 아이에게 푸념이라니.

“그런데 너, 지금 먹을 건 있어?”

“아니.”

“그럼 내가 챙겨둘게. 참, 밤에 추운데 여기 계속 있어도 되니?”

“아, 안 추운데.”

“정말? 너 그렇게 얇게 입고…….”

우은은 명헌의 손등에 손을 가져갔다. 봄볕이 듬뿍 내려앉은 풀밭처럼 따뜻하다. 우은은 손을 움츠렸다. 병든 몸이 부끄러웠다.

“괜찮다면 다행이네. 일단 그 절에 가는 걸로 하자. 그리고 가는 길에 먹을 것도 좀 가지고 올게. 기다려.”

“많이 가져와.”

그리고 명헌이 웃었다. 이렇게 좋은 미소를 가진 아이가 나쁜 일을 당했다니, 가엾다. 어서 절에 데려다 주고 싶다.

그때 명헌이 갑자기 흠칫 놀라 벌떡 일어났다.

“왜 그래?”

명헌이 손을 들어 우은의 어깨를 잡아 지그시 눌렀다. 그 손길이 닿자 우은은 누가 볼까 두려웠지만 이대로 있고 싶기도 하다. 소년의 손에 힘이 들어갔다. 단단한 밧줄이 죄는 것 같았다. 왜 그러냐고 물어보려 했지만, 소년은 눈에 힘을 주며 허공을 노려보았다. 우은은 행여 그 검은 그림자들이 다시 나타났나 싶었지만, 주변에는 아무것도 없었다.

명헌이 손을 놓았다.

“가.”

명헌이 말했다.

“가라니?”

“지금 집에 가. 나중에 보자.”

“언제 만날 건지 약속도 안 했잖아.”

“지금은 아닌 것 같아. 가. 어서!”

그리고 우은의 등을 밀었다. 우은은 급히 산을 내려가며 몇 번이나 돌아보았다. 명헌은 바위 위에 앉아 꼼짝 않고 벌판을 노려보고 있었다.

우은은 치마를 당기고 내려갔다. 조금 지나자 기분이 좋아진다. 며칠 몸이 아프고 그림자가 보여 불안했는데 지금은 내일 일도, 모레 일도 모두 잘될 것만 같다.

우은은 멈추었다.

몸이 움츠러든다. 서서히, 꽉, 이가 악물리고 사리듯 몸이 천천히 움츠러든다.

마을 어귀에 검은 그림자들이 보였다. 며칠 전 보았던 것들과는 비교도 되지 않는, 홍수에 부푼 물살처럼 시커멓고 거대한 그림자 무리가 마을 어귀에 몰려 있었다. 굵은 구렁이 떼처럼 사방을 기어 다녔다.

"아……."

이건 무서운 것조차 넘어선다. 무섭거나 두려움을 느끼면 도망치고 싶기라도 해야 한다. 그러나 이건 아니다. 땅이 두 다리를 빨아들이는 것 같았다.

대체 무엇이 오려는 거지. 너무도 크고 강해 오히려 경이롭고 놀라웠다.

그런데 그 검은 기운이 갑자기 사라졌다. 악몽에서 깨어난 듯 사라진다.

우은은 급히 집을 향해 달렸다. 집이 겹겹이 들어선 마을로 들어서는 순간, 우은은 모퉁이 너머로 말발굽 소리를 들었다.

크고 무거운 말발굽이었다. 바위가 구르는 것 같다.

검은 그림자들이 다시 땅에서 솟구쳐 올랐다. 터져 오르듯, 날개를 펼치듯, 포효하듯 터져 올랐다. 환대하는 건지 놀라는 건지 도망치는 건지 따라오는 건지 모르겠다.

동시에, 지옥이 토해내듯 검은 말과 자주색 도포가 그 길 위로 뛰어 올라왔다. 윤나는 말은 까마귀보다 검고 덩치도 컸다. 그 검은 말에 가로막혀 우은은 뒤로 물러났다.

"좀 묻겠다, 아가야."

악몽이 악몽을 토해내는 듯 기이한 목소리다. 차고 검고 부드러운 천이 눈앞을 휘감는 것 같다. 온몸이 그 목소리를 느끼고 있다.

"이봐라. 잡아먹지 않는다."

뒤이어 웃음소리가 들려왔다.

그저 목소리일 뿐인데, 목소리가 감촉을 가지고 살에 닿고 피로 파고들며 눈을 가린다. 어두운 밤에 바람에 흔들리는 숲의 웅성거림을 듣는 듯 기분이 술렁였다.

우은은 천천히 고개를 들었다.

검고 큰 말에 탄 사내가 우은을 내려다보고 있었다. 도포에 갓 차림이라 어엿한 사대부가 청년으로 보인다. 나이는 한 스물 중반 정도 되는 것 같다. 그러나 그 눈은 젊은 얼굴답지 않게 세상의 첫 해와 달을 모두 본 듯 검고 깊다.

"하나만 물어보면 되니 놀라지 말거라."

남자가 말에서 내려왔다. 깃털이 내려앉듯 가벼워 꿈을 통해 보는 듯했다.

"사람을 찾고 있단다."

우은을 보는 남자의 눈이 금빛으로 환하게 반짝이더니 한

번 깜빡이자 해가 지듯 사라졌다. 놀란 우은을 보고 남자가 다시 웃었다. 네, 하고 답해야 하지만 입이 떨어지지 않았다.

"남자아이다. 딱 네 또래일 거다."

우은은 심장이 뛰어올랐다.

"내 아는 사람의 아들이다. 해주에 사는 청주 한씨 가문의 아들로, 내 은인의 집에 도적이 들어 그 집안사람이 모두 도륙당하고 남은 아들은 도적에게 끌려갔다 한다. 다행히 인연이 닿아 내게 그 아이의 몸값을 내라는 전갈이 왔다. 그런데 내가 사람들을 데리고 갔을 때 아이는 자기 힘으로 도망치고 없더구나."

알고 있습니다, 라는 말이 목구멍까지 올라왔다.

"이 근방에서 그와 비슷한 아이를 본 사람이 있다 하여 찾고 있는데, 너도 본 적이 있는지 물어보는 것이다. 나이는 열여덟이고 반듯하게 잘생긴 얼굴에 키는 크다. 근방에 황해도 말씨를 쓰는 아이가 있거든 말해보거라. 응?"

부드럽게 말하는 남자의 눈은 동굴 속의 맹수처럼, 바위 밑의 뱀처럼 차가웠다. 그럼에도 그 얼굴은 금방 태어난 아침 해처럼 아름답다.

"본 적 없느냐?"

"네."

왜 이런 답을.

우은은 그리 답하고 얼른 입술을 물었다. 점점 힘이 들어갔다. 항상 허약하던 몸인데, 지금은 온 세상과 싸울 수 있을 듯 곤두선다. 하지만 이렇게 당황하고 무서워하는 모습을 보이면 누구라도 의심할 것 같다.

"그래?"

"네, 없습니다."

남자는 뒤를 돌아보며 말했다.

"어이, 난하야. 이 근방이 맞지 않느냐. 내가 잘 찾아온 게 맞지?"

"네."

우은은 그제야 이 남자 혼자가 아니란 것을 알게 되었다. 남자 뒤에 선비 둘이 더 있었다. 오른쪽 선비를 보자, 우은도 놀랐다. 난하라 불린 쪽이다. 여인처럼 아름다운 얼굴의 사내였다. 천하절색 정도는 되어야 이 사내 옆에 자신감 있게 서 있을 것이다. 그 뒤의 선비는 나이는 서른 정도로 이 셋 중에서는 제일 나이 들어 보이긴 했지만, 그 표정을 보면 오히려 가장 어린 소년 같고 그나마 사람 같아 보였다.

참 기이한 일행이란 생각이 들었다. 그리고 이자들이 찾는 사람이 정말 명헌이라면 왜 쫓는지 모르겠다. 말로야 친구 아들이라 하지만, 우은이 보기에도 그런 우호적인 이유로 명헌을 쫓는 것이 아니었다. 그래서 자기도 모르게 아니라 답한 것이다.

우은은 다시 앞의 남자를 보았다. 여전히 웃으며 우은을 보고 있었지만, 그 깊은 눈은 우은의 몸과 머리를 깊숙이 훑는 것 같았다. 그 눈빛에 촉감이 느껴졌다. 그 눈이 닿는 곳에 서늘한 입김이 닿는 것 같았다. 싸늘한 얼음 조각이 파고드는 것 같았다.

"없어요."

우은은 한 걸음 두 걸음 걷다가 급히 달려갔다. 가슴이 쿵쾅쿵쾅 뛰고 다리의 힘이 풀리고 머리가 은미해졌다.

재의 날개를 단 듯, 허공으로 날아오르는 순간 부서질 그런 날개를 단 듯 몸은 비틀거리고 이내 쓰러질 것 같았지만, 그래도 달렸다.

소녀가 사라지는 것을 보며 난하가 물었다.

"정말 모르는 것 같습니까?"

"아니."

"어쩌실 겁니까?"

"저 아이와 둘이서 오붓하게 이야기해 봐야겠구나."

"당신이 앞에 서면 그 누구도 오붓해질 수 없습니다. 방금 전에도 파랗게 질려 파들파들 떨지 않았습니까."

"무서워서 그런 게 아니다."

"그럼 뭡니까?"

"나한테 반해서 그런 게 아니겠느냐. 금방이라도 다리가 풀려 졸도할 것 같아 그런 게지."

난하가 기가 막혀서 웃음을 흘렸다.

"그렇게 대놓고 기가 막혀하지 마라. 농담이니."

“제게는 무시무시한 자신감으로밖에는 안 보입니다. 그리고 사실 진담인데 부끄러워서 농담이라 둘러대는 건 줄다 압니다.”

반여가 다시 웃음을 터뜨리고는 말했다.

“그럼 얼른 물어보고 오마.”

“너무 놀라게 하지 마십시오. 알아서 놀랄 것 같긴 하지만.”

“노력하마.”

“그리고 불쑥 얼굴 들이밀지 마십시오.”

“잔소리하지 마라. 내가 다 알아서 한다.”

“하지 마십시오.”

“알아서 한다니까.”

第二章
검고 차가운

고아우연

“아씨, 왜 그리 들어와요? 범이라도 봤어요?”

우은은 문지방에 걸터앉아 숨을 헐떡이고 있었다. 강릉댁이 그릇을 놓고 다가왔다.

“아프세요? 세상에, 숨 헐떡이는 것 좀 봐요. 무슨 일인가요?”

“아뇨. 아니에요. 지나가는 행인이 길을 잃었다는데요. 그래서 길 가르쳐 주고 왔어요.”

“거참, 길 잃기도 쉽지 않은 길목의 동네인데. 잘 곳이 마땅치 않아서 둘러대는 것 같군요. 그런데 몸도 성치 않은 분이 그리 뛰어 들어오시니, 그러지 마세요.”

“저야 늘 이렇게 창백하지요.”

"아뇨. 이보세요, 얼굴이 이리 하얗고 차가지고."

"괜찮… 아요."

우은은 비틀거리며 일어나 부엌으로 들어갔다. 구석에 놓인 바구니 안에 증편 몇 조각이 들어 있었다.

"저건 뭐예요?"

"아, 마님이 드시고 싶다 해서 올렸는데, 또 싫다고 도로 물리셨군요. 아씨 주라 그러시던데, 드실래요?"

"네, 주세요. 제가 가져갈게요."

명헌에게 가져다주려고 챙겼다. 많지는 않았다.

"하나 드시고 쉬세요."

거절하려 했지만, 이상해 보일까 싶어 우은은 입에 물었다. 강릉댁은 마치 자기 딸을 보듯 우은을 보고 있었다. 이 집에 들어오기 전 돌림병과 가난으로 자식과 남편을 모두 잃은 그녀는 우은을 병든 새끼 짐승을 돌보듯 한다.

그때 부엌문 너머로 그 검은 그림자가 보였다.

우은의 턱에 힘이 들어갔다.

그래, 그자들 때문에 저게 온 거야. 이제 알겠다. 바로 담 너머에 있는 그자들, 바로 그자들 때문에 왔어!

우은은 담 너머를 보았다. 아무도 없다. 우은은 아래채로 가 반닫이를 딛고 올라 창밖을 보았다. 우은의 아래채는 위치가 절묘해 대문과 안채, 거기에 뒤뜰 너머도 모두 보인다. 우은은 곁문 너머를 보았다. 그 앞에도 없다.

검은 그림자들이 바닥을 떠돌다가 또 안채로 향한다.

우은은 반닫이에서 내려와 뒤뜰로 난 창에서 고개를 내밀고 안채를 보았다. 그림자들은 안채와 아래채 사이의 나무 밑 바위에 걸터앉아 있다.

저 그림자, 분명 그 남자 때문에 나타난 거다.

그 남자가 여태 우은이 겪어온 그 어떤 것보다 위험하다 생각한 걸까. 병과 악의보다 이들이 더 위험하다는 걸까?

우은은 돌아섰다.

문 너머에 그 큰 남자가 서 있었다.

남자가 빙그레 웃었다.

"그리 도망치면 어떻게 하느냐."

우은은 고함을 지르려 했지만, 입술을 벌리자마자 차가운 손이 닿았다. 손의 냉기에 몸이 오싹해졌다. 머리에서 핏기가 가시고 바닥이 검게 변하며 우은을 빨아들이는 것 같았다. 산 사람의 몸이 어찌 이리 차단 말인가.

"내가 물어본 것에 답은 하고 가야지, 아가야."

다리 힘이 풀리며 주저앉으려는 것을 남자가 팔을 잡았다. 우은은 뿌리치려 했지만, 그 힘이 워낙 강해 우은의 얇은 팔목은 나뭇가지처럼 틀어 잡혀 꿈쩍도 할 수 없었다.

"무례합니다."

"내외하느냐? 저런, 내게 너는 갓난아기보다 더 어려 보인다. 네 아버지의 아버지가 태어나기도 전부터 나는 여기 있었거든."

우은은 입술을 꾹 물었다. 이 낯선 남자는 무서울 정도로 아름다운 얼굴이기도 했다. 명헌과 다르다. 그저 잘생겼다는 생각만 드는 명헌과는 달리, 이 남자는 혼의 목을 조를 듯 압도적인 기운을 뿜어낸다. 이자에게는 그 누구도 손대지 못하리라. 범의 털끝인 양 그 몸이 스치기만 해도 몸서리치리라.

바로 나처럼.

남자는 손을 뗐다. 우은은 그대로 치마 더미 위로 주저앉았다. 남자는 그런 우은 앞에 무릎 하나를 꿇고 얼굴을 가까이 가져왔다. 깊고 검은 눈이었다.

"나는 반여라고 한다. 네 이름은?"

목소리가 부드럽고 나른하다. 조금 전의 그 서늘하고 오싹한 목소리가 아니다. 달래듯 어르듯 부드럽기만 하다.

"서우은입니다."

"그래, 서우은."

우은은 누구 지나가기라도 하나 싶어 돌아보았지만 아무도 없다. 게다가 왜 이리 추운지 모르겠다. 한겨울 맨바닥에 볼을 대고 있는 듯 춥다.

반여는 분명 사람인데, 눈, 코, 입 달리고 팔다리 달린 사람인데, 다른 세상에 있는 사람 같다. 너무나 차다.

"어디 있느냐?"

"네?"

"내가 찾는 아이 말이다. 본 적 있겠지?"

"모른다고 했습니다."

"얼굴로 빤히 보여주면서 그리 말하면 어쩌느냐. 자, 말해보거라. 거짓말은 하지 말거라."

우은은 아무 말도 하지 않았다. 남자의 손이 내려갔다. 그리고 그 손이 우은이 피하기도 전에 허리를 잡았다. 단단하고 강압적인 사내의 손이었다.

"눈을 깜빡이면 내가 연기처럼 사라질 거라 생각한 거냐. 하지만 그런 건 없다, 아이야. 오늘 믿는 것이 내일 사라지고, 오늘 없는 것이 모레 갑자기 나타나기도 하지. 나 같은 게 바로 그런 거다. 어제와 오늘이 다르게, 오늘과 내일이 다르게 만드는 자, 그게 바로 나다."

반여는 허리에 아직 붙어 있는 작은 낙엽을 떼어냈다.

"안다. 네가 무엇을 보았는지. 무엇을 만나고 무엇과 이야기를 나누었는지. 꼭꼭 숨기려 하지 말거라. 위험한 짐승들은 위험한 짐승들끼리 싸우게 놓아두어야 하는 거다. 그러니… 말해. 그게 어디로 갔는지. 어디에 있는지. 내가 치워 버리게."

"찾으면……."

반여의 눈이 웃음을 보였다.

우은은 반여를 노려보았다.

"그리 잘 아시면 일부러 저에게 물어볼 필요도 없잖아요."

"말 참 잘하는구나. 입술 양쪽에 돌을 매단 듯 꿈쩍도 하지 않다가 이리 말하니 좀 좋으냐.”

“저는 아이가 아닙니다. 그러니 그리 말하지 마세요.”

“차라리 입을 닫고 있는 편이 좋겠구나. 뭐 그리 사납게 말하느냐.”

“부모님이 안 계셔 어른들에게 귀염 받는 법은 몰라요.”

“누가 나에게 애교를 떨라 했느냐. 물어보는 것에 답해주기만 하면 되는 거다.”

“그러며 귀여움을 떨라 하시는군요.”

“그 말이 아닌데.”

“사납게 말하지 말라면서요.”

반여가 다시 웃음을 터뜨렸다.

“아니, 아니, 이런이런. 그러지 마. 말이 줄줄 나오는 건 좋다만, 말 하나하나에 서리가 맺히고 바늘이 돋아 시리고 따끔하구나. 귀염 받으려 애쓰라는 말이 아니다. 그저… 그러면 눈에 뜨인단다. 모두가 벼른단다. 미워하려고 준비한단다. 자그만 흠이 발견되면, 역시 내가 미워할 만하다고 한단다.”

“아무에게나 가르침을 받지 않습니다. 제게 가르침을 줄 수 있는 분은 정해져 있습니다.”

“그래, 어디의 누구냐?”

“저를 알고 저를 아끼는 분들의 가르침만 받습니다. 그러니…….”

우은은 앙칼지게 외쳤다.

"손 치워요!"

반여는 우은의 콧잔등을 쳤다. 놀란 우은은 당황해 신음을 흘렸다.

"그래, 그래. 너를 가르칠 수 있는 사람이란 정해져 있겠지. 내가 아무리 오래 살았더라도 네가 그리 정한 것을 바꿀 수는 없겠지. 하지만 말이다……."

그리 말하는 남자의 얼굴은 젊었다. 그러나 그 젊은 나이의 허세도 거침도 없다. 쇠털처럼 많은 시간을 보내온 눈이다.

"젊고 어리면 항상 주변이 변하지. 모든 것을 받아들이고 모든 것을 바꾸고, 그러다 다시 받아들이고 바꾼다. 하지만 나이를 먹다 보면 믿고 해오던 것을 바꾸고 싶지 않게 된단다. 젊음은 어제 어리석었던 것을 부끄러워하지만, 나이가 들면 자신이 어제든 오늘이든 항상 지혜롭다고 고집을 부리지. 그러니 내가 쓸데없는 말을 하더라도 그러려니 하여라."

"그러면 가십시오. 여, 여긴… 안뜰입니다. 외간남자가 드나들 곳이 아닙니다."

"그리고 행랑채 바로 옆이지. 아씨와 마님의 영토가 끝나고 하인들이 사는 땅이 시작되는. 네 처지도 딱 그만큼인 것 같구나."

하인보다는 높지만, 아씨와 마님에는 한참 미치지 못한다. 부엌데기도 아씨라 부르지만, 하는 일은 부엌데기와 다를 바 없다. 하지만 남에게 그런 말을 듣고 싶지 않았다. 처

지가 서러워서가 아니었다. 새삼 외로워지기 때문이다. 나
뭇잎이 모두 떨어진 겨울 나뭇가지마냥 앙상한 자신의 처지
가 외로워서다.

"안다고요."

"몇 살이냐?"

"열여덟입니다."

"거 봐라. 아이지."

우은은 이 남자에게 어린아이로 보이는 것이 싫었다. 게
다가 점점 더 남자의 말에 말려드는 것 같아 정신을 차리자
고 생각했다. 이건 어린 고양이를 희롱하는 것과 무엇이 다
르단 말인가.

"말해라. 그건 어디로 갔지? 그것만 말해주면 나는 물러
갈 것이다."

"방금 전 말씀드린 대로, 알아서 알아내세요."

"유감스럽게도 나는 네가 말해주지 않으면 알아낼 수 없
다."

"그리 모든 것을 알아낼 수 있는데, 왜 명헌만 모르는 거
죠?"

남자의 눈썹이 움찔 올라갔다.

"그 아이의 이름을 아는구나."

우은은 입에 손을 댔다. 남자가 바짝 다가왔다. 그 검은
눈이 우은을 똑바로 보았다. 숨소리도 심장 소리도 들리지
않는 바위 같은 남자의 몸이 다가왔다. 그리고 그 검은 눈이

우은의 눈을 보았다.

"만나서 이야기도 나누었겠지? 뭐라 하더냐?"

"……."

"자, 말해. 응?"

나지막하고 강하게, 천천히 칼을 밀어 넣듯 말한다. 우은
은 그 말 한마디에 통증이 느껴졌다. 하지만 반여의 얼굴만
은 그림 같다. 하늘에서 내린 듯 아름다워 그 말 한마디 한
마디 향기가 풍기는 것 같다. 그것은 꽃의 향기가 아니라 피
의 향기, 얼음의 향기다.

"그 녀석은 네 생각과는 달리 아주 위험하다. 반드시 다시
데려와… 내 옆에 두어야 안심할 수 있구나. 그러지 않으면
안 된다. 그러니 말해라. 너를 위해서도, 나를 위해서도 그
편이 매우 좋을 것이다."

왜…….

반여가 우은의 턱에 손을 댔다. 옥처럼 차갑다.

"자, 말하렴. 어디에 숨었니?"

"모릅니다."

"정말?"

"네."

"다시 만나고 싶으면 어떻게 할 거니?"

"그 아이 마음일 겁니다."

"네가 보고 싶으면?"

"네?"

"잘생긴 아이지 않더냐. 그 아이가 나와 살 때 온 송도(松都)의 아가씨들이 죄 그 아이에게 눈을 못 떼었단다. 그런데 너, 있으되 있지 않은 너에게 얼마나 잘생기고 근사해 보였겠는가. 응?"

맞는 말이다. 그래, 이러고 있을 이유 같은 것 없는 거였구나.

하지만 그 아이는 분명 빛을 가지고 있었다. 이자로부터 도망치게 해주고 싶다. 지키고 싶다. 동생의 빈자리에 명헌이 들어온 것 같다.

"그건 그의 마음이죠."

"너는 보고 싶지 않으냐?"

우은은 하얗게 반여를 노려보았다.

"원수를 쫓는 건지 정인을 쫓는 건지 모를 일이네요. 가요! 가라고!"

우은은 팔을 저었다. 그때 항상 가슴에 달고 다니던 주머니가 저고리 아래로 떨어지며 반여의 팔목을 스쳤다.

순간, 우은은 반여의 잘생긴 얼굴이 호랑이처럼 무섭게 변하는 것을 보았다.

엄청난 변화였다.

분명 여전히 잘생긴 얼굴이었지만, 조금 전까지 보이던 부드럽고 소름 돋는 분위기는 삽시간에 사라지고 대신 분노한 호랑이 같은 얼굴이 튀어나왔다.

"들어가!"

반여가 고함을 질렀다.

무섭게 돌변한 반여는 정말 무서웠다. 온 피가 다 빨려 나가는 듯 춥다.

잠시 숨을 몰아쉬며 고개를 숙였다 드니, 반여는 사라지고 없었다.

내가 무엇을 본 거지? 아니, 무언가 만나긴 한 건가?

우은은 떨리는 턱에 손을 얹고 눌렀다.

숨소리가 점점 빨라졌다.

검은 그림자가 들어와 우은 옆으로 다가왔다.

우은은 구역질이 치밀어 오르는 것을 느꼈다.

어지러워 토할 것 같다. 입을 막고 있는데, 저 멀리서 그 모습을 행랑아범이 지켜보고 있다.

사방이 컴컴해졌다. 모두가 우은을 둘러쌌다. 우은의 옷자락을 검은 그림자들이 붙잡고 늘어진다. 동시에 현기증이 머리를 뚫었다. 바닥이 갑자기 왈칵 치솟아 오른다.

우은은 그대로 혼절해 쓰러졌다.

우은은 누워 있었다. 이상한 꿈을 꾸었다. 우은은 처음 보는 커다란 집안을 헤매고 있었다. 배산임수(背山臨水)로 터를 잘 잡은 평화로운 마을이었다. 우은은 그 마을에 있는 느티나무를 옆에 심은 아주 큰 집 안을 헤맸다. 지독한 피비린내가 풍겨왔다. 우은은 그 역겨운 냄새를 참으며 뜰을 헤맸다. 뜰은 잡초밭이다. 담 너머로 보이는 마을의 집들도 모두 폐가다.

가장 큰 안채로 들어갔다. 안채 문이 열려 있었다. 그리고 그 집 부엌에 사람 둘이 매달려 있었다. 남녀였다. 그들 목에 깊은 상처가 나 있었다. 상처에서 피가 흘러내려 바닥에 놓인 그릇으로 뚝뚝 떨어졌다. 그 앞에 남자 하나가 있다. 우은이 보아도 모른다. 우은은 손을 뻗어 사내의 몸을 찢었다. 사내의 몸이 재가 되어 흩어진다.

우은은 그 부엌에서 나가 안채로 향했다. 안채에 사내 여럿이 모여 있었다. 그리고 우은은 끔찍한 것을 보았다. 사내들이 모두 범 같은 송곳니를 드러내고 있었다. 그 턱과 입이 붉은 피투성이였다. 천장과 벽에 온통 피가 튀어 검게 굳어 있었다. 이불도 피에 흥건하게 젖어 있다.

우은은 그 가운데를 보았다. 벌거벗은 소녀가 그 앞에 놓여 있었다. 소녀의 팔과 허벅지, 가슴과 목은 온통 이에 물린 자국투성이였다. 그 주변에 피딱지가 들러붙어 있다. 소녀가 흐린 눈으로 우은을 보았다. 고통으로 피폐해져 있다. 우은은 분노와 혐오감을 느꼈다. 격한 분노가 그 손에 힘을 주었다. 사내 하나의 목이 뜯겨 나갔다. 사내의 몸이 재가 되어 흩어진다. 허공을 보는 다른 사내의 몸이 뜯겨 나갔다. 그 몸도 재가 된다.

사방에 비릿하고 끔찍한 재로 가득 찼다. 우은은 두 팔을 벌려 소녀의 몸을 안았다. 소녀의 무력한 몸이 안긴다.

—누이야.

우은이 속삭인다.

—누이야, 내가 왔다. 오라비가 왔어.

우은은 눈을 떴다. 머리가 어지럽고 온몸에 땀이 난다. 손발의 감각도 없다.

"아씨, 왜 이래요? 그 떡을 먹고 급체하신 겁니까."

강릉댁이 옆에 있었다. 파랗게 질린 얼굴로 우은의 손을 쥐고 있었다.

"그런 것 같아요, 강릉댁."

지독한 악몽을 꾸었다. 너무나 지독한.

무슨 꿈이지, 이건?

"그럴 줄 알았으면 제가 먹으라 하지 말라 하였을 터인데. 상한 거였나 봅니다. 죄송해요. 다 버릴게요."

"괜찮대도요. 늘 아픈데요, 뭐."

우은은 슬그머니 들어오는 검은 그림자를 보았다. 우은은 그림자를 멍하니 바라보다 눈을 감았다.

"왜요, 아씨? 또 이상한 걸 본 겁니까?"

"아니에요, 그런 건."

"불안합니다. 큰서방님도, 큰아씨마님도, 도련님도, 이제 아씨까지. 너무 불안합니다."

"괜찮을 거예요."

"아뇨. 아닙니다. 가시를 깔고 앉은 듯 불안합니다, 아씨. 아씨는 살아주세요. 가시면 안 됩니다. 이리 어린데, 이리 어여쁜데, 절대 그러시면 안 됩니다.”

강릉댁이 눈이 흔들렸다. 우은은 미안해져서 그 손을 잡았다.

“괜찮다니까요. 나가 봐요. 숙모님께는 그냥 체했다고만 하세요.”

“네. 꼭 나으셔서, 아씨는 좋은 집에 시집가서 만복을 누리며 사셔야 합니다. 그래야 해요. 아씨만은 복을 받아야 해요. 아씨는 그러셔도 되는 분입니다.”

“꼭 그럴게요. 그간 슬펐던 게 억울해서라도 그리 살고 말 거예요.”

우은은 빙긋 웃었다. 강릉댁의 손이 우은의 머리를 쓸어주었다.

“그래요. 잘 생각하셨어요, 아씨. 절대 이대로 쓰러지시면 안 됩니다.”

“그냥 체한 거라니까요.”

우은은 천장을 보았다.

이상한 꿈이다. 어제 본 듯 생생하고, 우은이 그 안에서 자신의 부모와 누이를 잃은 듯 분노하고 있었다.

무엇 때문일까.

그 사내, 반여 탓인가.

너무나 차갑고, 너무나 기이하고, 너무나 이질적인 사내였다.

그 자체가 겨울인 듯 차고 단단한 자다. 꿈을, 검고 차갑고 깊은 물속에 잠긴 듯 영원히 깰 수 없는 그런 꿈을 꾸는 것 같았다. 그는 범 같고 랑(狼) 같고 매 같다. 낚아채고 찢어 내고 삼킬 것 같다.

"마님께 말씀드릴게요. 약장에서 약을 찾아주실 겁니다."

강릉댁은 우은의 안색을 거듭 확인하고 부엌으로 갔다.

이제 두근거리던 가슴이 조금 가라앉는 것 같았다. 서서히 진정이 되자, 우은은 남자의 손이 닿았던 턱에 손을 얹었다.

아주 찼지, 그 손.

눈 아래로 눈물이 차올랐다.

명헌이 보고 싶다. 그 뜨거운 손이 그립다. 그 맑은 눈이 보고 싶다. 동정도 미움도 없는 그 천진한 따스함이 그립다. 걱정도 된다. 저들은 대체 왜 명헌을 쫓는 걸까.

우은은 울렁거리는 속을 다스리며 잠들려 했지만 잠이 오지 않았다. 문이 열리며 숙모가 들어왔다. 숙모 손에 들린 소반에 약사발이 놓여 있다.

"좀 먹으렴."

"네."

그때, 숙모 뒤에 다시 검은 그림자들이 번져 왔다. 문밖에 야차라도 있는 듯 크고 거대하다. 우은의 눈이 커졌다.

"시집갈 날 받아야 하는 아이가 왜 그러느냐. 아주버님도, 동서도, 우재도 모두 그리 시름시름 앓다 갔는데, 너마저 이러면 어쩌느냐."

“죄송합니다.”

“아니다. 죄송하면 얼른 나으렴.”

숙모가 왜 이리 다정한지 모르겠다. 평소라면 게으름 피우지 말고 일이나 거들라, 또 게으름이냐, 저게 또 제 팔자 서럽다고 노닥대는구나 하고 타박할 텐데 오늘은 왜 이럴까.

우은은 웃어 보이려 했지만 마음대로 되지 않는다. 너무 어지럽고 속이 울렁거린다.

“어서 약이나 먹으렴. 속 가라앉히는 데 좋단다.”

약 안에서 계피와 생강 냄새가 풍겨왔다. 향긋한 그 약물을 한 모금 두 모금 삼키는데, 갑자기 이불 위로 검은 그림자가 획 지나갔다. 우은의 손이 떨리며 방바닥으로 약이 쏟아졌다.

“죄송합니다.”

“아니다. 다시 내오마.”

“아니에요. 마세요. 괜찮아요. 제가 닦을게요.”

“원, 약을 줘도 못 먹는구나. 내일 아침까지 푹 자거라. 내일 다시 주마.”

“정말 괜찮아요. 내일이면 나을 겁니다.”

우은은 고개를 저었다. 숙모는 방을 나서 안채로 올라갔다.

우은은 그녀가 문을 닫고 들어갈 때까지 기다렸다가 바닥을 닦을 행주를 찾아 안채 부엌으로 갔다. 한 걸음 한 걸음

디딜 때마다 머리가 휘청거려 쓰러질 것 같았다. 금방이라
도 바닥에 붙어버릴 것만 같다.

우은은 행주를 찾아 집어 들었다. 옆에 있는 바구니에 구
멍이 나 있다. 쥐가 들어갔구나. 우은은 얼른 바구니를 열었
다.

안에 죽은 쥐가 있었다. 우은은 놀라 바구니를 던졌다. 죽
은 쥐가 바닥으로 나뒹굴었다. 안에 우은이 먹고 남긴 떡이
들어 있었다. 우은은 멍하니 떡을 보았다. 쥐가 반 정도 갉
아 먹었다.

"아……."

우은은 돌아섰다. 부엌 곁문 너머 숙모가 서 있었다.

숙모의 얼굴이 하얗게 변하고 있었다.

"너, 여긴 왜 왔니?"

"해, 행주 찾으려고요."

우은은 바닥을 보았다. 바닥에 떡과 쥐가 나뒹굴고 있었
고, 그것을 본 숙모의 얼굴도 핏기가 가시며 아예 새파랗게
변했다.

"떡에……."

우은은 자기도 모르게 말하다 급히 숙모를 보았다. 눈이
마주쳤다. 숙모가 웃었다.

"떡이 뭐?"

숙모가 준 떡이었다. 마른다고 먹으라고 주었다. 강릉댁
이라면 우은을 아끼니 손 하나 안 대고 우은의 입에 고스란

히 넣어줄 것이다.

"아닙니다. 제가… 치울게요."

"그래. 세상에! 어서 치워라. 보기 너무 흉하구나."

숙모는 곁문을 내던지듯 닫았다. 방에서 와당탕하는 소리가 들린다. 우은은 검은 쥐와 떡을 보았다.

왜 쥐가 죽었지.

다시 울렁거려 왔다. 머리가 어지럽다. 뱃속에 구렁이라도 들어간 듯 어지러운데 중심을 잃은 머리로 많은 생각이 스쳐 지나갔다. 아버지는 모르겠지만, 어머니의 병도 그랬다. 우재의 병도 그랬다. 어지럽고 숨이 막힌다 했다.

그때 누가 약을 주었더라? 아버지를 보낸 할머니, 할아버지는 실의에 푹 잠겨 방 안에서 나오지도 않았다. 숙모와 숙부가 자기들 돈으로 약을 지었다. 그러나 우재도 어머니도 도무지 낫지 않았다. 그러자 약은 점점 진해지고 한 번 먹던 것을 두 번, 두 번 먹다 세 번 먹게 되었지만, 병은 중해지기만 했다.

우은은 방으로 돌아갔다. 휘청대다 쓰러져 거의 기어가야 했다. 방에 도착하자 우은은 기침을 토했다. 입가로 핏물이 번졌다. 우은은 조금 전 숙모가 준 약을 한 모금 삼킨 것을 깨달았다. 다시 쿨럭 하며 안에서 뜨거운 기운이 솟구쳐 오르더니 피가 터져 바닥으로도 후두두 떨어졌다. 우은은 소매로 피를 닦았다. 닦으면 닦을수록 분노가 치솟아 올랐다.

그럴 리가 없다. 절대 그럴 리가. 아니, 그래서는 안 된다.

숙모가 미워서가 아니라, 그걸 모른 자신이 더 미워서였다.

우은은 가슴을 쥐어뜯었다. 고통의 울음이 터졌다. 흐느낌과 통곡이 터져 나왔다.

어머니와 우재만 없으면 집안의 모든 재산이 숙부의 것이다. 그럼 나는 왜? 그래, 드디어 조부모가 우은을 챙기기 시작했다. 좋은 집안으로 구색 맞춰 혼수를 챙겨 보낼 거라 했다. 은례의 혼사를 앞두고 있는데도 우은의 혼사가 더 중하고 우선이라 했다.

우은은 아랫입술을 물었다. 눈물이 나왔다.

아무리 사람이 악하다 하더라도 동서와 조카 둘을 한꺼번에 죽일 수 있을 만큼 악하단 말인가. 욕심이 많을 뿐 평범한 사람인데. 독기 서린 말을 쏘아 던지지만, 사람을 없애려면 심장이 쇠가죽처럼 두껍고 피가 잿물보다 독해야 하는데.

우은은 벽장을 열고 함을 열었다. 거북 껍질로 만든 빗, 어머니가 시집가서 쓰라며 건네준 옥비녀와 백동 비녀, 칠보 가락지와 은가락지가 가지런히 들어 있다. 값진 것은 대부분 아버지가 준 것이고 비녀만 어머니가 혼수로 들고 온 것이다. 백동 비녀는 어머니가 친정에서 받은 유일한 물건이요, 어머니의 어머니로부터 물려받은 물건이기도 해서 귀중하게 여겼다.

지켜야 한다, 우은아. 지켜.

우은은 비녀를 꽉 쥐었다.

어머니, 내가 오해한 거라, 내가 잘못 생각한 거라 해줘
요.

그리고 그 자리에서 얼어붙었다.

새카만 그림자가 문 너머에 앉아 있었다.

설마 반여인가.

살며시 문이 열리며 들어온 얼굴은 다름 아닌 행랑아범이
었다. 올해 마흔이 되도록 홀로 사는 남자였다. 아무리 아랫
사람이라지만 이렇게 방 안으로 성큼 들어오는 것에 우은은
두려워졌다.

“아직 안 주무시고 있었군요.”

“자, 잠이 오지 않아서요.”

우은은 가슴에 손을 얹고 주먹을 꽉 쥐었다.

“제가 말입니다, 사실 전날에 아씨가 외간사내를 만나는
것을 보았습니다. 요 며칠 전에도 보았습죠.”

식식대는 소리가 공기를 울린다. 우은은 몸에 더러운 것
이 들러붙는 것 같았다. 다가오면 다가올수록 엿물처럼 더
욱 끈적거리며 몸에 들러붙는다.

“젊은… 사내던데요.”

“그저 불쌍한 사람일 뿐이었어요.”

“한창 가슴이 울렁거릴 나이이긴 하지요. 아씨가.”

“나가요.”

“마님은 아직 한 번밖에 안 만났다고 생각하십니다. 하
지만 아씨가 요 며칠 계속 만나러 나가셨다는 거 잘 아십

니다.”

“가!”

가만, 그래.

우은은 맞은편 벽을 보았다. 그림자가 드리워져 있었다. 행랑아범의 그림자가 아닌, 더 크고 거대한 그림자다. 그림자는 천천히 고개를 저었다.

아직 위험하다고 말하고 있지 않다. 이건 아니라고, 조심해야 하는 건 이게 아니라고 말하고 있다.

우은은 행랑아범을 보았다. 행랑아범의 이미 젊어서 일찍 찌그러진 눈이 우은을 핥듯이 보고 있었다

“마님이 말씀하셨습니다. 한 번만 더 아씨의 음란한 행실이 눈에 뜨이면 처리할 수밖에 없다고요.”

“뭐요?”

“하지만 저는 아씨가 그리되는 것을 바라지 않습니다. 보십시오. 작은 토끼처럼 솜털 보송하고 고우신데, 제가 아씨에게 해를 끼치고 싶겠습니까.”

식식대는 소리가 점점 가까워져 왔다.

우은은 뒤로 물러났다. 검은 그림자는 계속 고개를 저었다. 아니라고 말한다.

왜 이게 위험하지 않다는 거지?

왜 이게 아무것도 아니라는 거지?

그러고 보니 방금 전 반여가 왔다 갔을 때 저 그림자는 꿈쩍도 하지 않았다. 아니, 근처에 나타나지도 않았다. 명헌이

있을 때만 난리였다. 우은은 몸을 뺐다. 가야 한다. 하지만 손목이 잡히고 목이 눌렸다.

"놔……!"

"비명 질러보쇼. 저는 아씨가 저를 끌어들였다고 마님께 고할 것입니다. 그리고……."

"놔."

눈물이 나온다. 억울하다.

저 시커먼 것, 우은을 지켜보는 저 시커먼 그림자에 분노가 치민다. 예고하고 싶으면, 경고하고 싶으면 그게 뭔지 입을 열어 말하란 말이야! 나를 좀 지켜달란 말이야!

"잠시만 조용히 계셔주면 됩니다. 잠시만."

우은은 행랑아범의 팔을 물었다. 분노에 찬 손길이 우은의 뺨을 망치처럼 무작스럽게 후려쳤다. 나가떨어졌지만 우은은 비명도 지르지 못했다. 다시 무작스러운 손이 우은의 어깨를 잡아 눌렀다. 몸이 바위에 떠밀리는 것 같다. 아작아작 부서질 것 같다. 하지만 이대로 물러날 수도, 물러나서도 안 된다.

우은은 몸을 뒤틀었다. 물려고 했지만, 허공을 물었다. 발을 당겼지만, 사내의 단단한 무릎에 눌려 꿈쩍도 할 수 없는 데다 아프다.

순간 그림자가 휙 사라졌다.

이마로 찬바람이 닿았다. 문이 열린 것이다. 행랑아범이 기겁하며 몸을 멈추었다. 우은은 주먹을 꽉 움켜쥐고 행랑아범의 턱을 위로 후려쳐 올렸다. 맞아 혀를 깨문 듯 행랑아범의 입술 사이에서 피가 흘러나왔다. 우은은 베개를 집어 행랑아범의 머리를 후려치고 함을 내던졌다. 다시 피가 튀어 올랐다. 비녀와 빗, 가락지가 쏟아졌다. 어머니의 물건이다. 그 귀한 것들이 바닥에 쏟아져 모독당하고 있다. 그러나 아무것도 쥘 수 없었다. 행랑아범이 우은의 발을 잡았다. 다 끝났다고 생각하면서도 우은은 비녀를 쥐고 행랑아범의 손등을 찍었다. 그가 기겁하며 손을 움츠렸다.

우은은 달려나가 곁문을 열었다. 다시 행랑아범이 달려나와 우은을 향해 덤벼들었다. 우은은 바닥에 내동댕이쳐졌다.

누구 없냐는 말도 나오지 않았다. 이 집이 너무도 두려웠다. 강릉댁을 찾아가고 싶지만, 강릉댁은 숙모와 숙부의 아랫사람이다. 우은이 도와달라 하면 고용살이하는 강릉댁을 오히려 힘들게만 할 것이다.

그렇다면 차라리 나 혼자 사라지는 편이 나은가.

누구에게도 도움이 되지도, 필요하지도 않은데.

그런데 행랑아범이 비명을 지르며 휙 나가떨어지더니 섬돌에 세게 내동댕이쳐졌다. 섬돌과 주춧돌로 그 피가 튀었다.

"가라."

귓가로 남자 목소리가 들려왔다.

"어서!"

우은은 달렸다. 영원히 돌아올 수 없을 집을 뒤로하고 달렸다. 한참 달리다 나동그라졌고, 다시 일어나 달렸고, 그러다 다시 나동그라졌다. 우은은 그제야 발이 버선발이란 것을 깨달았다. 무릎을 당기자 아픔에 눈물이 치솟았다. 이제 어쩌나. 어떻게 되나. 울음은 통곡이 되었다. 뜨거운 눈물이 볼을 타고 흘러내려 툭툭 떨어졌다. 우은은 입을 막고 흐느꼈다. 산속에 박혀 밤의 깊은 어둠을 온몸으로 느끼며 흐느꼈다.

잠시 잠들었을까. 울다 지쳐 눈을 감았다 뜨니 온몸이 시려 왔다. 하늘은 검푸르게 밝아오고 있다.

우은은 일어나 비틀비틀 내려가기 시작했다. 맞은 입술이 아팠다. 손목도 벌써 멍이 들었다. 조였던 목이 쓰리다. 게다가 발바닥과 무릎은 불로 지지는 듯 아프다. 그래도 우은은 비틀거리며 걸어갔다. 차가운 솔 향이 풍겨온다. 손바닥이 아프다 생각하며 들어보니 어머니의 비녀를 꼭 쥐고 있다. 그 끝에 행랑아범의 피가 아직 묻어 있다. 우은은 피를 나뭇잎에 닦았다.

행랑아범은 어떻게 되었을까. 그가 아직 입이 있다면 우은에 대해 무슨 이야기를 할지 뜨는 해를 보는 듯 뻔하다.

숙모는 들킬까 봐 두려운 것이다. 우은은 그녀가 준 약을 고작 두어 모금 삼키고 뱉었다. 숙모가 부엌으로 온 이유도 알 것 같다. 그 떡을 다 먹었나 확인하러 온 건데, 우은과 마주치고 독을 탔다는 것도 들키고 말았다. 우은은 조부모에게 당장 이 일을 고할 터이고, 관아로 고변이라도 들어가면 숙모는 끝장이다. 증좌(證左)라도 나온다면 숙부와 조부모는 얼른 숙모를 버릴 것이다. 그러면 숙모가 할 선택은 하나뿐이다. 아무나 시켜 없애는 것이다. 일단 우은이 없어지면 대체 누가 우은의 억울함을 풀어줄까. 대충 하인들 두드려 입맞추면 우은은 깔끔하게 세상에서 사라진다.

우은은 희끄무레 밝아오는 하늘을 보았다.

해는 또 뜨는데, 당연하다는 듯이 뜨는데, 이제 우은은 돌아갈 집도 머물 방도 없게 되었다. 어제까지는 불행한 매일이었는데, 오늘부터는 갈 곳 없는 나락이었다.

어느덧 하늘이 더욱 푸르러지며 저 멀리서 흰빛이 뿜어져 올랐다. 산 위로, 나무 위로, 바위 위로 불그스레한 빛이 번져 들며 그림자가 고여갔다.

어쩌다 이리된 걸까. 아니, 이제 그게 무슨 상관이런가. 다 끝난 것을, 다 무너진 것을, 다 사라진 것을.

우은은 무릎을 꿇으며 쓰러졌다. 여기서 더 걸어서 무엇하런가. 이대로 주저앉아 바위가 되고, 땅이 되고, 풀이 되고, 나무가 되면 얼마나 좋을까. 눈을 뜰 필요도 없고 더 슬퍼할 필요도 없다면 얼마나 좋을까. 입에 밥을 넣을 필요도 없다면, 물을 마실 필요도 없다면 얼마나 좋을까.

몸을 움츠리며 어깨를 잡았다. 길 너머로 흰빛이 보였다. 정말로 흰빛이었다. 우은은 젖은 눈을 들어 그 흰빛을 보았다. 눈물범벅이라 앞이 잘 보이지 않았다. 뜨거운 손이 우은

의 눈물을 닦아주었다. 눈물이 멈추어야 하는데 흐느낌이
터져 올랐다. 흐느낌이 더 큰 울음을 부르고, 울음은 통곡이
된다. 쏟아지는 햇살은 몸을 적시고, 숲을 적시고, 개울을
적셨다. 가지 위로, 나뭇잎 위로, 개울 위로 쏟아지는 햇살
은 눈 끝이 아릴 정도로 눈부시다. 그런데, 저렇게 눈부시게
빛나건만, 저 찬란한 그 무엇도 우은의 것이 아니다. 손끝에
서 부서지고, 발끝으로 흘러내리고, 머리 위로 싸늘하게 스
쳐 지나갈 뿐이다.

온기가 다가왔다. 명헌이 고개를 숙여 우은의 머리에 이
마를 댔다. 뜨거운 열기가 이마에 닿았다. 우은은 이제 일어
나야 한다고, 정말로 일어나야 한다고 생각했지만, 발에 힘
이 들어가지 않았다. 독의 기운은 아직 채 가시지 않았다.
우은은 그의 가슴에 기댔다.

명헌은 우은의 젖은 머리카락을 뒤로 넘겨주고 안았다.
숨을 깊게 들이마시자 그 품에서 산의 냄새가 풍겨왔다. 뜨
거운, 여름의 산 같은 싱그러운 내음이.

"어떻게 된 거야?"

사실대로 말할까. 하지만 말해서 무엇하겠는가. 우은을
도와줄 수도 없고, 또 우은도 그렇게 신세 지고 싶지 않았
다.

우은은 고개를 저었다.

"집에서 혼났어."

"그렇다고 그렇게 서럽게 울어?"

"그럴 일이 있었던 것뿐이야."

"쫓겨난 거야?"

"아냐."

추방당했어. 영원히. 우은은 명헌의 어깨너머를 보았다. 이제 그림자는 없다. 그림자도 집에 두고 왔나 보다.

"뭘 보는 거야?"

명헌이 물었다.

"아무것도."

그러다 문득 가슴을 파고드는 딱딱한 것이 느껴졌다. 어머니가 물려준 그 불상이다. 항상 몸에 차고 다닌 덕에 집에서 들고 나온 것이다.

"반여라는 사람이 너를 찾아."

명헌의 턱이 굳었다.

"우리 집에 왔었어. 친구 아들이라고 말하고야 있지만, 믿을 만큼 눈치가 없어주질 못해서. 너와 그 사이에는……."

우은은 침을 삼켰다.

"주인이 되려는 자와 주인을 피하는 자 같았어."

우은은 명헌의 단단한 눈을 보았다.

"그저 도망노비라면 그렇게 직접 쫓아다닐 것 같지는 않아 보였어. 행여 집안을 망치거나 재산을 들고 도망갔다면 그럴 수 있지만, 너는 그런 건 아닌 것 같고."

"너한테 뭐라고 했는데?"

"어디 있느냐고 물었어."

"그래서?"

"모른다고 했어. 정말 모르잖아."

명헌이 피식 웃었다.

"그래, 모르지. 어땠어, 그 사람?"

"무서웠어. 그 앞에 서면 무엇도 마음대로 할 수 없을 것 같았어."

"그래, 그는 원하는 것은 무엇이든 하고, 바라는 것은 무엇이든 가지는 자야."

"대체 뭐하는 사람인데?"

명헌은 아무 말도 하지 않았다.

우은은 반여의 얼굴을 떠올렸다. 그림처럼 아름답지만 달처럼 차갑다. 표처럼 우아하나 그 몸은 서늘한 암흑을 담고 있었다.

그런 사내와 이 소년 사이에 대체 무슨 일이 있었던 걸까.

"보물."

명헌이 말했다.

"응?"

"보물이라고 했지."

"너를?"

"그래."

그러며 쓸쓸하게 웃었다. 우은은 더 묻고 싶었지만, 목숨이 꺼져 들어가듯 힘이 없어진다. 생이 닳아 없어지기 전에 발걸음을 옮겨야 할 것 같다. 우은은 일어났다. 어지럽긴 하지만 걸을 만했다. 명헌이 그런 우은에게 손을 내밀며 말했다.

"손 줘봐."

우은은 손을 내밀었다. 명헌은 우은의 손을 잡고 물끄러미 보았다.

"비상(砒霜)."

"응?"

"비상이야."

"무슨 소리니?"

"누군가가 네게 오랫동안 비상을 먹였어."

"어떻게 아니?"

"손톱을 보면 알아. 여기 이 흰 무늬. 비상을 오랫동안 먹으면 나타난대. 봐. 얼굴도 이리 하얗지."

짐작은 했지만 확인하게 되니 그것은 그것대로 아팠다. 우은은 손을 움츠렸다.

"가자."

명헌이 그 손을 모아주며 말했다.

"어디로?"

"우은이 네가 나를 데려다 준다고 했던 곳 말이야. 명은사."

"이 상황에 참 잘도 떠올린다."

우은이 어이가 없어 웃었다.

이제 돌아갈 수가 없다. 대체 어떻게 그 집으로 돌아갈 수 있단 말인가. 그나마 지금 왕을 깔아뭉개고 나라를 다스리는 대비와 정난정이 사방에 절을 흥하게 만든 것이 고맙다. 그래도 절에는 머물며 살 수는 있으니까. 비구니나 되어버릴까.

"우은아, 그전에… 대체 집에서 무슨 일이었던 거야?"

"아무 일도 아니야."

"보통 일이 아닌 것 같은데?"

그리고 우은의 어깨를 쥐는 명헌의 손은 다정했다. 받아들이고 믿고 싶어진다. 우재에게서 항상 느끼던 상냥함이다. 하지만 안개같이 가볍고 덧없던 우재와는 달리 강하고 단단하다.

그를 보며 우은은 소녀가 되었다. 세 해 전에 죽어버렸다 생각했던 바로 그 소녀가 돌아와 우은의 심장을 중심으로 제 몸을 찾아가려 하고 있었다. 다정함, 따뜻함, 이 모두 너무나 그리웠다. 명헌이 우은을 안아 들었다. 우은은 그 가슴에 기대었다. 의지할 수 있다는 것이 너무나 고마웠다. 우은이 이 아이에게 도움을 주는 것이 아니다. 이 아이가 우은을 도와주고 있었다.

우은은 새벽에 그녀를 도와주었던 사람을 떠올렸다. 행랑아범을 때려눕히고 우은을 도망치게 해준 사람이 있다. 그건 누구이지? 명헌일까? 아니다. 그럼 누구지?

그리고 그 목소리. 북처럼 둥 하고 울리던 그 목소리. 대체 누구일까. 더 생각하기 힘들다. 잠이 밀려든다.

❀

강릉댁은 우은을 깨우려고 아래채로 향했다.

어제 내내 힘들어하는 것 같아 안쓰러워 저녁에라도 들여다보고 싶었는데, 마님이 갑자기 바느질거리를 산더미처럼 안기는 바람에 꿈쩍도 못하고 안채 찬방에 잡혀 있다가 잠들었다.

그러나 아래채에 온 강릉댁은 기겁했다. 아래채 문은 활짝 열려 있고, 그 안은 난장판이었다.

"아씨!"

강릉댁은 기겁해 방 안을 살폈다. 안에는 아무도 없었다. 대신 피가 사방에 튀어 있다.

강릉댁은 주변을 둘러보았다. 안채 뒤뜰에 사람이 쓰러져 있다. 행랑아범이다. 손과 목이 피투성이다. 계집종 섬섬이가 나왔다가 보고 경기를 일으켰다. 강릉댁은 안채로 달려가며 외쳤다.

"마님! 마님!"

강릉댁은 안방 문을 향해 크게 외쳤다.

"마님, 큰일 났습니다! 마님, 나와 보세요!"

무슨 일이냐고 들여다보기라도 해야 하는 마님은 안방에 앉아 꿈쩍도 하지 않았다. 강릉댁은 주제넘은 짓이라는 것을 알기는 했지만 직접 문을 열었다.

방 안에 마님이 부들부들 떨고 있다. 흰 이불이 붉은 피로 흥건하게 젖어 있다. 강릉댁과 눈이 마주치자, 마님이 공포에 질린 눈을 들었다. 그 목덜미가 피범벅이었다. 무엇에 물린 듯 잇자국이 나 있고, 거기서 피가 줄줄 흘러내려 옷섶을 적셨다.

"마님?"

"귀, 귀가……."

"마님, 피가 납니다! 세상에! 이게 뭡니까!"

"몸에 열이 나. 덥네. 너무 더워! 온몸이 가마솥에 있는 듯 뜨거워!"

그러나 강릉댁의 손을 스치는 부인의 몸은 얼음 덩어리처럼 차가웠다.

"더워! 열이 나! 덥다고! 물을 좀 가져다줘! 뭐든 줘!"

강릉댁은 부인의 목을 보았다. 목에 있는 상처에서 계속 피가 흘러나왔다.

"이게 뭡니까? 박쥐에 물리시기라도 하셨습니까?"

"귀가 나타났어!"

"귀라니? 무엇입니까, 그게?"

"산 귀신이, 사람 잡아먹는 산 귀신이 나타났네! 얼음처럼 찬 것이 나를 쥐었네!"

"네?"

"송도 도성 안에 그런 소문이 있어! 사람 피를 먹는 산 귀신이 있다고! 나타나면 온몸이 추워지는 그런 귀신이 있다고!

그 귀가 있네, 강릉댁! 그 귀가 있어! 본 적이 있네! 정말 본 적이 있어! 그 귀야! 나를 물었어! 귀가 내 피 안에 독을 심었어! 그 독을 삼키면 걸귀가 되는데, 내가 걸귀가 되면 어떻게 하지! 나 이제 그리 흉물이 되는 겐가! 싫네! 정말 싫네!"

"마님, 대체 무슨 소리십니까?"

강릉댁은 무슨 말인지 알아들을 수가 없었다. 송도라면 부인의 고향이 아닌가. 그 오래된, 멸망한 옛 왕국의 수도였던 도성에 무슨 전설이 내려오든 강릉댁은 알 리가 없다. 아무래도 문으로 들어온 산짐승에 물린 것 같은데 피는 많이 나도 큰 상처는 아닌 것 같다.

"저기, 마님, 아래채 아씨가 사라졌습니다."

부인의 눈에 힘이 들어갔다.

"사방이 피투성이입니다. 게다가 저기, 저 아범도 이상합니다. 산 것도 죽은 것도 아닌 채로 뒤뜰에 고꾸라져 있습니다. 어쩝니까?"

부인의 입술이 올라갔다. 웃음이 흘러나왔다.

"귀가 잡아갔군."

"네?"

"산 귀신이 잡아갔어! 처녀애니 잡아간 거야! 귀로 만들려 데리고 간 거야!"

강릉댁이 당황했다. 차라리 범이 와서 물고 갔다고 하면, 아이고야, 할 수라도 있겠지만, 마님이 정신이 나가 어이가 없는 소리를 늘어놓으니 상처가 걱정되면서도 화가 났다.

그런데 부인이 갑자기 풀썩 쓰러졌다.

"마님?"

강릉댁은 마님을 흔들었지만, 마님은 얼어붙은 듯 꿈쩍도 하지 않았다. 몸도 얼음처럼 찼다.

"어찌 된 겁니까?"

난하가 등 뒤에서 물었다.

반여는 고개를 저었다.

"별거 아니다. 어제 그 여자아이가 저 집을 떠났다."

"아, 그렇군요."

난하가 수심에 가득 찬 얼굴로 수긍한다.

절세미녀처럼 고운 난하의 얼굴은 늘 저렇게 수심에 푹 젖어 있다. 항상 슬프고, 항상 우울하고, 항상 애수에 풀풀 젖어 저 얼굴로 돌아다니면 온 도성 안 여자들이 그 애수에 같이 젖어들었다.

"당신이 도망치게 도와주지 않았습니까. 왜 그러신 겁니까. 일부러 놓아주신 거 뻔히 보였습니다."

"어차피 혼이 강해서."

"네?"

"기백이 강해서 마음대로 어르긴 글러 먹었으니 마음대로 하게 놓아두어야 편하다."

"여자애 하나 다루지 못하십니까."

"아무리 나이가 먹어도 여자 다루는 법은 항상 처음부터 다시 배워야 해. 게다가 저 집에 오래 있어봤자 좋을 것도 없어 보여서."

반여는 조금 전 안방에서 가지고 온 약을 놓았다.

난하가 눈살을 찌푸렸다.

"비상이군요."

"어제 그 아이의 몸을 보고 알았다. 오랫동안 비상을 먹어 왔더구나. 자발적으로 먹을 만한 건 아니지. 게다가 어제 갑자기 그 아이가 앓아누운 것을 보니 무슨 일이 있었는지는 몰라도 야금야금 먹이던 비상을 갑자기 많이 먹인 것 같다."

"누가 먹인 건가요?"

"일단은 이 집 마님인 듯하지만, 그 남편도 끼어든 것 같다. 흠, 그리고 그걸 알아보러 저기 저 방에 다녀올 때 사고가 좀 있었어."

난하는 비탈에 서서 집 안을 보았다. 쓰러진 부인과 그 부인을 붙들고 늘어지는 찬모, 막 잠에서 깨어난 가솔들이 메뚜기처럼 뛰어다니고 있다.

"사고치고는 고의성이 다분합니다만."

"그래."

반여가 웃었다.

"이제 어디로 가실 겁니까?"

"근처에 절이 있을 거야."

"절이요?"

"아마도 이 집 아씨가 명헌을 데리고 그곳으로 갔을 거다."

"쫓기는 몸인데 옆에 여인까지 달고 다닙니까?"

옆의 겸이 묻는다. 검은 얼굴에 약동하는 심장을 가진 이 청년은 항상 이 둘을 두렵다는 듯 바라보곤 했고, 그럼에도 불구하고 열심히 따라오고 저리 묻는다.

"여인이니 더욱 좋지."

"무슨 소리십니까?"

"살아 있는 여인이 옆에 있다면 이보다 더 좋을 수는 없지. 여인의 피 냄새라도 맡으면 우리가 얼마나 미쳐 날뛰겠느냐."

겸이 이를 악물었다.

"너보다야 맛있겠지."

겸의 얼굴이 창백해지자, 난하가 그런 반여를 말렸다.

"그만하십시오. 놀랍니다. 진담인 줄 알고."

반여는 자리에서 일어났다.

"가자. 이 근처에 명은사라는 절이 하나 있지. 여기서 한나절 거리. 가려면 그곳으로 갔을 것이다."

"잡을 수 있습니까?"

"글쎄다. 하지만… 녀석은 내가 따라잡기를 기다리는 것 같다."

"당신이 싫어 죽을 텐데요."

"아, 못생긴 사내에게 쫓기는 여인처럼 싫어하긴 하지. 그런데 그런 것 같지는 않아."

"어떻게 다릅니까."

“그냥 싫어하는 사내를 덜 싫은 사내에게 인도하는 것 같다고 해야 할까.”

“비유가 뭐 그러십니까.”

“하여간 그래. 내가 자신을 쫓아오도록 하면서도, 놓치지 않도록 하는 것 같다. 그냥 왠지… 녀석이 자꾸 덫을 놓고 미끼를 던지는 것 같단 말이지. 도망칠 거면 아예 바닷가로 가 바다를 건너가든가, 아니면 국경을 넘어 대국으로 도망쳤을 것이다. 하지만 녀석은 내가 반드시 그곳으로 오기를 ‘기다리는 것’ 같단 말이다.”

“어찌 아십니까?”

“느낌이다.”

“정말요?”

“어린 사내애들에게 미움받는 데는 워낙 익숙해서 말이야.”

사실 난하가 보기에도 반여의 말이 옳았다. 여태까지 반여는 너무 쉽게 발견해 왔다. 반여는 자신이 워낙 영리하여 여기까지 쉽게 온 게 아니라는 건 알고 있다.

“게다가 도와준 자도 있다. 이 모든 것을 혼자서 한 거라면 녀석이 대단하다 못해 신령님이거나, 아니면 내가 더없이 덜떨어진 것이겠지. 그러니 누군가가 도운 것이다.”

“후자일 가능성이 아예 없다고 생각하십니까?”

“그 아이는 내 보물이다.”

반여가 그리 말하며 검은 얼굴의 청년을 보았다. 청년은 고개를 슬그머니 돌렸다.

"내 보물이지. 너희도 그러지 않았느냐. 내 보물이라 훔치려 했지. 그 아이는 내 보물이니 그 누구도 그 아이를 가질 수 없다. 그 아이 자신일지라도."

반여의 입술 사이로 희고 날카로운 이가 드러났다.

살육을 담은 날카로운 이였다.

겸은 그 이에 움츠러들었다. 저 날카로운 이가 무엇을 할 수 있는지 조금 전에 보아 안다. 저 이에 물린 저 집 마님이 울부짖는 소리도 들었다.

생귀.

산 귀신이라 했다.

겸은 이자들이 처음 그의 마을로 왔던 날을 기억한다.
잊으려야 잊을 수 없다.

산 귀신이야!

할머니의 고함 소리가 들린다.

산 귀신이라고!

第三章
명은(冥恩)

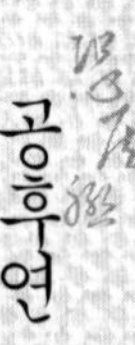

'보물'.

그 말이 그들의 속을 뒤흔든다.

곳간이 말라붙고 뒤주는 비어 있는데 내일을 또 살아야 한다는 것이 두렵다. 내일의 배고픔이 두렵고 모레의 고통은 더 두렵다.

그때 그 말을 들었다.

보물이 있다고.

하지만 그건 그다지 충족을 시켜주지는 못한다. 오히려 마르던 목이 아예 타들어가는 것 같고 주린 배는 더 고통스러워진다. '그것만 있으면 된다' 라는 생각은 오히려 지금의 고달픔을 깨닫게 해준다. 줘. 달란 말이다. 우리의 운명을

바꿀, 우리의 고통을 끝낼 '바로 그것'을 달란 말이다. 견딜
수가 없단 말이다!

"생귀들의 보물이라더라."

그 말을 처음 꺼낸 것은 겸의 아버지였다.

"생귀요?"

"그래, 생귀."

살았으면 산 것이지, 그 뒤에 귀신은 또 왜 붙는가. 귀신
이면 귀신인 게지 살았단 말은 왜 붙이는가. 아버지는 하여
간 그런 것이 있다 한다. 그래서 그런 것이 있나 보다고 생
각하기로 했다.

"그게 무엇입니까."

"보물?"

"아뇨. 생귀란 것. 산 것입니까, 죽은 것입니까?"

"둘 다."

계곡을 옆에 끼고 거친 바위가 곳곳에 솟은 산채에서 보
물이란 말은 '훔칠 것', '강탈할 것'의 목록에 들어간다.

굉장한 물건이라 한다. 그것만 있다면 앞에 있는 그 어떤
문제도 해결된다 한다. 그러나 겸은 세상을 한꺼번에 뒤바
꿀 수 있는 것이, 그 어떤 힘도 무력하게 만드는 것이 있다
고 믿지 않았다. 그런 것을 가지면, 아니, 가질 거라 기대를
품으면 항상 결과가 좋지 못하다. 겨드랑이에 날개가 달린
소년 장군은 백 일을 견디지 못하고 동굴 안에서 피를 토하
여 죽고, 여우는 천 일을 채우지 못하여 짐승으로 돌아간다.

희망이 마지막 한 고비에서 사그라지면 숨어 있던 절망이 그 폐허를 삼킨다. 어차피 이리될 줄 몰랐단 말이냐고 속삭이며.

지난 몇 년간, '힘든 일'이라 하면 떠올릴 만한 일들은 죄다 벌어진 것 같다. 물론 재난이야 언제고 있어왔고 언제든 있을 일이지만, 언제고 있었던 일들이라는 것은 여태 없었던 일보다 해결하기 힘들다. 태어날 때부터 가진 병처럼 항상 몸을 아프게만 할 뿐 처리할 수는 없다.

수탈은 항상 있어왔던 일이지만 대비의 동생인 윤원형과 그와 이런저런 비리로 얽힌 자들은 '그래도 여기까지는 하지 말자'는 선을 당연하게 넘겼다. 하라 하면 하게 되는 것이 아랫것들이요, 내놓으라 닦달하면 어떻게든 내놓고 마는 것이 아랫것들이라 하였다. 죽어도 내놓는 것이 국법에 정해진 것이라 하며, 이 국법을 지키는 것이 임금의 백성 된 도리라며 윽박지른다. 지킬 수 없는 국법을 정해놓고 지키지 않으면 불법이라 한다. 그 법을 지키려면 죽는 수밖에 없을 것 같아 하소연하거나 도망치면 단 한 번도 백성을 지켜준 적이 없던 그 국법에 따라 엄중히 다스린다.

그들의 탐욕은 한계를 몰랐다. 사람은 '그래도 이것만은 가지고 있어야 하는' 한계는 본능적으로 알지만, '이 정도면 그만두어야 하는' 한계는 모른다. 게다가 탐욕은 송아지처럼 하나하나 태어나는 것이 아니라, 곰팡이처럼 폭발한다. 높은 자 하나의 탐욕이 백 명의 백성을 고달프게 하고, 더 높은 자 하나의 욕망은 천 명의 백성을 망가뜨린다.

쌀 한 되밖에 없는 약자의 한 되마저 빼앗아 자기 곳간에
부어놓으려는 자들은 그 극한의 고통을 조금도 생각하지 않
는다. 당장 먹을 것도 없는데 갚아야 하는 것만 많다. 어떻
게든 만들어서 내놓던 것도 이미 오래전 일이다. 그나마 있
던 논과 밭을 처분해 부잣집에 넘기고 땅을 빌려 농사를 지
으며 그 논과 밭이 떨어질까 전전긍긍하다 보면 계속 가난
하기만 할 뿐이다. 결국, 마지막 선을 넘기면 사람들은 더
이상 복종하기를 포기한다. 그러면 권력에 대한 두려움이
사라지고 살던 곳을 버리는 두려움도 사라진다. 그리고 도
망친다. 망가진다. 으스러진다. 삶은 파편이 되고 내일은 나
락이니 존재하는 것은 순간뿐이다.

겸의 큰아버지와 아버지는 의주에서 역관을 했다. 군수가
한양에 내놓을 공납품이 맞추어지지 않자, 군수는 아전을
족치고 아전은 주변 사람들을 죄다 족치다 보니 겸의 가족
이 공납품을 빼돌렸다는 누명을 쓰게 되었다. 물론 뒷자리,
옆자리로 공납품 빼돌리는 데 일조를 하고, 그 빼돌린 만큼
채우느라 이웃들에게 많은 민폐를 끼쳐 왔던 겸의 부친과
그 형제들이었다. 그래도 그 죄의 정도를 따지자면 가장 가
벼웠지만, 신분이 가장 낮아 물이 아래로 흐르듯 고스란히
떠맡게 되었다.

겸의 일가는 밤에 도망쳤다. 고향과 멀어질수록 가족들이
하나둘씩 길에 묻혔다. 겸의 어머니, 아내, 딸, 아들이 차례

로 묻히고, 백모와 백부는 백모의 친정 오라비가 조카들과 함께 친정에 앉혀 헤어졌다. 이 산채에 왔을 때 남은 가족은 겸과 겸의 아버지, 그리고 새카맣게 오랫동안 살아온 할머니뿐이었다.

"할머니는 생귀가 뭔지 아십니까?"

"아냐고?"

할머니가 이죽거렸다.

"생귀들이란 죽었다 살아난 자로, 그 피에 귀의 독이 들어찬 자다. 이자들은 안에 진액이 없어 산 사람들의 피와 진액을 마셔야 한다. 이것들이 피를 마시고 생살을 먹어야 하는데 말이다, 이들의 숨이 피로 들어가면 산 사람들은 절로 피와 진액이 마른다. 여귀는 사내 피를 탐하고, 남귀는 처녀 피를 탐한다 하더라. 혈귀라고도 부르고, 생귀라고도 부르지. 만지면 돌처럼 차다고 하더라."

"그런 게 세상에 있는 줄 처음 알았습니다."

"당연하지. 혈귀에 대한 이야기는 전하는 것이 아니니. 그 혈귀 중에서도 대장이 있지. 당연하지. 사람에게도 임금이 있고 짐승에게도 우두머리가 있는데. 그를 일컬어 공후(恐侯)라 한단다. 두려움을 일으키는 대장들이란 뜻인 게지."

"공후?"

"그래, 공후. 그게 사람들이 떠들지 못하도록 단속해. 천 개의 귀로 만 개의 입이 말하는 걸 들으면서 말이야."

"그런데 정말 그런 게 있기는 한가요?"

"있지. 하지만… 평소에는 나타나지 않아. 논바닥 아래 숨은 개구리나 풀 아래 숨은 메뚜기 같아. 하지만 사람값이 싸지면 그 귀신이 창궐한다 한다."

"차라리 생귀라도 만나고 싶습니다. 제 목숨 값도 궁금하군요. 만나자마자 바로 이 목을 내놓을 겁니다."

겸은 살아 눈 끔뻑이고 입에 밥을 넣는 짐승이었을 뿐이다. 그러나 아버지는 이 산채와 가난에서 벗어나고 싶어했다. 항상 그 생각만 하다 물고 온 일이 바로 이 일이었다.

공후의 보물.

아버지는 생귀의 보물이라 말했지만, 할머니의 말은 믿지 않았다.

"다 지어낸 옛말이다. 송도의 큰 부자가 가지고 있던 물건이라더라. 그 부자는 말이다, 감이 안 잡힐 정도로 굉장한 부자라고 하더구나. 평안 감사 중에 그 갑부에게 신세지지 않은 자가 없다 하더라. 그런데 너도 알잖니. 요즘 거기에 도적이 얼마나 들끓더냐. 그래서 그 부자가 집안의 가장 큰 보물을 한양으로 옮기려 한다더구나."

"아버지는 어떻게 아신 겁니까?"

"그 물건을 빼달라고 긴히 부탁을 한 자가 있기 때문이지."

"부탁? 청탁이겠지요."

아버지가 웃었다.

대충 내용을 들어보니, 그 물건을 수송하는 일행 중 한패가 있으니 서로 도와 물건을 옮기라 했다. 일단 그것만 성사시키면 엄청난 거금이 생길 것이다.

"저도 같이 갈까요?"

"너는 여기 남아서 네 할머니를 보살펴라. 너는 몸도 느리지 않느냐. 아무 쓸모도 없어."

맞는 말이다. 겸은 여기서 아버지의 아들인 것 외에는 아무 쓸모도 없다. 아무것도 시키지 않아 다행이라 생각하며 겸은 아버지를 보냈다.

며칠 뒤 아버지가 집으로 돌아왔다. 그런데 물건은커녕 데리고 갔던 부하들도 없었다.

"왜 혼자 오십니까?"

"물, 물 좀 다오."

아버지는 정말로 엄청난 것을 보고 온 듯 창백했다.

아버지는 보물을 싣고 온 자들과 만나 송도 부자의 수하를 없앤 뒤 물건을 가로채는 데 성공했다. 물건은 엄청나게 큰 무쇠 궤짝이었다고 한다.

"무거웠겠군요."

"그래. 그 멍청이들이 왜 수레를 망가뜨려서……."

끌고 가다 얼마 되지도 않아 지쳐 주저앉았다고 한다.

그런데 밤이 되어 목에 술을 좀 적시고 나니 안에 든 것이 무척 궁금해졌다.

저 무쇠 궤에 들어 있는 것은 대체 무엇일까. 조선은 물론이요, 대국까지 넘볼 수 있는 보물이라고 하던데 우리에게 준 수고비와는 비교도 안 되게 엄청난 것임이 분명하다. 한 번 들여다보자.

수레를 가지고 온 패거리 역시 궁금했던 듯하다. 이 수레에 대해 아는 유일한 자는 죽었기 때문이다. 그는 기이하게 죽었다고 한다. 화살에 몇 번 맞고 목을 자르자 몸이 먼지가 되어 사라졌다.

그들은 궤짝으로 갔다. 자물쇠 따는 재주가 있던 산채 식구 하나가 자물쇠를 땄다.

"지금 생각만 해도 다리가 풀리고 머리가 어지럽구나."

"대체 안에 뭐가 있었던 겁니까?"

"천둥처럼 울고 벼락처럼 빠른 짐승이었다. 보지도 못했어. 열자마자 엄청난 소리가 나더니 튀어 올랐지. 그것이 지나가자 나무가 부러지고 바위가 깨졌다. 무서웠어. 모두 도망쳤지. 나도."

"부탁한 자가 오면 뭐라 설명하실 겁니까?"

"설명은 무슨, 도망쳐야지. 준비해라."

겸은 한숨이 나왔다. 이리될 줄 알았다. 아버지 하는 일이 항상 이렇다. 말려주던 백부가 없으니 제멋대로다. 그 덕에 이 산채의 두령이 되긴 했지만 말이다.

"생귀의 말을 들으니 그렇지."

할머니가 뒤에서 말했다.

"생귀라뇨, 어머니?

"일을 부탁했던 거. 그거 생귀야, 생귀!"

그리고 할머니는 온몸을 부르르 떨었다.

"얼굴을 봐라. 허옇지 않더냐. 그자가 오니 사방이 추워지지 않드메. 그게 생귀야."

"언제 보셨어요?"

"나는 봤어. 소나무 숲 속에 숨어 있었지. 흰 얼굴을 해서는, 나를 노려보고 있었어."

"그만하세요, 어머니! 힘들다고요!"

아버지가 화를 내더니 다시 물을 들이켜고 바닥에 몸을 던졌다. 할머니는 몸을 부르르 떨었다.

"올 거야. 올 거라고! 그게 올 거야!"

그날 밤, 해가 저물자 바람이 금방 싸늘해졌다. 평지에는 아직 여름의 열기가 남았지만, 산에는 벌써 냉기가 감돌았다. 게다가 그날은 유난히 추웠다. 누워 있어도, 서 있어도 숨이 얼어붙을 듯 추웠다. 초가을에 자연스럽게 찾아오는 냉기가 아니었다. 차게 식은 짐승에 볼을 댄 듯 온몸이 으스스해지고 불쾌해지는 냉기였다.

겸은 일어나 문을 열었다.

어두운 마을 어귀에 도포 자락이 보였다. 겸은 눈을 깜빡이다 문밖으로 나갔다.

큰 키의 사내였다. 그는 마을로 들어오는 길을 들여다보고 있었다.

겸은 당장 문을 닫고 숨고 싶었다. 아니, 할 수만 있다면 마을의 담을 넘고 멀리멀리 도망쳤을 것이다. 그러나 사내가 고개를 들어 그리할 수 없었다.

사내는 몸을 일으켰다. 정체를 알 수 없는, 아니, 알아서도 안 되는 거대하고 시커먼 짐승이 천천히 몸을 일으키는 것 같았다. 그리고 냉기, 어마어마한 냉기, 산 것을 얼어붙게 하고 피를 말라 버리게 할, 세상에 다시는 봄이 오지 않을 냉기가 사방을 뒤덮었다.

갑자기 사방이 고요해졌다. 벌레 소리가 하나둘 꺼져 들고 밤새 우는 소리가 사라진다. 소리와 기척이 검게 지워지는 것 같다.

남자의 시선이 마을을 훑었다. 그의 눈빛이 훑을 때마다 서늘한 손이 그 손끝으로 산 제물을 골라내는 것 같았다.

겸은 문밖으로 나갔다. 그런데 사내는 혼자 오지 않았다. 그 뒤에 흰 꽃 같은 청년이 있었다. 그는 소매 안에 손을 넣은 채로 그 뒤에 서 있었다.

"누구슈?"

겸이 묻자 사내가 말했다.

"지나가는 과객이오."

"과객?"

어처구니가 없다. 사내의 뒤에 있던 청년도 어처구니가 없는 듯 신음 소리를 냈다.

“그럼 지금 내가 뭐라고 해야 하는가, 난하?”

“그냥 용무 말씀하십시오. 그런 식으로 예의 차리면 웃기기만 합니다.”

“그래, 알았어. 이보게, 젊은이, 나는 송도에서 온 반여라고 하네.”

“반여?”

“그래.”

송도.

겸은 아버지가 있는 집을 보았다. 아버지가 문틈으로 보고 있었다.

“물어볼 것이 있네.”

“내 나이가 몇인데 초장부터 하대이시오. 나도 무릇 근본 있는 가문의 아들이오. 그리고 젊은이라 하였소? 연배는 나보다 어려 보이시는데.”

“숨 쉬는 사람들 중 나보다 오래 살아온 자는 어디에도 없네. 내 앞에서는 백 살 먹은 노인도 아이지. 내 가문의 근본은 나 자신이며 모든 것이 나 자신이네.”

“산에서 헛소리를 하면 도깨비가 올 거요.”

“나는 도깨비를 먹을 수 있네.”

그래도 웃는 것을 보니 겸의 태도가 마음에 든 것 같았다.

“자, 내가 묻는 것에 말해보게.”

“물어보기 전에 무엇으로 그 답의 값을 치를지부터 말해보시오.”

반여가 웃음을 터뜨렸다. 깊고 맑은 웃음이었지만 겸은 뱃속에 검고 차가운 물이 차는 것 같았다.

"이보게, 청년, 나는 아주 값진 것을 가지고 있어. 이걸 준다 하면 자네는 내 다리를 붙들고 제발 달라 할 거네."

"그래, 그 귀한 것이 대체 무엇이오?"

바람처럼 날았다면 바람이 느껴지기라도 했을 것이다. 하지만 그건 바람 소리조차 나지 않았다. 그저 눈을 감았다 뜨니 반여가 겸의 눈앞에 있었고, 그의 손에 아버지의 목이 틀어 잡혀 있었다.

"컥."

"네 아버지 목숨."

아버지가 몸을 뒤틀어댔다. 반여의 무릎이 그 등을 찍어 눌렀다. 겸은 급한 김에 뒤에 남겨진 난하에게 달려가 붙들었다. 겸은 몸이 둔했지만, 얼굴 흰 선비 하나 잡지 못할 정도는 아니다. 당장 단도를 뽑아 그 목에 대자 안심이 되었다.

"아버지를 놓아주시오."

그러나 반여는 태평하게 바라보고 있었다.

"난하."

반여가 손가락으로 위아래를 가리켰다. 난하가 칼날을 튕겨내고 겸을 걷어찼다. 겸은 몸이 붕 떠오르자마자 바닥에 내동댕이쳐졌다. 난하의 단단한 팔이 겸의 발목을 잡더니 더 세게 내리꽂았다. 겸은 정신없이 단도를 찾았지만, 그 단도는 이제 난하의 손에 쥐어져 있었다.

"쉿."

난하가 나지막하게 말했다.

그제야 겸은 그를 잡은 손이 쇠처럼 차다는 것을 깨달았다. 보기에는 토끼처럼 희고 부드러워 보이는데, 그 손에 잡히니 굵은 뱀에 감긴 듯했다.

겸은 아버지를 보았다. 아버지가 이를 북북 갈다 외쳤다.

"말, 말할 테니 놓아주시오! 당신 거였소, 그게?!"

"그래."

반여가 아버지의 목을 바짝 당겼다.

"여기로 오면서 봤다. 내 물건을 너희들이 빼돌리려 했더군."

"그건 이미 도망쳤소! 보, 보물이라길래 그냥 우리는 금은보화라 생각했소! 그런데, 윽! 그런데, 그런데, 그게 빠져나와 도망쳤소!"

"그럼 내 물건을 훔쳐 어디로 가져가기로 했지?"

"나는 모르오! 그냥 받기로 했어! 우리는 돈 받고 일한 것뿐이오! 더는 몰라!"

"너에게 일을 맡긴 자가 찾아오지는 않았나?"

"아직, 아직! 아직 안 왔어!"

반여는 난하를 보았다. 난하는 고개를 저었다. 반여는 아버지를 쥔 채로 겸을 보며 말했다.

"꼬마, 네 이름이 무엇이냐?"

“겸이오.”

“그래, 겸이. 좋다, 네가 우리를 따라오너라.”

“그리 날래고 힘도 좋은데, 당신들만으로 일을 못하는 거요?”

“이런 일이 벌어지면 산 사람 손이 필요한 일도 생기거든.”

“이런 일이라니?”

“나중에 알게 될 거다. 자, 어쩔래. 나는 너를 협박하는 게 아니라 좀 도우라는 거다. 너희에게 내 물건을 빼돌려 달라는 부탁을 한 자와 마찬가지로 나는 너에게 그자를 잡도록 도우라는 거다.”

“그러면 뭘 줄 건데요.”

“나 돈 많아.”

그리고 방긋 웃었다. 종잡을 수가 없는 사내다.

“어쩔래?”

“…가겠소.”

반여는 아버지를 놓아주고 무릎에 손을 얹고 자리에서 일어났다. 아버지는 생쥐처럼 방 안으로 들어가 숨었다.

“당신들은 뭐요?”

겸이 물었다.

“왜?”

“차오. 너무나. 이 늦여름에 이리 찰 수 있단 말이오.”

“살았으되 죽었고, 죽었으되 살았다. 그것이 바로 우리

다. 우리는 어스름이며 여명이며, 영원히 해가 뜨지 않은 새
벽인 동시에 영원히 해가 저문 저녁이기도 하다.”

　살아 있으되 죽은 자이고, 죽었으되 살아 있다.
　겨울나무와도 같단다, 애야.
　겨울나무는 죽었으되 살아 있고 살았으되 죽었지.
　하지만 할머니, 그건 언제고 깨어나요.
　볕이 따뜻해지고 습한 비가 내리고 바람이 부드러워지면
깨어나죠. 최소한 이해는 할 수 있어요. 세상의 이치 안에
있으니까.
　요즘 겸은 차라리 쭈그려 앉아 한숨만 쉬던 때로 돌아가
고 싶었다. 전설로만 내려오는 짐승들을 눈앞에 둔 셈인데,
이럴 때 어떤 마음가짐으로 어쩌고 있어야 하는지 들은 바
가 없다. 역관인 아버지와 백부를 따라다니며 대국과 왜국
의 책은 물론이요, 서역의 책까지 들추어보았으나 이에 대
한 것은 본 적도 들은 적도 없다. 굳이 비슷한 것을 찾자면,
서역의 책을 대국에서 번역한 책에 몇 자 적혀 있기는 했다.
피에 몸을 적시고 사는 여인의 이야기였던 것 같다.
　처음 이들을 따라다닐 때는 온몸의 뼈까지 곤두서 그들의
눈짓, 손짓, 표정, 하나 놓치지 않으려 했지만, 곧 익숙해졌
다. 옆에 범이나 표를 두고서도 아무 일 없으면 그냥 큰 고
양이인가 보다 하고 생각하게 된다.
　키 큰 사람답지 않게 동작이 민첩한 반여나, 호리호리하

지만 그 팔심이 장난이 아닌 난하나 매우 별난 사람들로밖에는 보이지 않는다. 게다가 거의 사람 하는 것하고 비슷했다. 잠도 자고 또 식사도 한다.

겸은 반여가 무엇을 할 수 있는지 오늘 처음으로 본 것이다.

"거기서 뭐하나, 겸아?"

겸은 정신이 들었다. 겸은 헛기침을 했다.

"걱정 마라. 그거 농담이었다. 너 안 먹는다."

"그, 그게 아닙니다! 그런데 정말 지금 가실 겁니까?"

"어차피 숲 속으로 들어가면 그림자가 더 많아."

"궁금한데, 햇빛을 쏘이면 어찌 되길래 그리 조심하십니까?"

"아프지."

"아파요?"

"그래. 아파. 아주. 몸도 둔해지지. 눈이 시리고… 또 흐려지네. 보통 사람보다 못하고 술 먹은 듯 휘청대지."

그리고 반여가 피식 웃었다. 겸은 화들짝 놀랐다.

"그러지 말게. 움찔움찔 놀라니 꼭 아기 고양이처럼 귀엽군. 호기심을 보이며 달려들다, 놀라서 뒤로 나자빠지고, 그러다 다시 덤벼드니."

"그러지 마십시오!"

"반응이 아주 좋군. 난하는 이제 내가 무슨 소리를 하든 잔소리만 늘어놓아 아주 재미없거든."

“…….”

“뭐, 자네가 먹고 싶다는 건 아니네. 사람 피는 좋지만.”

“피 맛이 대체 어떠한데요?”

“이슬처럼 시원하고 술처럼 달지. 한 모금 삼키면 몸에 온기가 돌지. 두 모금 마시면 혈색이 돌아오고, 세 모금 마시면 몸에 피가 돌며 더없이 기분이 좋아져.”

그리고 반여가 웃으니, 희고 긴 송곳니가 드러났다.

“그럼 저는 왜…….”

“왜 여태 먹지 않았느냐고? 일단은 배가 고프지 않았기 때문이고, 다음은… 자네에게서는 매우 맛없는 냄새가 나거든.”

“…….”

괜히 화가 나는 건 어쩔 수 없었다.

“삐쳤군. 걱정 마. 자네를 맛있게 여길 자가 어딘가에는 있을 터이니.”

“영원히 없기를 바랍니다.”

“자네에게는 여인이 좋을 거야. 여인이 마셔주면 상대 남자는 극락을 맛본다 하더군.”

“당신 같은 자들 중 여인도 있습니까.”

“있지. 하지만 여자들은 남자들처럼 설치고 다니질 않아 눈에는 안 뜨여. 내 사촌누이가 있는데 항상 열여섯 정도의 고운 얼굴이지. 저런, 그리 솔깃한 얼굴을 보이면 어쩌나. 걔는 스물다섯이 넘은 사내는 매우 싫어하니 다른 여인을 찾아. 물론 물려서 운이 좋지 않으면 끙끙 앓다 진액이 말라 먼지가 되어 사라지니 곤란하네."

"뭐라고요?"

"그전에 미쳐 돌아다니기도 하지. 그걸 걸귀라 하네. 우리의 몸에는 독이 있어. 그게 인간의 몸으로 들어가면 누구도 당할 수 없네. 매우 고통스러워하다 세상을 뜨는데, 혼이 떠난 그 몸에 독이 살아 걸귀가 되는 거네."

"나리……."

"물론 운이 좋지 않은 경우이니 걱정 마."

"좋으면 어찌 됩니까?"

"우리 같은 자들이 되는 게지."

"더 좋으려면 어찌해야 합니까?"

"대신 죽을 종이 인형을 태우면 되네. 사흘이 지나면 이 병에 걸린 자들만 찾아오는 사자(使者)가 찾아오지. 그 사자는 보통 사자와는 달라. 그때 그 사자에게 대신 데려갈 종이 인형을 쥐어주면 되네. 해가 뜰 때까지 사자를 속이면 그자는 살아나는 거네. 하지만 한두 가지만 어긋나도 헛수고가 되니 성공할 가능성이 낮지."

"그리고 영원히 사는 겁니까?"

"사자가 다시 돌아올 때도 있고, 또… 아예 잊어먹어 버릴 때도 있지. 그러면 기이하게 오래 살게 되네. 기이하게. 하지만 영원히 피한 자는 없어."

"늙기는 하고요?"

"달팽이처럼 느리게 나이를 먹어. 혈귀의 독은 사람의 진액을 마르게 하지만 동시에 몸에 해가 되는 것을 막기도 하거든. 일단 죽을 고비만 넘기면 그리되는 게지."

대국에서 들어온 책에서 본 적이 있다. 구미호의 염통을 먹으면 영생을 누린다고 했던가.

"하지만 어느 길이든 괴로울 것이야."

"당신은 괴로웠습니까?"

"몸이 힘들었지. 땅에서 무서울 것 없는 범과 하늘에서 무서울 것 없는 독수리도 부모로부터 따로 나오면 첫해는 힘들다네. 하지만 버텨서 요령을 터득하면 세상에서 제일 무서운 것이 되지."

그리고 웃으며 겸을 보았다.

"왜, 그리되고 싶나?"

"아닙니다. 저는 그냥… 사람처럼 살고 싶습니다."

"나도 사람이 사람인 것이 좋아."

"당신들의 천적(天敵)은 없습니까?"

"그건 왜 묻나?"

"옥황상제께서 댁 같은 것들을 만들고 적을 만들지 않을 리 없다는 생각이 듭니다."

"있지. 당연히. 우리 눈에 보이지 않는 호랑이들이 있네. 그 호랑이들이 우리를 잡아먹지."

반여는 그리고 고개를 들어 산속을 보았다.

"그것이야말로 우리의 적이자 우리의 보물이 되는 게지."

명은사는 울창한 소나무 숲 한가운데에 있었다. 엎어진 듯 크고 납작한 바위 옆을 흐르는 개울을 건너, 그 물을 따라 노란 미역취와 분홍색 부처꽃이 가득 핀 길을 올라가면 일주문(一柱門)이 나온다. 작은 절이라 기거하는 스님은 그리 많지 않고 잘 방도 적다. 그래도 절에 무슨 효험이 있는지 시주는 꼬박 꼬박 들어와 스님들이 먹기는 잘 먹는다.

"도적 떼에 집을 잃고 도망 왔다고 하자. 내 이종사촌 오라버니라고 할게. 여기 스님들은 나를 아니까. 참, 내리게 해줄래?"

명헌이 어깨를 기울여 우은을 내리도록 해주었다. 우은은 일주문으로 가 반배를 한 다음 안으로 들어갔다.

"여기 뒷길로 올라가면 미륵불을 모신 석굴이 있어. 만든 솜씨는 없지만 없는 것보다는 나아. 거기서 돌아보면… 날이 좋으면 한양까지 보여. 동으로 난 길을 따라 하루를 가면 봉은사로 갈 수 있지."

그렇게 말하다 돌아보니 명헌은 일주문 밖에 서 있었다.

"뭐하니?"

"내가 들어가도 될까?"

"왜? 어서 들어와."

우은은 달려가 명헌의 두 손을 잡아끌었다. 명헌이 당황했다.

"왜 이래?"

"시주할 쌀도 포목도 없어서 그래? 여기는 괜찮아. 부잣집 마나님들도 다니거든. 그 시주를 받아 너 같은 아이를 돌보아주는 것이 부처님 일이야."

그리고 우은은 명헌을 데리고 경내(境內)로 들어가 석탑 앞에 섰다. 오래된 석탑은 바람과 비에 닳아 반들거렸다. 고려시대에 만들어진 석탑인데, 미륵불과 마찬가지로 조잡했다. 기운 데다 모양도 별로 예쁘지 않다. 석탑이라기보다는 돌을 맞추어놓은 무더기로 보이곤 한다.

우은은 명헌을 이종사촌으로 소개했다. 스님들은 우은을 보고, 그리 아픈 몸으로 어찌 여기까지 어떻게 왔느냐 걱정했다.

"오래 머물러도 될까요?"

"그러려무나. 편히 쉬렴. 걷는 게 신기해 보이는구나."

산속이라 해가 금방 저물어 금방 어두워졌다. 저녁부터 날이 흐려 더 금방 어두워진다. 우은은 문간방에 앉아 밤 귀뚜라미 소리에 귀를 기울였다.

"여기 자주 와?"

명헌이 물었다.

"자주는 못 와. 혼자 지낼 수 있는 곳이라면 여기뿐이라 좋아하지만, 시간을 낼 수가 없어. 거의 한 해 만이야."

평소에는 하루, 이틀만 있다가 간다. 하루라도 늦으면 숙모는 기다렸다는 듯이 쏘아붙인다. 계집애가 일 안 하고 절로 놀러만 다니면 안 된다는 말부터 시작하여, 항상 어머니에 대한 험담으로 끝났다. 하긴 제 어미도 저랬지. 보고 배운 거 아닌가. 행실이란 게 다 저 근본을 따라가는 게지 가르친다고 되는 게 아니야.

우은은 분노가 치솟아 올랐다. 우은의 가족에게 그 몹쓸 짓을 하고, 어머니를 경멸하고, 아버지를 비웃고, 우재를 불효자라 험담했다. 더러운, 몹쓸 사람 같으니. 할 수만 있다면 지금 가서 목을 졸라 버리고 싶었다.

"우은아?"

"아니야. 그래도 동생이 세상을 뜬 해에는 숙모님이 뭐라 하든 말든 절기마다 꼬박꼬박 왔어."

"몇 년 전인데?"

"세 해 전."

명헌은 잠시 아무 말도 하지 않았다. 다시 귀뚜라미 소리가 들려온다.

명헌이 말했다.

"나도 고향에 누이동생이 있어."

"몇 살인데?"

"열다섯……."

말끝이 흐렸다. 무슨 일이 있었을까. 문득 우은은 지난밤 꿈을 생각했다. 참담한 누이동생을 안고 통곡하던 어느 오라비의 꿈이었다.

명헌은 숲을 바라보고 있었다. 우은은 그런 소년을 보다가 볼 언저리가 살며시 달아오르는 것을 느꼈다. 마음이, 오래전에 말라붙었다 생각했던 바로 그 마음이, 말린 꽃이 더운 물속에서 다시 피어나듯 살아나고 있다.

이 아이 옆에 있으면 물속으로 돌아온 고기 같고, 하늘로 돌아간 새 같다. 산속으로 돌아간 노루 같고, 벌판 위를 달리는 토끼 같다. 제 갈 곳을 가는 것 같고, 혼자가 아닌 것 같고 외롭지 않다.

그러나 뒤집듯 눈앞이 캄캄해진다. 가슴이 답답해져 온다. 잠시 잊었던 고통이 밀려들어 온다.

그 사내가 생각난다. 어둠과 추위와 함께 오는 그 사내가. 한번 만나면 영원히 떨칠 수 없을, 그 강력한 남자가 생각난다. 이 소년이 안전하길 바라지만, 그 무서운 사내를 과연 제대로 상대할 수 있을지 모르겠다. 그는 너무 검고 거대하다. 세상 그 자체인 듯, 권력 그 자체인 듯 너무 거대하다.

문득 정신을 차리니 명헌이 우은의 어깨에 기대어 잠들어 있다. 우은은 피식 웃고는 고개를 돌렸다. 오늘과 내일은 항상 같았는데, 이제 어떤 내일이 오든 다를 것이다. 정말로 집도 절도 없는 신세인데 오히려 편하다. 숙모를 관아에 고발해 볼까. 하지만 증거도 없으니 누가 거들떠볼까. 그런데 그냥 넘어가자니 분하고 또 슬프다. 우은은 명헌의 검은 머리카락을 쓸어보았다. 검고 고운 머리카락이 우은의 손가락에 감겼다. 긴 속눈썹이 보인다. 잘 뻗은 콧날도, 그린 듯 단

정한 입매도. 밤에 잠든 명헌은 그림 같은 소년이다. 우은은
그런 명헌을 살며시 만져 보다 문득 어깨에 닿는 한기에 고
개를 돌렸다.

숲의 검은 그늘 아래, 호롱불 너머로 창백한 그림자가 나
와 나무 위로 늘어져 있었다.

우은의 손이 그대로 얼어붙었다. 그림자가 손을 들었다.
우은의 어깨에 얹힌 명헌을 가리키고 있다.

이 아이를 해치지 마. 제발 부탁이야. 내일 눈을 뜨지 않
아도 좋으니 오늘만은 내게서 이 아이를 떼어놓지 마. 우재
를 데려갔듯 이 아이를 데려가지는 마. 제발, 제발 남겨둬
줘.

그림자가 가만히 고개를 저었다. 우은이 다시 고개를 젓
자, 그림자는 컴컴한 숲 속으로 빨려들어 갔다. 이제 아무것
도 없다.

아침이 되자 우은은 낮이 그렇게 반가울 수 없었다. 구름
이 잔뜩 끼긴 했지만 그래도 낮은 낮이다.

우은은 밖으로 나왔다. 일을 돕겠다고 하자 모두 말렸다.
그리 분가루가 묻어날 듯 파리한 얼굴로 무슨 일을 하겠느
냐는 것이다. 너는 방 안에 누워나 있으라 했다.

우은은 자리를 떠 숲으로 향했다. 점점 어두워지더니 숲
속으로 들어가자 밤처럼 캄캄해졌다. 우은은 냇가로 내려갔
다. 주변이 성큼성큼 어두워졌다. 물소리가 들릴 무렵에는

밤처럼 컴컴했다.

우은은 멈추어 섰다.

바닥에 그림자들이 꽉 차 있었다. 나무둥치, 길, 하늘, 나뭇잎 사이사이마다 어둠이 배어 있었다.

꿈쩍도 할 수 없었다. 온 세상이 그림자로 가득하다.

"아……."

뭐라 소리치고 싶은데 목소리가 나오지 않았다.

절대로 들어가서는 안 되는 숲으로 들어선 듯하다. 평소에는 멀리해야 한다는 무당집 근처로 온 것 같다. 금기를 저질러 재앙의 문을 연 것 같았다.

우은은 그대로 쓰러졌다. 가슴에서 밀려 올라오는 통증이 피와 함께 터졌다. 눈이 점점 흐릿해져 온다. 그리고 온 바닥에 그림자가 가득했다. 길 위에 보이지 않는 수십, 수백 명의 사람이 있는 듯 사방에 그림자가 가득했다. 그 그림자들이 우은을 향해 다가오고 있었다.

우은은 어지러웠다. 주변이 우은을 빨아들였다 뱉는 것 같다. 뒤죽박죽이다. 그림자들이 소용돌이처럼 우은을 둘러쌌다. 그들이 우은을 향해 무언가 말하려 한다. 그러나 우은은 일어날 수도, 말할 수도 없었다. 세상이 끝나는 것 같다. 목숨이 벼랑에 매인 것 같다. 명헌을 부르고 싶은데 목에서 아무 소리도 나오지 않는다.

길 끝에서 청회색 인영이 나타났다. 나무처럼 큰 남자였다. 갸름하고 마른 얼굴이었지만 그 검은 눈동자는 너무나 선명하다. 누구라도 고개를 돌리고 한없이 응시하고야 말게 하는 눈이다. 독사의 빛나는 눈처럼, 범의 금빛 눈처럼. 품은 발톱과 독을 잊게 한다.

"우연히 만났구나 하고 인사하고 싶지만 아니란 건 너도 알겠지?"

그리고 남자의 차갑고 단단한 팔이 우은을 일으켜 세웠다. 청록색 옥 갓끈이 우은의 볼로 흘러내려 찰그랑 소리를 냈다.

"저는……."

돌아보아도 아무도 없다.

아무도.

외칠 수도 도망칠 수도 없다. 이 남자에게서 우은을 지켜줄 자는 어디에도 없다.

"숨어봤자 소용없단다. 그 절의 어떤 신도 너를 지켜줄 수 없다."

"부처님의 자비에 정도가 있습니까."

"자비가 아닌 욕망이 강한 곳이다. 내 욕망이 실현되기를, 모두의 소망이 바닥으로 떨어지고 희망이 더럽혀지고 절망해도 내 욕망만은 실현되기를, 남의 복은 내 것이 되게 하고 나의 화는 남의 화가 되기를 빌라 만든 곳, 그리고 그곳의 부처와 승려들은 그 소망을 담보로 시주를 받지. 그런 곳에 우리 같은 바깥 것들을 막을 재주가 있으려고."

남자가 허리를 숙였다.

“자, 그러니 그 아이를 명은사에 숨기든 말든 나는 쉽게 찾을 수 있단다. 데려올 수 있어.”

“그럼… 당신은 왜 여기에 있습니까?”

“그 아이가 지금 명은사에 있는지 이 숲에 있는지 모를 일이라서 말이다. 나는 그 아이를 볼 수 없다.”

“그 아이를 왜 찾으셔야 합니까?”

“밖에 두면 위험하거든. 계속 돌아다니게 했다간, 나고 내 식솔이고 짐 챙겨서 이 나라 밖으로 도망쳐야 할 판이다.”

“나리가 위험한 거군요?”

“그래 보이냐?”

“네. 나리는 찾고자 하십니다만 찾을 수 없습니다. 하지만 그 아이는… 아마도 당신을 찾고자 한다면 언제든 찾을 수 있을 겁니다. 그런데 당신은 그 아이가 옆에 있든 뒤에 있든 찾을 수 없는 거지요.”

“그래.”

“두렵습니까?”

“내가?”

“네.”

우은은 이런 남자가 두려움이란 것을 알기는 하는지 모르겠다는 생각이 들었다. 누구의 마음이든 지배할 수 있을 것 같은 자가 대체 무엇이 두렵단 말인가. 마음을 아는데, 그리고 그 마음을 자기 뜻대로 할 수 있을 텐데, 그런데 왜 두렵지?

눈앞이 흐려진다. 삶이 우은의 몸에서 빠져나가고 있었다.

"나를 걱정할 때가 아닌 것 같구나."

우은은 가슴이 답답해져 오는 것을 느꼈다. 눈앞이 더 흐려진다. 가슴이 너무 답답해 쥐어짜는 것 같다. 가슴이 움켜잡힌 듯 조이더니 기침이 터지며 입가로 비릿한 것이 흘러나온다.

반여는 우은의 입가의 피를 닦았다.

"무엇을 먹은 게냐?"

"저도 몰라요."

"온몸이 고통과 함께 식어가는구나."

동정이 어려 있었다. 우은은 그의 얼굴이 다가오는 것을 느꼈다. 서늘한 기운에 몸서리쳐진다. 도망치고 싶지만, 몸이 무기력해서 꿈쩍도 할 수 없다.

"죽음이 네 곁에서 기다리고 있구나."

"상관하지 마세요."

그의 입술이 목에 닿는다. 차가웠다. 지독하게, 겨울이 온 듯 서리가 내린 듯 차갑다. 그리고 그의 이가 닿더니 얼음처럼 차가운 송곳 두 개가 목덜미를 뚫고 들어왔다. 피가 터져 나와 목을 적시고 그의 이와 혀를 적신다. 그의 혀가 피와 목을 핥았다.

"하지 말아요."

"생명을 줄 수 있다."

"싫어."

상처에서 불길이 치밀었다. 부지깽이가 뚫고 들어온 듯 뜨겁다. 눈앞이 밝아지며 반여 옆에서 단도를 들고 있는 명헌이 보였다. 그의 단도가 정확히 반여를 향했다. 순간 방울 소리가 요란하게 났다. 명헌의 손등에 얇은 실이 닿아 있었다. 방울은 그 실 끝에 매달려 있었다. 나무둥치 너머로 회색 그림자가 솟아오르더니, 활시위 놓는 핑 소리와 함께 화살이 날아왔다. 명헌은 급히 피했다. 화살은 그의 가슴을 스치고 허공에 박혔다. 그러나 다른 실이 명헌의 몸에 닿으며 또 방울이 울렸다. 다시 화살이 날아왔다. 명헌은 피했지만 그때마다 거미줄에 걸린 벌레처럼 실을 건드려 계속 방울이 울리고 화살은 더욱 빨리 날아왔다. 명헌은 결국 멈출 수밖에 없었다. 반여의 손이 명헌의 목을 움켜잡았다.

"여기 있구나."

반여의 얼굴에 웃음이 번졌다. 우은은 달려가려 했지만, 단단한 팔이 우은의 몸을 잡았다. 우은은 돌아보았다. 검은 얼굴을 가진 남자였다. 어제 반여의 일행 중 하나다.

"가만히 있어라. 저들 사이의 일이다."

"아뇨. 명헌은 제 사람입니다!"

우은은 버둥대며 겸의 손등을 떨쳤다.

어지러움이 밀려들었다. 아직 풀지 못한 비상의 독이 우은을 짓눌렀다. 온몸이 타는 것 같다.

"아주 좋았다. 찔렸으면 매우 아팠을 뻔했다."

반여는 이글대는 명헌의 얼굴을 보았다. 단단한 어깨, 팔, 거기에 불타는 눈까지. 야생으로 돌아가더니 정말 야생으로 펄펄 뛰어다니는구나, 꼬마.

"집에 돌아가자, 헌아."

명헌이 숨을 헐떡였다. 팔에 힘이 들어간다. 하지만 반여는 더 힘을 주었다.

"힘으로는 나를 못 이긴다."

"난… 가지 않는다!"

반여의 말이 끝나기도 전에 서걱 소리와 함께 피가 반여의 무릎 위로 튀었다. 진한 피 냄새가 피어올랐다. 다른 자의 피라면 그런가 보다 하고 넘어갔을 터이지만, 풍겨오는 진한 피 냄새는 난하의 혈향이었다. 인간의 피를 먹지 않는 난하의 향은 독특하다. 항상 송진 냄새 같은 체향이 배어 있다.

"난하?"

"네 상대는 나야!"

명헌의 다리가 펴지며 반여의 무릎을 걷어찼다. 명헌을 틀어잡은 반여의 손이 미끄러졌다. 그 틈에 명헌은 반여를 들이받았다. 반여의 몸이 명헌의 공격을 피하고 그 얼굴을 후려갈겼다. 명헌이 날아가 나무둥치에 부딪쳤다. 반여의 손이 단번에 명헌의 뒤로 나타났다. 그대로 명헌의 몸이 뒤집히며 땅에 꽂혔다.

"그만!"

갑자기 터진 낯선 목소리에 반여는 난하를 보았다. 난하가 입술을 꾹 물고 허공을 노려보고 있었다.

"놔라."

난하는 검은 복면을 뒤집어쓴 괴한의 손에 잡혀 있었다. 그의 목에 단도가 닿아 있었다. 그 단도 끝에 피가 시커멓게 굳어 있었다. 그 피에서 풍기는 냄새가 아주 지독했다.

반여의 입술 양옆으로 긴 송곳니가 튀어왔다. 으르렁거리는 그를 향해 괴한이 말했다.

"여기 발린 게 뭔지 알겠지, 공후."

괴한은 단도를 비틀어 보였다.

"피를 먹은 거머리를 짠 즙이다. 너희 산 귀신들에게는 독 중의 독. 여기 스치면 너라도 정말 거머리처럼 느려터질 테지."

복면을 쓴 자의 얼굴은 보이지 않았다. 그러나 반여는 그의 몸에서 풍겨 나오는 체향을 맡을 수 있었다. 솔 향, 흙냄새, 끈끈한 물 내음. 바닷가 놈이다. 아직 고향 냄새가 남은 산 사람이다. 그런데 저 속도, 저 힘, 우리를 저렇게 제압할 수 있는 자가 인간 중에 있나? 그럴 리가. 혈귀가 아닌데 혈귀를 잡아 누를 수 있다니. 저자의 힘과 속도는 인간이 누릴 수 있는 능력이 아니다.

반여는 명헌을 잡은 손을 놓았다. 괴한은 반여가 쉽게 명헌을 놓아주자 오히려 당황한 것 같았다. 반여의 몸이 순식간에 괴한의 뒤로 날아갔다. 괴한이 돌아보기도 전에 반여의 이가 괴한의 목을 물어뜯었다. 피가 바닥에 후두두 소리를 내며 떨어졌다. 분노한 반여의 팔이 괴한의 목을 비틀어 내던졌다. 난하가 그의 손에서 풀려 나갔다. 반여가 이를 뽑으며 외쳤다.

"누구도 나와 거래할 수 없다! 내가 가지면 가지는 거고, 내가 버리는 것도 너희 마음대로 할 수 없어!"

반여의 옷자락이 피에 흠뻑 젖었다. 검었던 눈이 금빛으로 변해 빛나기 시작했다.

"누구도 나와 거래할 수 없어!"

동시에 반여의 팔이 명헌의 가슴을 후려쳤다.

"바닥의 소리로 안다! 네가 보이지 않아도 알아!"

그리고 반여는 명헌의 허벅지를 걷어차고 무릎을 밟았다. 그가 무릎에 힘을 주자 뼈 부서지는 우두둑 소리가 났다. 반여는 턱의 피를 훔치며 괴한을 보았다. 물린 괴한은 몸을 뒤틀며 떨었다. 반여는 괴한에게 다가가 그 복면을 벗기고 겸을 불렀다. 겸은 고개를 저었다.

"모르는 자입니다. 우리 산채 패가 아닙니다."

반여는 난하를 보았다.

"사람에게 당했구나."

"혈귀도 아닌데 엄청난 힘이었습니다. 순식간에 저를 제압했습니다."

"상처는?"

"좀 다친 것뿐입니다. 괜찮습니다. 하지만 몸이 타는 것 같군요. 다만, 다른 자는……."

괴한은 꿈쩍도 하지 못했다. 다리가 망가진 명헌은 신음을 삼키며 엎드려 있었다. 반여는 그를 향해 고개를 숙였다.

"아프냐?"

명헌의 눈이 반여를 노려보았다. 동시에 반여의 발이 명헌의 명치를 후려쳤다. 명헌이 피를 토해냈다.

"돌아가는 거다."

한숨과 함께 반여는 손등으로 입에 묻은 피를 훑았다.

"지치는군. 정말 지쳐."

겸도 우은을 풀어주었다. 우은은 힘을 다해 명헌에게 다가갔다.

"명헌아."

명헌은 우은의 목의 상처를 보고 혐오에 차올랐다.

"너……."

"괜찮아?"

명헌이 손을 뻗었다. 우은은 그런 명헌을 향해 고개를 숙였다.

"명헌아."

명헌의 손이 우은의 저고리 아래 늘어진 주머니를 움켜잡고 뜯어냈다. 주머니가 터지며 그 안에 든 불상이 튀어나왔다. 명헌은 그것을 쥐고 손에 힘을 주었다. 반여의 눈이 매서워졌다. 명헌은 주먹을 쥔 채로 반여를 향해 달려들었다. 그리고 손에 숨기고 있던 단도가 튀어나와 반여의 허리를 찔렀다.

이글대는 두 눈이 마주했다. 돌가루가 반여의 상처 위로 쏟아졌다. 명헌의 단도가 바닥으로 떨어졌다. 반여가 명헌의 멱살을 움켜잡았다. 그러나 손이 점점 떨려왔다. 명헌은 뒤로 물러났다. 반여의 손이 천천히 가슴으로 가더니 옷자락을 꽉 움켜잡았다. 손가락 틈으로 피가 흘러나왔다.

"너……!"

명헌은 천천히 뒷걸음질 쳤다. 난하가 반여에게 달려가 어깨를 잡았다. 명헌은 우은을 보았다. 우은은 명헌의 피가 튄 치마와 저고리를 입은 채로 그를 보고 있었다.

명헌은 돌아섰다.

"명헌아?"

명헌은 돌아보지 않고 절룩대며 산속으로 들어갔다.

"명헌아!"

명헌의 모습이 숲 속으로 사라졌다. 우은은 망연히 명헌이 사라진 곳을 보았다. 고함쳐 부르고 싶었지만 밀려드는 분노에 입이 막혔다.

우은은 돌아서 난하와 반여를 보았다.

생귀신, 피 흘리고 굶주린 생귀신들 앞에 더운 피와 심장을 가진 우은이 앉아 있는 것이다. 방금 전 반여의 이와 혀가 닿았던 부분은 아직도 뜨겁다.

반여가 웃으며 말했다.

"내가 뭐랬나, 난하."

"살아나실 수 있겠습니까?"

"글쎄, 이건 아주 끔찍한 독이구나."

"수질입니까?"

"그거면 아프고 말지."

"대체 뭡니까?"

"나도 모른다."

반여가 이를 악물고 고개를 젖혔다.

"하나 분명한 건, 이 녀석이 여기에 나타난 이유가 뭔지는 알겠다는 거다."

"네?"

"이거."

반여는 손바닥에 묻어 있는 돌가루를 보였다. 돌가루는 반여의 손바닥에서 녹아 피가 되어 흘러내렸다.

"그게 뭡니까?"

"피와 흙이 섞여 있다."

"무슨 피입니까?"

"아주 독한 놈의 피지."

난하는 입술을 물었다.

"이걸 찾아 여기까지 온 게지. 처음 저 아이를 만났을 때 느꼈다. 명헌도 이게 무엇인지 알고 있었구나. 알고 여기까지 온 거구나. 그래서 나를 여기까지 낚아온 것이구나. 여기까지 오라고, 자기를 따라오라며 현혹한 게구나."

우은은 멍하니 그 말을 들었다.

마음이 허물어지고 있었다.

저 말은 명헌이 우은을 노리고 이곳으로 왔다는 뜻이다. 우연히 만난 것이 아니다.

난하가 갑자기 우은을 낚아채 당겼다.

반여의 흐린 눈이 우은을 보았다.

"뭘 하라고?"

"드십시오."

난하의 손에 더욱 힘이 들어갔다.

반여가 웃었다.

"이 몸속에 비상이 그득하다. 나더러 독을 먹으라는 게냐. 방금 맛 좀 보니 끔찍하더구나."

"그래도 드십시오. 비상이 독한가, 그 독이 독한가 견주어보십시오."

"명헌이 이 녀석, 그 아이를 버리고 간 거냐?"

우은은 차가운 얼음이 심장에 박힌 것 같았다.

"나쁜 놈."

"포기하십시오. 그는 다시는 돌아오지 않을 겁니다. 당신이 아무리 어르고 달래고 많은 약속을 하고 지켜주어도 끝난 겁니다. 그러니 포기하시고 나리는 살아나십시오."

그러며 우은을 밀었다.

반여의 눈이 우은을 보았다. 눈에서 검은빛이 빠져나가며 푸르게 빛나기 시작했다. 숨소리도 점점 더 거칠어진다.

순간, 우은의 눈앞으로 그림자들이 지나갔다. 그 검은 그림자들이 우은을 돌아보고 있다. 그제야 우은은 저 그림자가 경고하던 위험이 무엇이었는지 깨달았다. 행랑아범도, 숙모의 독도, 반여도 아니었다.

가장 큰 위험은 명헌이었다.

밝은 해가 가장 진한 그림자를 만들 듯, 명헌이 빛나던 만큼 그 뒤의 그림자는 너무나 진했던 것이다. 그리고 우은의 옆을 떠돌던 그림자들은 분명 명헌을 가리키고 멀리 쫓아내려 했다. 어제도 찾아와 경고했다. 어쩌면 이것들이 반여를 데리고 온 것일지도 모른다. 우은을 지키기 위해.

명헌은 우연히 우은과 만난 것이 아니라, 우은이 가진 물건을 찾아온 것이다. 어머니의 유품, 이것이 무엇으로 만들어졌든 간에 반여에게는 극독이었던 것이다. 명헌이 우은을 노리고 접근하자, 그 그림자들은 필사적으로 우은에게 위험을 알리고 멀어지게 하려 했다. 그러나 우은은 그들을 두려워했다. 그들이 무슨 말을 하는지 듣지 않으려 했다. 그러자 그림자는 반여를 끌어들인 것이다. 반여가 명헌의 적이기에 우은을 구해줄 거라 생각한 것이다.

우은은 반여를 보았다.

마주하는 눈은 저녁 햇살 속의 우물처럼 깊게 반짝였다. 그렇게 투명하고 깊은 눈이 우은을 보고 있었다. 그 눈이 다시 검어지며 고통이 차오르고 있다.

점점 더 고통스러울 테지.

절망과 허망함이, 뭉개진 희망과 깨어진 소망의 파편이 우은의 몸을 휩쓸었다.

가슴이 아리다. 슬프다. 버림받은 것에, 명헌이 떠나간 것에, 부서진 마음이 재처럼 흩날려 그 하나하나가 바늘이 되고 칼날이 되어 우은의 마음을 찌른다. 그리고 명헌을 믿은 자신의 어리석음을 향한 수치심 속에서 이 반여야말로 자신을 도와주려 했다는 것을 깨달았다.

행랑아범에게서 우은을 구해준 것도 이 남자였다. 도망치도록 도와준 것도 이 남자였다. 조금 전 쓰러져 죽어가던 우은을, 내버려 두어도 되는데 굳이 다가와 준 것도 이 남자였다.

나는 어찌 이리 어리석단 말인가.

우은은 눈을 감았다. 그가 다가오기를 기다렸다.
마지막 보답이 이것밖에 없기에 그리했다.

第四章
회색으로 바위처럼

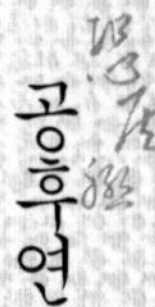

악산(惡山)이라 부르면 꼭 벼슬 이름 부르는 것 같다. 바위가 튀어나와 부딪치면 아프고 구르면 더 아픈 산이다. 세게 부딪치면 부딪칠수록 아프다. 이름 자체로 고통을 주는 존재다.

반여를 처음 보았을 때 명헌은 그에 대해 그렇게 생각했다.

저 남자는 바위가 가득 박힌 거대한 산이다, 기대고 있으면 단단하고 딛고 있으면 든든하다. 그늘로 가면 서늘하고 햇살을 받은 곳은 따뜻하다. 하지만 부딪치면 아프다. 덤벼도 아프다. 주먹으로 후려쳐도 아프고 몸을 던져도 아프다. 그리고 그는 공정하다. 자신에게 무엇을 했는지, 무엇을 할지, 도움이 될지 해가 될지, 업칭(業秤)처럼 정확하게 다루는 자다. 그런 반여의 일을 해결하는 도구로서 가장 적합한 자는 반여가 중요한 일이 있을 때마다 옆에 달고 다니는 난하라는 자다. 반여가 깊은 물 같은 남자라면, 난하는 수면을 떠도는 하얀 꽃 같은 남자다. 하지만 상황이 닥치면, 그는 가장 잔인하지만 효율적인 방법을 쓴다. 칼은 살을 가로질러 뚫기에 아픈 법이다.

난하는 분명 아직 살아 있는 우은을 반여에게 내밀 것이다. 그리고 반여는 목을 물었을 것이다. 우은은 자신의 피가 그 목구멍 너머로 넘어가는 소리를 들으면서도 아직 살아 있을 것이다.

치미는 분노에 명헌은 이를 악물었다. 상처가 제대로 아물지 못한 상황에서 도망왔다. 반여로부터 멀어지는 것이 최선이었다. 그렇게 대충 멀겠거니 할 무렵부터 쓰러져 있는 중이다.

옆으로 누군가가 다가오는 것이 느껴진다. 그는 명헌의 겨드랑이로 손을 밀어 넣어 몸을 일으켜 세웠다. 번개처럼 되살아난 고통에 신음이 터졌다. 그는 아무 말도 없이 명헌을 업고 길을 갔다.

낡은 오두막에 다다르자, 그는 뜰에 깔린 거적 위에 명헌을 눕히고 바닥에 불을 피웠다. 명헌은 까슬까슬한 거적이 등을 쑤셔대는 것을 느끼며 잠들었다.

잠 너머로 푸른 벌판이 보이고, 그 뒤로 더욱 푸르른 바다

빛 산이 보인다. 산은 끝없이 늘어져 솟아 있다.

익숙하고 그립다.

그래, 여긴 내 집이다.

나의 집, 나의 고향, 나의 가족이 있는 그곳이다.

푸른 기와지붕 너머로 바위가 듬성듬성 튀어나온 악산(惡山)이 보인다. 산 아래는 완만한 구릉이 있다. 그 언덕에는 여름이 되면 온갖 들꽃으로 덮인다. 호박벌과 꿀벌이 날아와 그 꽃에서 꿀을 따고, 조금만 헤쳐도 여치와 메뚜기, 방아깨비들이 튀어 올랐다. 그 구릉 끝을 타고 논과 밭이 천을 이어붙인 듯 펼쳐진다. 밭 옆으로는 모래색 물고기가 헤엄치는 맑은 냇물이 흐르고, 그 옆 갯버들 늘어진 냇가에는 정자가 있다.

명헌은 그 정자에서 놀거나 책을 읽었다. 명헌의 아버지는 그런 명헌을 지켜보며 글을 가르쳤다. 집으로 돌아가면 푸른 치마에 연분홍색 저고리를 입은 어머니가 기다리고 있다. 검소한 어머니는 민비녀 하나만 꽂았을 뿐, 가채도 노리개도 운혜도 없었다. 명헌이 돌아가면 그녀는 툇마루에 앉아 바느질을 하다 웃으며 반겼다. 어머니 옆에는 어머니를 닮은 여동생이 앉아 있다. 어린 남동생은 항상 낮잠을 자고 있는 시간이다.

집안사람 모두 명헌을 좋아하고 존중했다. 명헌은 그들이 가장 귀중하게 여기는 도련님이었다. 명헌도 그들에게 다정했다.

다음, 그 광경이 번개에 찢기듯 사라지고 컴컴한 밤이 되었다. 덩치 크고 낯선, 눈이 이글거리는 장정들이 보인다. 그들의 더러운 옷이 횃불 아래에서 펄럭였다.

그들이 외친다. 모두 끌어내! 긁어내!

아버지가 끌려나와 내동댕이쳐졌다. 어머니는 더 엉망이 되어 끌려나오며, 여동생이 해를 입지 않도록 끌어안았다.

도적들은 광을 뒤지고 안방의 패물들을 꺼냈다. 그중 하나가 누이에게 손을 대려 하자, 어머니가 크게 비명을 질렀다.

명헌은 머리의 피가 거꾸로 솟구치는 것 같았다. 그래서 그들을 향해 달려들었다. 그들은 명헌을 잡아 끌어냈다. 명헌은 고함을 질렀다. 하지만 숫자를 당해낼 수가 없었다. 금방 팔다리가 잡혔다. 그들이 휘두른 몽둥이가 머리와 등을 때렸다. 꼼짝할 수 없게 되자 치욕스럽고 분했다. 명헌은 다시 고함을 질렀다. 범이 울부짖는 소리로 들렸다. 명헌도 자신이 그런 소리를 낼 수 있다는 것을 처음으로 알았다. 마치 뱃속에 짐승이 숨어 있었던 것 같았다. 그 짐승은 가슴에서 솟구쳐 올라 그의 몸을 가졌다. 명헌은 짐승이 되었다. 도적들 수괴의 뼈가 부러지고 살이 찢겨 나갔다. 경악에 찬 비명과 고함이 들려왔다. 이미 명헌은 명헌이 아니었다. 온몸이 피와 살점으로 뒤덮였다. 그 수괴의 살점과 뼈가 급격히 재가 되어 사라졌다. 명헌은 다른 자를 향해 덤볐다. 그자도 그렇게 으스러지며 재가 되었다. 몇몇 도적이 달려왔다. 명헌은 그자의 창을 빼앗아 던졌다.

마침내 비명이 잦아들고 고요해지자 명헌은 피에 흠뻑 젖어 어머니와 누이동생을 보고 있었다. 누이동생은 어머니의 가슴에 묻혀 있었고, 누이를 안은 어머니의 눈은 도적들에게 끌려나올 때보다 더 겁에 질려 있었다.

명헌은 그대로 쓰러졌다. 아버지가 그 목덜미를 후려쳐 쓰러뜨린 것이다.

아버지는 명헌을 방에 가두었다. 광창과 문을 못을 박아 막은 뒤, 봉창 하나만 놓아두고 먹을 것을 넣어주었다.

한참 뒤 명헌은 풀려났다. 부엌 뒤에는 어머니가 끓여놓은 목욕물이 있었다. 몸을 씻고 옷을 갈아입은 뒤 동생들도 하인들도 없다는 것을 알게 되었다. 아버지는 동생들을 외가로 보냈다고 했다. 하인, 하녀들도 꽤 숫자가 줄어 있거나 얼굴이 바뀌어 있었다. 알아볼 사람은 청지기와 어머니의 몸종뿐이었다.

—네가 만날 사람이 있다.

아버지가 말했다.

—누구입니까?

—네 안의 성정을 다스릴 방법을 가르쳐 줄 스승이다. 이제부터 그를 따라야 한다.

—저는 괜찮습니다.

—아니다. 네 안에 범이 있다. 나는 네 안의 그 범을 다스릴 방법을 모르겠다. 너도 모를 거야.

─조금 생각할 시간을 주십시오.

─일단 가고 생각하여라. 그는 내일 올 것이다.

무릎 위에 얹은 손에 힘이 들어갔다. 이 집을 떠나야 하는 것이다.

아버지가 말한 손님은 아침 일찍 왔다.

놀랍게도 젊은이였다. 그것도 아주 잘생긴 젊은이였다. 혼자서 온 것도 아니었다. 옆에는 희고 아름다워 여인 같아 보이는 젊은이를 데리고 왔다.

남자는 아버지에게 아주 공손했지만, 어딘가의 '우두머리' 라는 기운을 풍겼다. 항상 머리를 들고 있으니.

남자는 아버지에게 봉투와 함을 내밀었다. 함 안에는 패물이, 봉투 안에 든 문서에는 어딘가의 땅과 산이라 적혀 있다. 아버지는 봉투와 함을 남자에게 돌려주었다.

─재산 때문에 이러는 건 아니오. 아이에게 좋다 판단한 것뿐이오.

─그래도 받으십시오.

─아이의 몫으로 주시오.

─당신이 받지 않으면 그것으로 끝이외다.

─받을 건 없소. 대신 이걸 가지고 가시오. 아이 몫이요.

아버지는 남자에게 봉투를 내밀었다.

─아이 앞으로 논과 밭을 좀 떼어두었소. 여기서 나는 걸로 아이를 보살펴 주시오.

─그건 필요 없습니다.

―아비 된 도리요.

―그래도 필요 없습니다.

―언제 출발할 거요?

―당장.

―이별할 시간을 좀 주면 안 되겠소.

―그러시지요.

아버지는 명헌을 데리고 사랑채로 갔다. 사랑채에는 어머니가 기다리고 있었다. 어머니의 두려움에 상처받고 슬픔에 마음이 아프다. 어머니가 아버지를 보자 아버지는 조용하게 말했다.

―미안하게 되었다. 하지만… 우리 힘으로는 너를 돌보아줄 수 없고 가르칠 수도 없구나. 우리가 너를 낳고 아껴왔지만, 그것만으로는 너를 지켜줄 수도, 네 앞날을 보아줄 수도 없거니와 네 앞에 무엇이 있을지도 모르겠구나. 이해해 다오.

아버지는 울적하게 웃었다.

―네가 태어났을 때 나는 무척이나 기뻤다. 너를 보내고 나면 그 기쁨만을 기억하고 살 것이다. 그러니 너도… 잊지 말아다오. 너를 위해 내게는 이 방법이 최선이었고, 또…….

알겠다고 답했다.

―언젠가 다시 데리러 가마.

그 말은 아버지 자신에게 하는 말 같았다.

―반여.

아버지가 말했다.

—그의 이름은 반여다. 남반여. 그리고 기억해라. 언제고 너를 다시 데리러 갈 것이다.

다음날, 반여는 명헌을 개성으로 데리고 갔다.

개성에 있는 그의 집은 어마어마하게 컸다. 이 정도 집이 있다는 것을 도성 내 벼슬아치가 알면 가만히 있지 않을 것 같았다.

—네가 머물 곳으로 데려다주마.

반여는 명헌을 데리고 별당으로 데리고 갔다. 별당은 다섯 칸짜리 건물로, 옆에 오래된 앵두나무와 회화나무가 서 있었다. 둥치 아래에는 흰 은방울꽃이 가득 피어 있었다. 심어 화단을 가꾼 것이다.

—네가 지낼 곳이다.

—네.

—문희야, 안에 있느냐?

그러자 곁문으로 명헌의 누이 또래 소녀가 들어왔다.

덜 핀 꽃봉오리처럼 고운 소녀였다. 고운 볼은 복숭앗빛 물이 들었고, 입술은 이슬을 머금은 듯 촉촉했다. 크고 맑은 눈은 천진하기 그지없었다.

—네 시중을 들어줄 아이다.

어리지만 너무나 고운 얼굴이라 명헌은 잠시 말문이 막혔다.

반여가 말했다.

—하지만 계집종 부리듯 부리지 말거라. 어미의 신분이 천하여 천인이지만, 그래도 번듯한 가문의 아비를 두었다. 내가 이 아이를 수양딸 삼아 데리고 있으니, 너도 이 아이를 오라비가 하듯 대하라.

문희의 볼이 붉어졌다.

—아랫사람을 대할 때 그 근본을 알 수 있다 하니, 나는 네 근본이 좋은 아이라 믿는다.

반여의 말은 '그러라' 라는 명령보다 강했다. 그는 지금 명헌의 자존심에 명하고 있는 것이다.

—네, 명심하겠습니다.

문희가 수줍게 고개를 숙였다. 붉은 치마에 노란 저고리가 고왔다.

❈

"무슨 생각 하느냐?"

명헌은 이를 악물고 으르렁거렸다.

"말 걸지 마."

상대는 묵묵하게 지켜보다가 명헌의 무릎을 툭 찼다. 무릎이 다시 깨진 것 같은 고통에 명헌은 몸을 움츠렸다.

상대는 그 옆에서 잡아온 토끼를 굽기 시작했다. 지글지글 기름 끓어오르는 소리와 함께 구수한 냄새가 풍겨왔다.

남자가 말했다.

"반여는 끝장냈나?"

"몰라."

남자는 명헌을 물끄러미 내려다보았다. 돌에 새긴 듯 무표정한 얼굴이었다. 입으로 웃고 눈으로 노려보는 반여와는 다른 방식으로 기분 나쁜 얼굴이었다.

명헌은 이를 악물고 몸을 일으켰다.

"네가 확인해 봐. 끝장이 난 건지, 아니면 끝장이 날 건지."

"살아 있나?"

"그는 항상 죽어 있지."

"부서졌나?"

"몰라. 불안하면 네가 직접 가서 부수든가."

"자네, 멧돼지 사냥을 해본 적 있나?"

"뭐? 그건 왜 물어? 없어!"

사내는 토끼 고기를 뒤집었다.

몇 살일까, 이 남자.

청년을 마무리하고 중년의 시작을 앞둔, 젊은 시절의 분노와 혈기가 사그라지고 회한과 무력감이 찾아오는 나이의 사내로 보였다. 아직 놀랄 일이 남기는 남았지만 그렇다고 항상 놀라지도 않을 나이다. 그러나 말투는 노인처럼 느리고 머리는 노파처럼 교활하다.

"멧돼지는 아프게만 긁어놓으면 오히려 더 사나워지지."

“그래서?”

“제대로 끝장내지 않으면 그리될 거란 말이지. 곧 그가 완전히 사라진 것보다 더 큰 혼란이 있을 거네. 내가 바라는 건 그거지. 잘했어, 명헌.”

명헌은 손에 힘을 주었다.

“아직 그를 없애고 싶지는 않거든. 그가 살아 있을지도 모른다는 공포와 그가 사라졌을지도 모른다는 공포가 동시에 있기를 바라지.”

“무슨 말인지 모르겠군.”

남자의 무표정한 얼굴이 명헌을 보았다.

명헌은 저 무표정한 눈빛이 싫었다. 도무지 속을 알 수가 없다. 그런데 명헌이 무슨 짓을 해도 저 껍질을 벗어던지는 법이 없다. 그래서 싫다.

—반여가 좀 없어졌으면 좋겠어.

하고 이 사내가 무표정한 얼굴로 말할 때부터 싫었다.

그래서 명헌은 지금 후회한다. 이 사내는 분명 반여가 없어졌으면 좋을 거라 말했지만, 명헌이 원하는 시간에 원하는 방식으로 없앨 거라는 말은 아니었다. 명헌은 자리에서 일어나려 했다. 남자가 말렸다.

“그냥 누워 있어.”

“갈 거다.”

“혹시 그 아이 때문에? 포기하는 게 나아. 어차피 물렸는데, 이제 귀신이 되는 것밖에는 남은 게 없지. 너도 알잖아.”

명헌은 사내를 노려보았다.

"살기 글러 먹었다는 거 알지 않나. 굳이 자네 잘못을 찾는다면, 아직 그 아이가 끝나지 않았는데도 돌아섰다는 데 있어. 결과는 같아도 마음은 괴롭지. 하지만 잊게. 어차피 끝난 일. 그 아이가 일각(一刻) 정도 자네를 원망했다 한들 그게 또 무슨 상관이겠는가. 이각이 지나면 끝나는 목숨인데."

사내는 토끼를 던졌다.

"먹고 나아."

"갈 거다."

"그러면 일단 나하고 가게. 그리고 말이야, 그렇게 거칠게 반말로 하지 마. 이제부터 내가 자네를 먹이고, 살피고, 간호해 줄 터인데, 벌써 그리 말하면 내 정성이 들어가지 않을 것 같군."

명헌은 남자를 노려보았지만, 남자의 도움을 거절할 만큼 멀쩡하지도 못했다. 남자는 짐을 풀고, 그 안에서 붕대를 꺼내고, 주변의 나뭇가지를 꺾어 단도로 대충 다듬은 다음 명헌의 뼈를 맞추었다. 명헌은 신음을 삼켰다.

고통스럽지만 인내해야 하는 시간이 지난 뒤 남자는 명헌을 눕혔다. 치료를 받는 동안 명헌은 고기를 씹었다. 치료가 끝날 무렵에는 뼈만 남았다. 남자는 일을 마치자 옆에 앉아 주먹밥을 먹었다.

"당신은 이거 안 먹나?"

"난 고기를 안 먹네. 피 도는 건 하나도 안 먹어."

"싫어해서?"

"우려해서."

저건 또 뭔 소리야.

"우은은 정말 어떻게 된 거야?"

"뻔하지 않은가. 그리고 나는 처음 보는 계집아이보다 내 수하가 죽은 것에 더 마음이 아프네. 자네 투정을 들어줄 만큼 다정한 상태가 아니야."

명헌은 이자가 반여를 없애고 싶어하는 만큼 기분 더럽게도 둘의 말투가 닮았다는 것도 알게 되었다.

"또 내 수하는 내 명을 따른 것이니 내 탓이지만, 그 계집아이는 그 아이가 어리석어 그리된 거야. 처음 보는 사내아이를 덜컥 믿고 따라간 게 잘못이지. 누가 그러라 했는가. 그러라 해서 그런 것조차도 죄거늘, 자기 좋을 대로 하고 죄라 하는가."

"당신이 가라고 했잖아! 가지고 오라고!"

"그럼 자네는 그 아이를 때리든 쓰러뜨리든 그 물건만 빼앗아 오면 되었어."

명헌은 점점 더 화가 치밀었다.

"처음 보았을 때 때려눕히고 빼앗았어야지."

"그때는 이상한 것이 나타났었어. 무언가가 막아섰다고."

"뭐라?"

"이상한 걸 봤어. 분명 눈을 뜨고 있는데 악몽을 보았어."

"대체 무슨 악몽이었는데?"

명헌은 턱을 누르고 이를 악물었다.

남자가 다시 물었다.

"뭐였냐고."

"우리 집."

"자네 집?"

"그때 우리 집. 부모님과 누이동생이 보였다."

남자는 물을 삼켰다.

"그게 보였다고? 대체 어떻게……?"

"스산한 기운이 닿더니 머리가 확 차가워지며 보였다."

"그래서 못한 건가?"

"그래."

"그다음도?"

"그래."

"사람에게는 그런 게 참 두려운 일이지. 좋아, 이상한 일이 있었다는 건 나도 인정하네, 명헌. 하지만 말이야, 그 뒤에는 뭐지. 그 아이가 다시 왔을 때도 자네는 빼앗으려 하지도 않았고, 가지고 있다면 빌려 달라 부탁하지도 않았어. 그 아이가 옆에서 재잘대는 대로 멍하니 보고만 있었지. 다음 날도, 다음 날도. 그리고 반여와 만나는 마지막까지 자네는 그 아이를 데리고만 다녔지. 애초에 자네가 자네 일만 했더라면 아무 일도 없었을 거야. 그 아이는 그 집에서 그 숙모에게 독살당하는 정해진 운명에 따랐을 텐데, 자네가 상처

주고 자네가 버리고 온 거야. 자, 이제 다 자네 탓이야.”

“닥쳐!”

“그 일이 기이해서 그리한 건 아니겠지?”

“닥치라고 했어!”

남자의 눈이 가늘어졌다. 명헌은 속이 확 타올랐다. 목구멍 안에서 불길이 치미는 것 같다. 불쾌함을 넘어 분노가 치밀었다.

하지만 다 사실이었다. 무력감이 치밀어 수치스러웠다. 자신을 향해 혐오감이 들었다. 기이하고 스산한 일이 있었던 건 사실이지만, 그 핑계로 아무 일도 하지 않은 것도 사실이다.

“그러니 명헌, 잊을 건 잊고 버릴 건 버려야지. 길이 좁고 험하고 등이 무거우면 그건 짐을 버릴 때인 거야.”

명헌은 어서 몸에 힘이 돌아오길 빌었다. 팔에 힘을 꽉 주고 빠각 소리가 나도록 저 턱을 갈기고 짓밟고 싶다.

하지만 맞는 말이었다. 명헌의 잘못이었다.

소나무 가지 사이로 달이 보인다. 달빛이 퍼지며 오두막의 초가 처마가 희게 빛난다.

명헌은 다시 두통이 치밀어 올랐다. 악몽 같은 기억이 흙탕물처럼 피어오른다. 그리고 그 어지러운 가운데 문희의 장미처럼 어여쁜 얼굴이 떠오를지도 모른다는 생각이 들었다. 몇 년 전부터 알아온 얼굴이다. 항상 옆에 두고 지켜주던 얼굴이다.

그 아이는 지금 뭐하고 있을까.

명헌은 이를 악물고 눈 위에 팔목을 얹었다.

다 끝난 일이다. 다 끝난 일이야.

문희는 절대로 다시 보지 않는다. 반여가 준 계집애 따위, 거들떠보지도 않을 것이다. 잊어야 한다. 잊고야 말 것이다.

그런데, 그 진흙 같은 기억을 헤치며 떠오르는 얼굴은 문희의 얼굴이 아니었다. 그 복사꽃처럼 화사한 얼굴이 아니라, 더 하얗고 조용하고 병색이 완연한 얼굴을 하고서도 반짝이는 눈을 가진 소녀였다.

—어디 사니?

우은이 창백한 입술로 물었다.

—이름은?

초라한 옷 아래에서 약동하는 심장 소리를 듣고 싶었다. 그 옷 속의 가느다란 허리를 붙잡고 싶었다. 그 아이의 웃음을 다시 듣고 싶었다.

몇 년 만에 처음으로 누군가를 돌아보았다. 누군가를 계속 옆에 두고 싶었다. 그래서 어리석게도 그 아이가 도망쳐 나왔을 때 기뻤다. 그 부적을 몰래 가지고 가서 반여를 처리하고 우은에게 돌아가면 되겠다고 생각했다. 독을 먹었지만 약을 잘 쓰면 될 거라 생각했다. 다 나으면 계속 같이 지내고 싶었다. 이야기를 나누고 싶었다. 그 아이에 대해 궁금해졌고, 궁금한 만큼 우은이 명헌을 궁금해했으면 좋을 거라 생각했다. 그 아이를 업고 산을 내려가는 내내 그 시간이 길면서도 짧게 느껴졌다. 그 숨소리와 나지막한 신음 소리에만 귀를 기울였다.

다시 반여에 대한 분노가 치밀어 올랐다.

살아 있으면 다시 죽일 거다, 반여.

第五章
금빛으로 다시 살아

공오후연

해가 서산에 걸리자 금빛 하늘이 핏빛으로 익어갔다. 내리깔리는 빛이 나지막하게 늘어지며 담과 나무, 집과 바위가 긴 그림자를 드리웠다. 서산이 그날의 마지막 햇살 조각을 삼키면 동쪽에서 검푸른 어둠이 번져 온다. 밤은 어둠을 한 잔씩 한 잔씩 붓고 낮의 빛을 한 사발씩 한 사발씩 덜어 낸다. 어둠이 오는 속도는 빛이 물러나는 속도보다 빠르다.

여인은 초롱을 들고 그 덜 익은 창백한 어둠 속을 걸었다. 장옷을 가지고 있기는 했으나 어깨에 대충 걸쳤다. 그 아래로 낡은 치마저고리가 드러났다. 중인 가문 여인 같은 차림새다. 상인 가문은 아닐 것이다. 저고리 아래로 노리개 하나 없고, 치마 아래로 종종 드러나는 신은 장식 하나 없는 운혜였다. 쪽진 비녀 역시 동으로 된 민비녀다. 하급 무관의 부인이 어울린다.

여인은 좁은 골목길로 들어섰다. 좁을수록 어두운 것이 저녁이다. 어둠이 깊어질수록 초롱의 빛은 더욱 진해져 갔다.

초롱이 더듬는 담은 흙담도 있고 꽃담도 있고 돌담도 있다. 오동나무가 드리운 부잣집도 있고, 앵두나무, 배꽃나무, 살구나무를 심은 아담한 집도 있고, 운치있게 모란이나 매화나무를 심은 집도 있다. 온 식구가 자려면 겹쳐 자야 할 오두막도 있고, 어느 곳으로 가든 새로운 방과 집채가 나오는 거대한 저택도 있다. 부부가 사는 집도, 아이 여럿이 더불어 사는 집도, 삼 대가 넘게 사는 집도 있다. 폐가도 있고 이제 막 지어진 새집도 있다.

온갖 집이 지어지고 낡아가고 다시 지어지고 낡아가고 수리되는 이곳, 한양에서 가장 먼저 지어지고 가장 오래, 그리고 가장 거대하게 굽어보는 집은 궁이다. 그 궁은 온 집을 다 내려다보고 있었으며, 어느 집에서 보든 궁의 처마를 볼 수 있었다.

여인은 드디어 그녀가 찾는 대문 앞에 이르렀다. 쇠로 된 문고리가 묵직하게 늘어져 있다. 문고리를 문 나찰이 여인을 노려보았다. 여인은 문 옆에 초롱을 놓고 직접 문을 열었다. 끼익 소리와 함께 열리는 문 너머로 거대한 뜰이 보였다. 배롱나무 몇 그루가 연못 옆에 그림자를 드리우고, 그 아래로 노란 국화가 가득 피어 있었다. 진한 국화 향기가 집에 가득하다.

여인은 초롱을 들고 그 연못 위를 비추었다. 연못 아래에 숨어 있던 잉어들이 호기심을 품고 빛을 향해 헤엄쳐 왔다가 이내 어두운 바위 아래로 사라졌다.

잠시 뒤 안에서 청지기가 나와 여인을 맞이했다.

청지기는 여인을 알아보고 안으로 안내했다.

"여기로 드십시오."

여인은 움직이지 않고 청지기를 보았다.

"왜 그러십니까?"

"사람 냄새가 나오."

"이 한양은 사람으로 그득합니다. 많은 사람이 들어오고 나가지요."

"그런 의미가 아니라……."

여인은 사랑채로 갔다. 사랑채 누마루 너머의 문이 활짝 열려 있다. 얼굴이 가무잡잡한 사내가 책을 보고 있다가 화들짝 놀라 벌떡 일어났다.

"누, 누구십니까?"

"송도에서 온 백난하라는 분을 찾고 있습니다. 댁은 뉘신지요?"

사내의 검은 얼굴이 더욱 검어졌다. 여인의 청초한 미색은 감탄해 줄 만하지만, 그 창백한 얼굴과 근처만 가도 살에 닿는 냉기는 사내를 겁에 질리게 했다.

"부인, 거기서 사람 놀라게 하지 말고 이리 오시오. 나는
여기 있소."

사랑채 중문에 난하가 서 있었다. 그의 손에는 흰 종이로
싼 약첩이 달려 있었다.

"서방님."

"어떻게 왔소?"

"걸어서요."

"혼자서?"

"네."

"집은?"

"춘삼이에게 맡기고 왔습니다."

"잡초밭이 되어 있겠군."

춘삼이가 하루를 어떻게 보내는지 익히 알고 있는 난하는
한숨이 나왔다. 자고 놀고 자고 놀고, 놀다 자고 놀다 자다
그냥 잔다. 잠만 자는 데 밥이 필요한가 싶은데, 때 되면 알
아서 일어나 밥은 먹고 잔다.

"가면 할 일이 참으로 많겠군."

"그래도 풀이 그리 자라면 자연스럽고 좋지 않습니까. 풍
류가 있어 보여요."

"부인 취향은 내 그리 오래 같이 살아도 모르겠군."

"야산 한복판 같아 좋지 않습니까? 범이 나올 것 같아 가
슴이 두근댑니다."

"풀이 처마 끝까지 닿으면 보통은 누가 집을 버렸다고 생

각하지 그리 생각하지는 않소. 그리고 범이 무슨 새끼 고양이도 아닌데……. 그런데 여기까지는 왜 온 거요?"

"개성이 개판이라서요."

웃으며 할 말은 아니지만, 그래도 부인은 웃으며 말했다.

"…대체 어느 정도요?"

"반여님이 오셔야 할 것 같습니다."

"정말이지 눈 뜨고 못 볼 지경이겠군."

"제 말이 험했나요. 하지만 정말 개판인 걸요."

"아니, 반여님이 필요할 정도라면 부인은 개판이든 소판이든 그냥 내버려 두고 즐거워할 사람 아니오. 어이, 임 서방, 이것 좀 가지고 가게."

난하는 약첩을 청지기에게 주었다.

여인이 물었다.

"누가 아픕니까?"

"저게……."

난하는 둥그렇게 몸을 웅크리고 있는 겸을 가리켰다. 겸이 더 놀랐다.

"저요?"

"그래. 밥도 잘 못 먹고 바짝 말라가기에 무슨 병인가 싶어 지어온 거네."

"제… 제 것입니까?"

"병 걸려 죽을 사람은 이 집에 자네 하나뿐이니."

"임 서방도 사람이잖습니까."

“병 안 걸려, 그 사람은.”

그리고 난하는 여인의 손을 잡으며 말했다.

“소개가 늦었군. 내 집사람이네. 모연이라고 하지.”

“네……”

겸의 얼굴이 더욱 거무죽죽해졌다.

“걱정 말게. 해치지는 않아. 화가 나 있을 때를 제하고는 토끼만큼이나 해가 없다네. 얼굴을 보아하니 못 믿는군. 알겠으니 우리가 자리를 비켜주지. 이리 오시오, 부인.”

그리고 난하는 아내를 데리고 뒤뜰의 별당으로 향했다. 별당은 뒤뜰에는 큰 석류나무를 이고 앞으로는 꽃에 둘러싸인 가산(假山)을 마주 보았다. 난하는 아내의 닳은 치맛자락과 신을 보았다. 돌밭과 산을 헤치고 온 것이다.

“이제 말해보시오.”

“반여님이 회천하셨다는 소문이 혈귀들 사이에 돕니다. 황해도고 평안도고 함길도고, 혈귀 중 좀 건방지다 할 만한 자는 죄 몰려들 것 같습니다. 여인 혼자의 몸으로 어찌할 수 없었습니다.”

“평양에 채가 있지 않소.”

“세상에 못 믿을 것이 평양의 공후 이채지요. 어디로 튈지 모릅니다, 그자는. 난폭하고 흉악하지요. 잔인하고 제멋대로에 양심도 체면도 모릅니다. 저는 그자를 믿느니 그냥 도망치는 것을 택하렵니다.”

“그건 동감하오. 그래, 여기로 오며 위험하진 않았소?”

"가는 길에 도적들을 좀 만나긴 했지만 잘 설득해 보냈습니다. 괜찮았습니다, 서방님."

물론 말로 설득하는 데 적당한 폭력이 수반되긴 했을 것이다. 그리고 어설픈 그녀의 말보다 그 폭력이 더욱 큰 설득력을 가졌을 것이다.

"잘했소."

"범이 들끓는 산보다 위험한 곳이 지금의 송도입니다. 사방에서 반여님의 자리를 노리고 있습니다. 도성의 수장이 될 유일한 기회라 한답니다. 흙탕물이 따로 없습니다. 산에는 산적이 득실대고, 성내에는 혈귀들이 봄날 개구리들처럼 날뛰고 있으니. 거기에 나라에서는 도적을 잡겠다며 패악 부리는 벼슬아치들을 보내 민폐를 끼칩니다. 공후가 없어지니 지붕이 없어진 집 같습니다."

각 큰 도성마다 그 성내의 혈귀들을 다스리는 후(侯)가 있다. 사람이 적은 한적한 시골에서 살 거면 구미호 이야기 하나 퍼뜨리고 지내면 되지만 사람이 많은 도성에는 그만한 후가 하나씩 있다. 큰 도시일수록 벌어들이는 것도 많아 항상 싸움이 나게 되어 있고, 싸움 나는 곳에 왕이 나는 법이다. 개성, 평양, 한양의 후는 그 재물과 권력이 가장 강하다. 개성의 후인 반여, 평양의 후인 채, 한양의 후인 하랑은 현재 조선에서 가장 기세등등한 자들이다. 그러나 그렇게 강한 만큼 그들이 조금만 흔들려도 진흙탕이 된다.

"부인 말고 다른 이에게 들었으면 부인이 걱정될 뻔했소.

와서 참으로 다행이오.”

“저도 참 다행입니다.”

“다른 일은 없었소?”

“하나 더 있긴 하지만, 그보다 먼저 반여님은 어디 계십니까? 살아 계시겠지요? 소문은 그리 났지만 괜찮으시지요?”

난하는 말이 없었다. 모연은 남편의 눈이 감기는 것을 보았다. 반여는 난하에게 주군이며, 또 친구이자 형제였다. 피의 일부이고 살의 일부이며 뼈였다.

“크게 다치시긴 했소, 부인.”

“하지만 다친 정도로 그분이 이리 오래 시름시름 하시지는 않을 것 아닙니까. 말씀해 주세요. 무슨 일인지.”

“독에 당하셨소.”

“그분을 해할 만한 독이 세상에 있기는 하단 말입니까.”

“부인, 우리는 오래되었지만, 세상은 우리보다 더 오래되었소. 병아리 위에 독수리가 있고, 독수리 옆에 화살을 쏘는 인간이 있소. 사슴 옆에 범이 있고, 범조차도 나이가 들면 사냥꾼에게 잡히오. 그러니… 우리 옆에 우리를 해할 만한 독을 마련하는 것 역시 하늘의 이치 아니겠소. 그분이 아프니 나도 아프오.”

모연이 난하의 안색을 살폈다.

“어느 정도 아픈가요?”

“심장이 두근대오.”

모연이 놀라 얼른 가슴에 귀를 대보았다.

"이미 멎었잖아요."

"그런데 두근대오."

"그분은요?"

"처음에는 정말 끙끙 앓으셨소. 아직도 요양하셔야 하오. 하지만 몸이 낫는 대로 개성으로 돌아갈 생각이라오, 부인."

"그렇다면 참말로 다행입니다. 낫기는 낫는다는 말씀이시군요. 저는 또 어디로 멀리 도망가야 하는 줄 알고 어찌나 걱정했는지 모릅니다, 서방님."

"정말 위험하다면 내가 부인을 그곳에 내버려 두었겠소. 목숨을 걸고서라도 부인을 데리러 갔을 거요."

"서방님도 참."

모연은 그를 책하면서도 안심하고 미소를 지었다. 그리고 벌써 다른 생각에 빠져든 듯 멍하게 석류나무를 보다가 아차 하며 고개를 들었다. 풀잎 같은 얼굴의 여인이라, 그렇게 고개를 들면 비 맞던 잎이 고개를 드는 듯 보인다.

"사람 냄새가 나는데요."

"방금 보지 않았소. 여기 청지기도 사람이고, 또 하인, 하녀들도 다 사람이오."

"아뇨. 그런 사람 냄새가 아니라… 달라요. 아주."

모연은 그러며 안채 쪽을 돌아보았다. 오래된 단풍나무에 가려 안채는 처마 끝만 조금 보였다.

"아무 말도 하지 마시오, 부인."

"서방님이 그러라면 그러겠습니다."

난하는 모연의 손을 잡고 손등을 눌렀다.

"자, 이제 말해보시오. 무슨 말을 숨기고 있소?"

"문희가 사라졌습니다."

"문희가?"

"네. 반여님이 몇 해 전 데리고 와 수양딸로 삼아 돌보아 주던 그 여자아이 말입니다. 그 아이가 나타나면 온 혈귀들이 머리가 어지러울 지경이지요. 저도 잠시 정신을 놓곤 했지요. 꽃처럼 향기롭고 꿀처럼 달콤한 혈향을 가진 아이였지요."

"도망친 거요?"

"아닙니다. 그럴 리가요. 끌려간 흔적이 있었습니다. 찢겨진 옷자락과 노리개를 발견했습니다."

"혈귀가 데리고 간 건가?"

"혈귀였다면 끌고 가기도 전에 사달이 났을 겁니다. 그런 흔적은 없었습니다. 흔적을 찾아내 따라가 보니 한양으로 향하고 있더군요. 그래서 더 서둘렀습니다."

"반여님께 엎친 데 덮친 격이군."

"네. 그 아이를 옥처럼 아끼시지 않았습니까."

"그 집에서 반여님이 그 아이처럼 소중하게 여긴 것이 있기나 하겠소. 내가 말하겠소, 부인. 여기서 쉬시오."

"네, 서방님."

난하는 청지기에게 별채 하나를 치워달라 부탁하고 안채로 향했다.

안채는 모든 문이 꽉 닫혀 있었다. 두툼한 맹장지로 바른 문으로 집을 둘러싼 집채라 그리 닫아놓으면 상자처럼 보인다.

여기로 온 지 보름. 초가을 날씨는 남쪽으로 내려오니 칼이 무뎌지듯 무뎌졌다. 그러나 가을은 가을이라 단풍나무가 붉고 호화롭게 물들어 있다.

들어간다 말하기도 전에 문 너머에서 목소리가 들렸다.

"들어와라."

난하는 문을 열고 들어갔다. 보료 위에 반여가 기대어 앉아 있다.

"모연이 왔나?"

"네. 나리를 걱정합니다."

"엄청나게 큰일이 있기는 했나 보군. 자네 부인이 나를 걱정하다니."

"싫다 싫다 해도 결국 반여님이 계셔야 한다는 건 아내도 압니다."

"개성이 지금 난장판이겠군."

"네. 반여님이 회천하셨다는 소문까지 돈다 합니다."

"누군가가 준비하고 있었던 듯하구나. 나를 없애거나 최소한 그 소문이 충분히 익을 정도로 꼼짝 못할 거라는 확신이 있었겠지."

"누가 벌인 짓이라 생각하십니까."

"내 워낙 인품이 뛰어나야 말이지. 너는 짚이는 데가 있나."

"아직 일이 없다는 게 이상할 지경이긴 하지요. 돌아가실 겁니까?"

"일단 내게 이런 짓을 꾸민 놈은 잡아야겠지."

"명헌이 한 짓이지 않습니까."

"그놈 혼자 했을까. 내가 그놈을 반 정도 키우긴 했다만, 그놈이 좀 모자라다는 걸 모를 정도로 눈이 멀지는 않았어."

"그건 저도 잘 압니다."

"그렇다면 누구일까."

둘은 잠시 아무 말도 하지 않았다.

사건이 발생한 이후 지금까지는 숨어 지내는 데만 집중했을 뿐, 사건의 뿌리를 캐는 것까지는 힘들었다. 그리고 반여의 몸이 대충 돌아온 지금 이 일의 원인에 대해 고민을 시작할 때가 되긴 했다.

"문희가 없어졌다 합니다."

반여의 눈이 난하를 향했다.

"뭐?"

"끌려갔다고 합니다."

"…그러냐."

반여는 이마를 문지르며 눈을 감았다.

"없어졌다고."

"네."

"그동안 잘못 살아온 줄은 잘 알았네만, 생각보다 멍청하게 살아왔다는 건 또 몰랐군."

“어찌하실 겁니까?”

“아직 내가 어찌할 때는 아닌 것 같다. 기다리면 그 아이를 데리고 간 쪽에서 연통이 오든, 습격이 오든, 티가 나든 할 터이니 지금은 의원이나 좀 불러와라.”

“어떤 의원 말입니까?”

“너도나도 아는 의원. 이런 일 벌어지면 찾아와야 하는 의원이 이 한양에 하나밖에 더 있나. 내 사촌 말이다.”

“…네.”

난하는 방을 가르는 장지문을 보았다. 장지문 너머는 어둡고 조용했다. 난하는 밖으로 나왔다. 안채의 뜰을 지나 중문을 나오니 오동나무의 그늘 속 사랑채의 툇마루에 겸이 앉아 있었다.

“저기…….”

“왜 거기에 있는 건가?”

“아직 당신들이 약속한 것을 받지 못했고요.”

“범굴에 들어선 토끼 신세인데도 그리 앉아 있는 겐가. 그러니 바짝바짝 말라가지.”

겸이 고개를 숙였다.

“아무도 자네를 해치지 않을 거야. 최소한 반여님에게 충성하는 자라면. 그리고 나도, 그 누구도 손대지 않을 거야. 반여님이 이상한 농담을 해도 그냥 넘어가게. 단, 우리의 적을 만나면 자네도 위험해질 것 같아. 그리고 유감스러운 건, 누가 우리 적인지 우리도 모르겠다는 게지.”

"…감사합니다."

"뭐가?"

"저를 걱정해 주셔서요."

"그게 감사할 일인가?"

"그것만도 감사할 일입니다. 당신은 적어도 제 생명이 온
전히 있기를 바라기는 하시니까."

"그래."

"그때 저를 먹지 않은 것에 감사해야 할지 말아야 할지 모
르겠지만 말입니다."

"그건 당연한 일이었네."

겸은 입술을 꾹 눌렀다.

그날 반여는 그를 택하지 않았다. 이유는 간단하다.

—너는 나를 도왔고, 그게 네 본의든 아니든 간에 이런 상
황에서 가장 먼저 배제되고 가장 늦게 선택받는다는 의미이
기도 하다.

그건 반여의 가장 큰 원칙이었고, 항상 지켜왔다. 인간을
위해서가 아니었다. 자신을 위해 만들어 지키는 것이다. 그
리고 그건 젊은 나이에 아이들을 보낸 겸을 수치스럽게 했
다. 수치심이란 가까운 곳에서 역한 냄새를 피워 올리는 덩
어리 같은 것이다. 아무리 가까워도 그의 손으로 어쩔 수 없
지만, 그 냄새는 너무도 고약하다.

"그러니 자네는 가보게나."

"이제 갈 곳이 없습니다. 그곳을 나온 그날, 돌아갈 곳이

없는 겁니다.”

“그건 내 미처 생각 못했군. 쉬게나. 나는 지금 가볼 데가
있어서 말이네.”

“어디 가십니까?”

“의원 찾으러.”

“네?”

“의원. 아주 용한 의원을 찾으러 가네.”

겸이 달려들 듯 물었다.

“호, 혹시 나을 수 있는 겁니까?”

“나을 수 있다면 내가 가장 먼저 낫고 싶군.”

❀

반여는 방을 가르는 장지문을 열었다.

부드럽게 열리는 문 너머에 가는 몸이 웅크리고 있었다.
검은 머리카락은 물결처럼 바닥으로 흐르고 있고, 흰 손은
그 머리카락 위에 얹혀 떨리고 있다. 가느다란 숨소리와 분
노 어린 으르렁거림이 뒤섞이다 갑자기 죽은 듯 조용해지
고, 다시 이를 뿌득뿌득 갈며 고통스러워한다.

소녀라 하지만 여자 모양새는 다 갖춘 아이라 검은 머리
카락이 소녀의 몸의 굴곡을 부드럽게 드러냈다. 반여는 여
자아이의 머리카락을 걷었다. 땀이 이마와 볼 언저리에 맺
혀 있다. 찬 손이 이마와 볼에 닿자 여자아이가 살짝 고개를

들며 그 느낌을 따랐다.

"다행이라면 다행인지."

반여가 중얼거렸다. 여자아이가 숨을 몰아쉬었다. 반여는 고개를 숙이고 그 숨소리를 느꼈다.

약하다.

"너에게 다행인 건지 나에게 불행인 건지, 너에게 불운인 건지 내게 행운인 건지 모를 일이구나."

다시 거친 숨소리가 여자아이의 목구멍 안에서 끓어올랐다. 반여는 소녀의 얼굴 가까이 자신의 얼굴을 가져갔다.

흰 얼굴이 그 앞에 나른하게 놓여 있었다. 앞날에 어떤 운명이 있는지 모르는 그 아이는 지금 고통 속에서 무방비했다. 다쳐서 퍼덕대는 새처럼, 범을 뒤에 두고 달리는 사슴처럼, 고통으로부터 도망치려 하지만 고통 외의 모든 것으로부터 무방비하다.

"너는 아주 오랫동안 나를 미워해야 할 것 같구나."

그 목소리를 알아듣기라도 한 듯 소녀가 이를 악물었다.

반여는 소녀의 목덜미에 손을 얹었다. 머리카락이 손에 감겨오며 소녀의 체취가 풍겨왔다. 그리고 그 손끝에 미약한 두근거림이 닿았다.

"기이하구나."

반여는 나지막하게 말했다.

"기이해져 가는구나."

이 아이는 처음부터 기이했다.

위험을 감지해 내는 능력은 탁월했다. 먼 옛날 제사장 정도 되는 자들에게서도 종종 보곤 했지만, 요즘 세상에서는 거의 눈에 뜨이지 않는다. 하지만 반여가 보기에 소녀의 능력 자체는 평범했다. 그저 위험하다는 것을 알기만 할 뿐 그것이 무엇인지, 언제 오는지는 모르는 것 같았다. 반여조차도 놀란 문희에 비하면 그저 평범하다. 문희의 능력은 종종 경이롭기까지 했다. 그러니 이 일이 없었다면 이 아이와는 그저 스쳐 지나갈 인연이었을 것이다. 들꽃 한 송이이고 돌부리 하나이다. 창백한 얼굴로 스러져 재처럼 흩어졌을 그럴 소녀다.

하지만 가장 결정적일 때 그의 발을 걸어 넘어뜨린 이 돌부리 같은 인연은 대체 무엇인가. 그리고 또 이렇게 그에게 속할 수밖에 없는 질긴 인연으로 얽히는 건 또 무엇인가.

소녀가 뭐라 말하려 입을 벌렸다.

"쉿."

반여는 우은의 귀에 속삭였다.

"쉿, 깨어나면 아마도 실컷 증오하고 살게 해줄 테니 조금만 더 참아라. 억울할 거다. 왜 참아야 하는지, 왜 이 고통이 너를 찾아온 건지, 왜 네가 이 일을 당해야 하는 건지 분하고 억울하여 어쩔 줄 모르다 어느 날 포기하게 될 터이지. 그리고 해가 가면 문득문득 생각날 것이다. 네가 왜 그런 꼴을 당하게 된 건지, 왜 하필 여기에 있게 된 건지. 그러면 분하고 억울해 나를 미워하게 될 테지. 모두가 그러하듯."

반여는 소녀의 머리카락을 뒤로 넘겼다. 조개처럼 닫혀 있던 눈꺼풀이 열리며 부드러운 갈색을 띤 눈동자가 드러났다. 초점 없이 멍한 눈이 그를 바라보고 있다. 아니, 바라보고 있는 것은 허공일 것이다. 명헌을 보는 것일지도 모르고, 저 멀리 두고 온 가족을 보고 있는 것일지도 모른다.

반여는 기이한 소용돌이를 느꼈다. 천천히 머리를 돌게 하는 소용돌이. 돌기 시작하는 건 그 회전의 중심이 생긴다는 것이다. 그리고 바로 지금 그 소용돌이가 이 아이를 중심으로 돌고 있다.

문희 같은 건가. 신기한 마음에 집에 들여앉혀 놓고 지켜보는 그런 존재가 되려나.

아니, 아니다. 그 아이와는 다르다. 문희는 역동적인 소용돌이가 아니라 그 주변에 놓인 한 송이 꽃이었다. 보기 좋아 그를 기쁘게 하지만, 이렇게 혼란스럽게 하지는 않았다.

반여는 소녀의 이마에 다시 자신의 이마를 댔다. 소녀가 그런 반여를 바라보며 중얼거린다.

"쉿, 중얼거리지도 말고 조용히 있어."

그리고 그의 손이 소녀의 입술에 얹혔다. 손에 닿는 입술은 온기를, 햇살을, 봄과 여름과 가을의 볕을 담고 있었다.

아직 온기가 있다.

소녀가 눈을 감았다. 반여는 그 손을 움츠렸다.

이게 대체 뭔가.

날개 파닥거리는 소리가 들린다 싶더니 점점 커지다 고막을 터뜨릴 듯 우렁차진다. 어찌 이리 큰지. 귀에다 북을 치는 것 같았다. 그 북소리를 따라 몸을 꿰뚫는 고통에 다시 이를 갈아붙이고 몸에 힘을 주었다. 어떻게 이렇게 온몸이 작신작신 아플 수 있단 말인가. 열기와 통증이 뒤섞여 몸을 두드려 대고, 거기에 목이 마른데 아무것도 먹고 싶지 않다. 온몸이 서로 적이 된 것 같았다. 살이 피의 적이 되고, 피가 뼈의 적이 되었다. 누가 이기든 끝장을 내고야 말겠다며 덤비고 있었다. 그 투기가 우은을 고통스럽게 했다.

우은은 먼눈으로 무언가를 짚어보려 했다.

그래, 새파란 가을 하늘이다. 흰 낮달이 잉어 몸에서 떨어져 나온 비늘처럼 박혀 있다. 그리고 우은은 그 하늘 아래에서 소년을 보고 있었다. 소년은 길 너머를 보고 있을 뿐 우은을 보지 않는다. 그러나 우은은 그래도 옆에 소년이 있다는 것에 기분이 좋았다. 앞을 생각하지 않았고, 뒤도 고민하지 않았다. 영원히 계속될 것만 같은, 아니, 그러길 바라는 길을 걸어가며 파란 하늘 아래 익어가는 벌판과 타오르는 숲을 보았다. 이 길이 여태 보아왔던 길과 다르다고 생각했다. 하늘과 땅이 모두 따뜻하고 정답다.

그래서 그 등을 부정하고 싶다.

저건 명헌이 아니라고, 내가 잘못 본 거라고 말하고 싶다.

등을 보이고 갔다.

단 한 번도 돌아보지 않고 머뭇대지도 않았다.

돌을 버리듯, 흙을 버리듯, 불필요한 것을 버리듯, 그렇게 버리고 갔다. 그럴 리 없다고 부정해 보았자 이미 일어난 일이고, 정말 어쩔 수 없다고 생각하려 해도 반여가 쓰러지고 난하가 반여에게 정신이 나가 있을 때 우은을 데리고 가지 않았다. 다쳐서 그런 거라고 생각하려 했지만, 분노 때문인지 그리 보인 건지 등을 돌리는 그는 매몰차 보였다.

내 탓인가?

우은은 자신에게 물었다.

명헌을 가까이하고 그를 데리고 간 내 탓인가? 내 탓이라 이 꼴이 된 건가. 아냐. 아니야. 나는 잘못이 없고 명헌도 분명 사정이 있어서 그런 거야.

그러다 우은은 포기했다. 상상과 자기 합리화로 기억을 새로 만들기에는 너무나 자존심이 강했다. 명헌에게 속았고, 그가 하자는 대로 하다가 위기에 처했고, 결국 굶주리고 다친 맹수인 반여 앞에 있게 된 것이다. 반여가 저대로 숨이 끊어진다면 난하가 명헌의 뒤를 쫓아갈 것이다. 난하, 저 차가운 꽃 같은 남자는 사태가 돌이킬 수 없게 되어야 복수를 할 자다.

우은은 반여의 이글거리는 눈을 보았다. 분노, 굴욕감, 수치가 그 안에서 불타고 있었다.

그에게 먹히면 어떠랴. 그는 우은을 구해주었는데. 또 독

때문에 얼마 남지도 않았던 명줄인데.

우은은 그렇게 반여를 보고 눈을 감았다. 그에게 자비심이 있을까. 그래도 우은을 먹지 않을 만큼 참아줄까. 하지만 우은은 역시 기대하지 않기로 했다. 저 불타는 눈 안에 우은을 위한 희망은 없다. 우은은 저 남자에게 정말 아무것도 아니다. 돌멩이만큼 가치 없고 생쥐만큼 흔했다. 집에서 아무것도 아니었듯 이 남자 앞에서도 아무것도 아니다.

우은은 절망감은 들지 않았다.

다만 혹독하게 외로울 뿐이다. 추운 겨울 벌판에 혼자 있는 듯 외롭고 슬펐다. 혼자 남겨진 것이 그렇게 서러울 수가 없었고, 그렇게 슬플 수가 없었다. 마음을 저미는 것은 바로 그 외로움이었다. 이 자리에 이렇게 있는데, 우은의 옆에 있어줄 자도 없고 생각할 사람 역시 없다. 남겨 안쓰러울 사람도 없거니와 멀어져서 그리울 사람도 없는 것이다. 그러니 이 몸, 적어도 그녀를 위해 조금이라도 도와주었던 반여를 위해 주기로 했다. 적어도 곧 끊어질 거라면 누군가에게 도움이라도 되는 편이 나을 것이라.

서늘한 손이 턱에 닿았다.

반여가 말했다.

물리면 인간은 진액이 말라 죽는다. 우리의 진액에 있는 독은 남은 피와 살을 다 태울 만큼 강하지. 살아나는 방법이 없는 것은 아니다. 하나는 산 귀신이 되든가, 다른 하나는 매우 어려운 방법이지만 종이 인형을 태워 저승사자를 속이는 것. 하지만 전자는 드물고, 다른 하나는 하나만 어긋나도 일을 그르친다.

우은은 하나는 기적이고, 다른 하나는 이 남자가 해줄 것이라고 기대하지 않았다.

오히려 차분해진다. 그래, 해봐. 마주하겠다. 내가 할 수 있는 일이 이것뿐이라면 이것만 하겠다. 마지막이든 시작이든 마주하겠다. 다만 이 혹독한 외로움에 오히려 분노가 치밀었다. 왜 나는 아무것도 없는 걸까. 왜 이렇게 하나도 없게 된 걸까. 왜 이리 비참하도록 외로운 걸까.

눈을 감아 컴컴한데 목으로 차가운 것이 닿는다. 그리고 우은은 모든 것이 아주 순식간에 끝났다는 것에 놀랐다. 너무도 순식간이었다. 앞이 캄캄해지며 무너졌다. 서리가 핏속으로 들어오는 듯 차갑더니 곧 불길이 뚫고 들어온 듯 더워진다.

기이한 감각이다. 차고 뜨거운 것을 번갈아 먹은 듯 뼈가 시리다.

쉿, 그래.

반여의 나른한 목소리가 들린다. 그의 입술이 목에서 떨어지며 속삭이고 있다.

쉿, 조용히 하자.

그 목소리는 검은 깃털처럼 부드럽다. 따사롭지만 젖지 않는 물처럼. 이것은 마른 물. 그래, 달아올라 따뜻한 모래에 감기는 것 같다.

쉿.

달래듯, 어루만지듯 반여가 부드럽게 속삭인다.

그 속삭임과 함께 빠르게 달리는 말 위에 탄 듯 눈앞으로 온갖 광경이 쏟아졌다. 너른 벌판과 그 벌판 끄트머리에서 솟구치는 산과 숲, 꼭대기에는 뿔 같은 바위가 솟아 있다. 구름에 덮인 높은 령(岺)을 넘어 호랑이와 표와 승냥이들이 우글대는 숲과 수풀을 넘자, 이제 벌판이 보이고 지붕이 보인다.

옆으로 산을 끼고 있고, 앞으로는 논과 밭이 있으며, 집 뒤로는 감나무와 밤나무들이 우거진 풍요로운 마을이었다. 그리고 그 가운데 사랑채와 안채, 별당이 단정하게 지어진 집이 있다.

앞에 서자, 우은의 눈이 대문과 마주하는 동시에 열렸다.

누구의 집일까. 아니, 누구의 집인들 무슨 상관이랴. 그가 보고 느끼고 있으니, 우은은 그저 보기만 하면 되는 것이다. 차가운 독이 몸으로 들어와 온몸의 피가 타는 지금, 우은의 몸도 마음도 모두 반여의 것이 되었으니 그가 보는 대로 보고 그가 느끼는 대로 느끼는 것이다.

명헌을 향한 증오가 치밀어 올랐다. 그의 따뜻함과 부드러움은 모두 거짓이었다. 우은은 그 거짓에 속았다. 그가 좋아서 그리 생각한 것일지도 모르겠다. 긴 외로움에 진절머리 나서, 아픈 몸에 지쳐서 명헌에게 소망을 투영했던 것일지도 모른다. 우은이 바란다고 명헌이 마음을 주는 것도 아니었고, 줄 수도 없거니와 줄 생각도 없는데도. 명헌은 오히려 달콤한 거짓말 몇 마디에 냉큼 넘어오는 우은을 비웃었을 것이다.

그것을 깨닫자 다시 외로워졌다. 슬퍼졌다. 춥다. 모두가 버리고 갔으니, 산 채로 이 차가운 지옥에 남겨져 있으니 완전히 홀로이다.

이대로 모든 것이 끝나는 걸까. 이대로 사라지는 걸까. 이대로 재가 되는 걸까. 이대로 저 망망대해(茫茫大海) 위로 흩어지는 걸까. 그러자 반여의 얼굴이 보인다.

반여가 다가온다. 위험하고 두려운 남자가 우은을 향해 고개를 숙이고 속삭였다.

"너는 살 수 있을 것 같구나."

무엇으로?

그와 같은 혈귀가 되는 걸까, 아니면 그가 정성을 들여 우은을 찾아올 사자를 물리쳐 주는 걸까. 우은은 아무것도 알 수 없었다. 그저 고통에 몸부림치다 혼절하는 것 외에는, 행운이 찾아오고 희망이 이루어지기를 바라며 몸부림치는 것 외에는 아무 할 일이 없었다. 아무도 이 고통을 대신해 주지 않고, 이 고통을 신경 쓰지 않으리라.

우은은 혼자니까, 영원히 혼자일 테니까.

머리에 손이 얹힌다. 묵직하고 단단한 손이다. 희미한 기억 너머로 사라진 아버지의 얼굴이 보인다. 가만히 기대던 우재의 체온이 생각난다. 울던 우은의 어깨를 안던 그 마른 팔이 생각난다.

죽어서도, 구천을 떠도는 한이 있어도, 무슨 일이 있어도 누님을 지켜줄 거요.

몸이 녹아든다. 우은은 몸을 맡겼다.

편안해진다. 안온해진다. 그리고…….

외롭다. 한없이.

이 세상에 우재는 없다.

나의 가장 소중한 아이야, 너는 어디에 있니.

여기 이곳에 내가 있는데 왜 나를 찾아오지 않니.

❁

우은이 깊게 잠들었다. 반여는 우은의 머리에 손을 얹은 채로 고개를 들었다. 문밖에서 눈이 내리듯 고요한 움직임이 느껴진다. 반여는 문을 열었다. 난하가 서 있었다.

"의원을 모시고 왔습니다."

난하 옆에 쓰개치마를 쓴 소녀가 있었다. 반여가 바라보자 소녀는 허물을 벗듯 쓰개치마를 벗었다.

작은 얼굴에 붉고 화려한 입술을 가진 소녀였다. 위로 치솟은 아름다운 눈매가 소녀를 더욱 화려하게 보이게 했다. 열예닐곱 정도. 아직 소녀이나 그 작은 얼굴은 워낙 화려해

스치는 곳마다 진한 향기가 배어들 것 같았다. 약방보다는 기방이 어울릴 소녀다.

소녀는 잠든 우은을 보았다.

"얼마나 된 거니?"

말은 빠르고 당돌했다.

반여는 적당히 세어본 뒤에 말했다.

"보름?"

"혈귀에 물리고도 보름 넘게 사람 냄새가 난다니. 거기에, 어머나, 이것 보라지."

소녀는 화려한 가락지를 낀 손으로 우은의 머리카락을 치우고 목덜미의 상처를 드러냈다. 상처가 붉다.

"금방 문 것 같네?"

"이런 거 본 적이 있나, 하랑?"

"아니."

하랑은 고개를 저었다.

"단 한 번도 이런 경우를 본 적이 없어. 가장 오래 걸린 자가 이레였으니."

반여만큼 오래된 자이자, 동시에 이 한양 바닥과 남부를 휘어잡고 있는 여후(呂后), 혈귀의 몸에 관해서라면 이 조선에서 가장 잘 아는 하랑이다. 세상의 모든 병과 치료법을 알고 있다. 하랑이 모르면 세상에 없는 병이거나 새로 생겨난 병이다. 그래서 반여는 이 하랑을 불렀다.

"네가 모른다면 아무도 모르는 거지."

"계속 혼절한 상태였던 거니?"

"그래. 보름 내내 한 번도 정신이 들지 않았다."

하랑은 놀라워했다.

"보통 사람이었다면 굶어 죽었고, 혈귀였다면 힘이 없겠네. 너는 짐작 가는 바 없어?"

"그 방면은 네가 나보다 더 유식하잖아. 네가 모르면 나는 지식이 아닌 상상을 동원해야 한다."

"배워라, 좀."

"이 나이에 뭘 더 배워."

"배움에 나이가 있나. 가만있자, 너는 어때?"

"네가 보기에 어떤 것 같아?"

반여는 하랑에게 다가갔다. 하랑의 눈이 그를 빤히 바라보았다.

"잘 모르겠다. 하지만 물린 아이가 이 지경이면 너도 이상하다는 거 아닐까. 난하 말로는 네가 독에 당하며 자기도 같이 이상해졌다던데."

"걔는 어떻대?"

"안 물어봤어?"

"바빠서."

하랑이 히죽거렸다.

"가슴이 두근댄다는데, 너도 그래?"

"그렇더군."

"대체 무슨 일이 벌어졌던 거니?"

"봐라."

반여는 주머니를 던졌다. 주머니 안에서 반쯤 으깨진 흙더미가 나왔다. 하랑의 얼굴이 분노로 확 일그러졌다.

"이건 뭐야?"

"한 해 전, 나는 북방에서 한 노인을 만났다. 오랑캐에게 쫓기고 있었지. 나는 그때 소문으로만 돌던 것을 찾고 있는 중이었다."

"무슨 소문? 혹여 그 독 말인가?"

"너도 들었나?"

"그 소문이야 항상 돌던 것 아니니."

"눈으로 보기 전까지는 모를 일이었지. 그 노인은 가족이 물건을 가지고 있다 했지. 십여 년 전, 시집간 딸의 남편이 온갖 잡귀들에게 시달려 쇠약해지고 있다 하기에 오랫동안 간직하고 있던 그것을 선물로 주었다 했다. 그 딸을 찾아보니 남편이 별 차도가 없어 지나가는 떠돌이 중에게 넘겼다 하지 않던가. 그래서 그 중을 찾았더니, 이번에는 비슷한 처지의 여인에게 시주를 받고 주었다더군. 나는 다시 돌아와 찾아갈 생각이었고……."

반여는 목소리를 낮추었다.

"명헌이 도망쳤지."

하랑이 입술을 끌어올렸다.

반여가 말했다.

"명헌도 그 사실을 알았다. 그러니 조선 팔도 많고 많은 곳에 하필이면 그곳으로 갔지."

"이 아이는 어떻게 된 거고?"

"이 아이가 가지고 있더군."

"얘가?"

"그 여인이 딸에게 물려주었더군. 처음 볼 때부터 가지고
있었다. 하지만 그때 이 아이는 죽어가고 있었지."

"죽어가? 무슨 일… 아, 비상이네."

"그래. 이 아이의 숙모가 오랫동안 이 아이에게 독을 먹이
고 있었더군. 끝낼 때가 된 건지 끝내야만 하는 때가 온 건
지 독을 강하게 타 먹였더군. 그래서… 일단 한 번 물어주
고, 그다음… 뭐, 그렇지. 명헌이 나를 찌르고 상처에 그 독
을 넣었어."

"그 독은 나았니?"

"아니. 고통은 여전하다. 그리고 배가 고팠다. 매우 정상
적으로."

"정상적으로?"

"그래, 정말 배가 고팠다."

"혼 빠질 일이네!"

하랑이 깔깔 웃었다.

"그래서 지금 네 몸 상태는 어떤 거야?"

"아직은 둔해."

"몸이 둔해진 것을 제하고는 괜찮다는 거지?"

"그래."

"그래서, 이 아이는 어쩔 건가?"

"일단 깨워야지."

하랑은 저고리 아래로 늘어진 침통 노리개를 열어 침을 꺼냈다.

"그런데 반여, 나도 처음 보는 거라 일어날 수 있게 할 수 있을지 모르겠어."

"해봐."

"너는 뭘 해줄 거니?"

"누님이라 불러주지."

"네가 나보다 인간 연배로는 먼저 태어났다만, 내가 혈귀가 된 건 너보다 여덟 해나 전이야. 어차피 내가 누나야, 반여."

"그렇게 오래 살고도 고작 여덟 해가 중요한가."

하랑이 웃었다.

"그럼. 너하고는 매우 중요하지."

"일단 해봐."

하랑은 손가락 길이만 한 침을 들어 우은의 목덜미에 찔러 넣었다.

"그 썩을 놈, 명헌은 어떻게 되었니?"

"도망갔지. 그리고… 누군가 돕는 자가 있다는 것도 확인했다."

"어디로 간지는 알아?"

"지금 봉은사에 있다. 거기까지는 추격했어. 그 이후 거기서 꿈쩍도 하지 않는다.”

“누가 그 녀석과 도움을 주고받았는지는 알아냈어?”

“아직은 모른다. 다만 그 목적은 알 것 같다. 내 목숨은 아
니라는 것.”

“그렇다면…….”

“우리끼리 치고받으며 혼란해지길 바라는 거야. 모래알
처럼 흩어진 우리를 하나둘 찾아내 없애는 건 쉽지. 게다
가… 이상한 것도 보았고 말이야.”

“이상한 거라니?”

“분명 사람인데 우리처럼 힘이 세고 빨랐다. 아주 강했
지.”

“그래?”

“알겠나?”

“인간이 혈귀 피를 마시면 가능해. 그런데 우리 피는 걔들
보다 많지 않잖아? 피가 펑펑 만들어지게 하는 방법이 없지
는 않다만, 사람을 티 나도록 죽이거나 먹어도 귀가 되지 않
는 몸을 가진 자를 찾아야 하지. 그런데 너도 알다시피 그런
몸을 가진 사람은 드물어.”

반여는 눈살을 찌푸렸다. 하랑이 그런 반여를 웃으며 보
았다.

“너도 알지?”

반여는 이마를 짚었다.

“문희가 왜 잡혀갔는지 알겠군.”

"네 꽃?"

"그래, 꽃 같은 나의 문희지."

하랑은 우은의 어깨에 침을 박아 넣었다. 열여섯 소녀의 풍모를 가진 하랑이지만 조선 땅에서 가장 나이 많은 혈귀 중 하나이자 반여의 사촌이다.

하랑은 우은의 등에 침을 밀어 넣으며 물었다.

"명헌은 어쩔 거니?"

"글쎄."

"없앨 것이라면 도와줄까? 봉은사라면 내 영역 안인데. 핑계도 좋잖아."

반여는 고개를 저었다.

"네가 죽이고 싶으면 네가 죽여."

하랑의 입꼬리가 올라갔다.

"창피하구나, 너. 덫에 걸린 셈이니."

"닥쳐."

하랑이 우은의 예풍에 침을 꽂아 넣었다. 우은의 고통이 멎은 듯 그 떨림이 잦아들었다. 하랑은 밖으로 나가 잠시 뒤 약을 가지고 왔다.

"일단 보통 하는 대로 했는데, 고통만 덜어줄 뿐이야. 몸의 변화를 막지는 않았어. 무엇이 되든 되어봐야 알 게다."

"돌팔이."

하랑의 눈썹이 치솟아 올랐다.

"어찌 되었든, 시간이 얼마나 걸리든 우리 숫자가 불어나는 것으로 끝날 것 같다.”

“그럼 왜 이리 늦지?”

“모르지. 한번 채한테 물어볼까.”

“새파란 채가 우리가 모르는 것을 알까.”

“봄의 풀처럼 새파라니 우리보다 편견 없어 투명할 거야. 우리가 생각하지 못한 것을 그 아이는 금방 생각해 내곤 했 잖아.”

“되었어. 어차피 지금 고생 많은 곳이다. 평양이야말로 온 벼슬아치들이 내 그릇부터 채워 달라 난리이니 괜히 성 질 부릴 곳 마련해 주지 말자.”

“그것도 그렇지. 자.”

그리고 하랑은 침을 뽑고 우은을 바로 눕혔다.

“다 되었으니 나는 간다. 나중에 보러 올게.”

“구경 오는 거겠지.”

하랑이 깔깔 웃었다. 요즘 계집애가 저리 웃었다가는 돌 아가며 잔소리를 듣겠지만, 하랑이 태어나던 무렵에는 같이 깔깔 웃어댔다. 방정맞게 돌아다녀도 뭐라 하지 않을 시대 에 살던 소녀가 이런 시대에 살고 있으니 답답하기도 할 것 이다.

“그런데 말이야, 이 아이가 아주 괴상한 것이 되면 너는 또 이상한 것을 돌보게 되는 게지? 하긴, 범 새끼도 키웠는 데.”

“그리고 그 범에게 물렸지.”

“애초에 키운 게 잘못이지.”

“그래도 후회하지는 않아.”

“억울해서?”

“아니. 슬퍼져서.”

第六章

푸르게 넘실대는

소곤대는 소리가 들린다. 알아들을 수는 없다. 정신이 오
락가락하니 그 목소리가 물가로 흘러드는 물결처럼 잠결을
드나든다. 그래도 그 흐름을 타고 열이 가라앉았다. 몸도 선
녀의 날개옷이라도 걸친 듯 가벼워진다. 몸이 개운해지니
허기가 들었다. 뱃속에 검은 구멍이라도 뚫린 것 같다. 불덩
어리를 삼킨 듯 갈증이 심해져 목이 꽉 조이는 것 같다. 무
엇이든 쥐고 마시려 하자 손끝에서부터 힘이 들어가고, 어
깨와 허벅지에도 힘이 들어간다. 몸이 느껴진다. 선녀 같은
꿈이 부서지며 이제 현실로 돌아오고 있다.

우은은 눈을 떴다.

이불 위에 똑바로 누워 있었다. 뜨거운 물 속의 물고기처

럼 열에 들떠 헤엄치고 다닌 것 같은데 이불 위에 똑바로 누워 있다. 그 힘겹게 버둥댄 것이 모두 꿈인 것 같다.

우은은 일어나 주변을 둘러보았다. 몸이 젖은 듯 무겁긴 했지만, 그건 오랫동안 누워 있어서 몸의 무게를 느끼는 것조차 잊어서 그런 것 같았다. 몸이 특별히 나쁘지는 않다. 너무 배가 고프고 목이 마른 것을 제하곤.

창밖은 저녁처럼 어둑어둑했다. 공허하게 텅 빈 방 안에는 반상이 하나 놓여 있었다. 그 위에는 검은 약이 든 흰 사발이 놓여 있다. 먹으라는 건가? 아니, 먹어도 되나? 이리 가까이 놓은 것으로 보아 먹으라는 것 같다.

어깨에 손이 닿았다. 묵직하고 차가웠다. 등 뒤에 있어 그가 있는 줄도 몰랐다. 그는 우은의 어깨를 잡고 약을 가져와 입에다 대주었다. 우은은 마시려다가 도저히 더 마시지 못하고 고개를 떨어뜨렸다. 아직은 힘이 없었다. 목구멍으로 무엇을 넘기는 것조차 버거웠다.

"죽었다 살아났더니 살아서 하던 일을 다 잊어먹은 것 같네요."

등 뒤에서 웃음소리가 들렸다.

"도와줄 테니 어디 가서 말하지 마라."

우은이 뭘요, 하고 중얼거렸다. 반여는 약을 한 모금 마시고 우은의 입에 댔다.

놀랄 정신도 없다. 입안으로 검은 액체가 밀려들어 왔다. 그 고약하게 검은 액의 맛이라고는 믿어지지 않을 정도로 달콤했다. 우은은 맥없이 그 액을 입안으로 받아들이고 눈을 감으며 삼켰다.

"앙탈 부릴 줄 알았는데 참으로 나긋나긋하게 삼키는구나."

검고 차가운 액은 달콤하게 목구멍을 넘어가 뱃속으로 들어갔다. 얼음을 띄운 꿀물처럼 달콤하고 시원했다.

통증이 가라앉으며 나무토막 같던 팔다리에 힘이 찼다. 우은은 정신을 좀 더 그러모으려 고개를 숙였다. 정수리에 단단한 사내의 가슴이 닿는다. 남자 근처도 가지 말라고 강릉댁이 말한 적이 있었지. 시집가기 전에는 남자를 옆에 두어선 안 된다고. 하지만 별다른 거부감도 두려움도 없다. 아직 제정신도 아니다 보니 이게 꿈인지 생시인지도 모르겠다. 우은은 마음 놓고 남자의 가슴에 머리를 기댔다. 이마로 작은 진동이 닿아온다.

"내 독이 너를 늙게 만든 것 같구나."

"저, 할멈이 되었군요?"

반여가 웃음을 터뜨렸다.

"아니, 그건 아니다. 눈빛이 다르구나."

"얼마나 달라졌는데요?"

"경대를 가져다주마."

그리고 턱에 묻은 약을 손수 닦아주고 앉혔다. 우은은 그제야 자신의 옷을 보았다. 얇고 고운 무명옷이다.

"제 옷이 아닌데요."

"내가 갈아입혔다. 조금 클 거다."

우은은 입술을 물었다. 잔물결이 밀려들 듯 하나하나 기억이 돌아오며 무슨 일이 있었던 건지 알아갔다.

"다른 자가 손댈 수 없었으니까. 난하는 절대 할 수도 없고, 난하의 팔푼이 아내가 할 수도 없었지. 계집종들 시키자니 찜찜하여 내가 직접 했다. 걱정 마라. 애초에 내 독에 물든 이상 시집갈 수도 없는 몸이니 좀 보인들 어떠하냐."

반여는 우은의 손목에 입술을 댔다. 서늘한 입술에 등이 오싹해져 몸을 움츠리자 반여가 웃었다.

"두려워할 것 없다. 내 목숨을 구해준 은인이고, 또 내 피를 받아들인 혈속이니 잘 보살펴 주마."

"범이 사슴에게 은혜를 갚는다는 말은 처음 들어봅니다."

분노가 치민다. 그러나 그만큼 달콤한 온기가 온몸을 휘감으며 저릿해진다. 가슴과 손에 그가 닿는데 몸속과 발끝이 저리니 이상하다. 그 끝에서 따뜻한 감각이 퍼져 올라온다.

문밖은 어둑어둑하다. 완전히 검지도 밝지도 않아 미명에 갇힌 것 같다. 우은은 새벽을 많이 보았다. 어둠이 벗겨지면 아침은 빠르게 다가온다. 잠시 눈을 뜨고 있으면 동쪽 하늘은 하얗게 밝아오고, 어느덧 날카로운 아침 햇살이 동산 너머를 뚫고 온다. 그 짧고 찬란하고 싸늘한 순간은 항상 혼자 맞이했다.

그러나 지금 새벽이 너무나 길다. 또 너무나 조용하다.

"저는 당신 같은 산 귀신인가요?"

"아직은."

"아직은?"

"되다 말았다고 해야 하나. 내 독이 너를 완전히 귀신으로 만들지는 못한 것 같다. 봐라. 아직 네게는 온기가 남아 있으니. 그리고… 산 귀신도 산 귀신이지만, 한양에서는 우리를… 혈귀라 부른다."

"혈귀요?"

"그래. 살아생전의 피를 다 썼으니 남의 피와 간을 먹어야 살 수 있는 귀신이라 혈귀. 무혈귀라 불러도 되고 흡혈귀라 불러도 되겠지."

"구미호인가요?"

"그런 건 세상에 없어."

"안타깝네요. 구미호가 되었으면 간을 뜯어 먹고 싶은 남자를 몇 아는데."

"혈귀여도 뜯어 먹는 데는 지장 없다."

반여는 우은의 손바닥에 얼굴을 댔다. 서늘한 입술이 닿아온다. 우은의 몸을 하나하나 느끼는 것 같아 소름이 돋는다.

이렇게 몸을 맡기고 있어도 되나 싶다. 아니, 가장 놀라운 것은 기겁하지도 밀어내지도 않는 우은 자신이다.

"여기는 어디입니까?"

"한양에 있는 내 집."

"한양… 이요?"

한양이라면 우은이 살던 마을에서 그다지 멀지 않은데도 항상 멀게 느껴지던 곳이다. 두꺼운 성곽에 둘러싸이고 높고 험준한 산을 등진, 온갖 사람이 다 몰려든다는 그곳은 세상의 모든 좋은 것과 높은 것이 모여 있는 곳 같았다. 우은과 아무런 상관도 없지만 그래도 있기는 한 곳이었다.

"지켜줄 터이니 쉬어라."

"뭘 해야 할지 모르겠습니다. 집에……."

"너를 걱정할 사람이 있더냐?"

"강릉댁은 저에게 잘해줬습니다."

"가슴이야 아플 터이지만 언제고 헤어질 사람이 아니었더냐. 정 그리 보고 싶다면 나중에 내가 그 여인을 데리고 와주마."

"괜… 찮아요."

강릉댁이 이런 곳에 오면 기겁할 것이다. 게다가 아직 이 남자를 믿을 수 없고, 또 정말 그리해 줄 것 같지도 않다.

우은은 심장에 손을 대보았다. 아주 느리지만 분명 뛰고 있었다. 불구가, 돌이킬 수 없는 결여의 몸이 된 것이 슬프다. 기억해 내려 했다, 명헌에 대해. 하지만 악몽은 부서져 어둠 너머로 사라진 지 오래, 볼품없는 흔적만 남아 있다. 기억나는 것은 그의 목덜미를 비추던 밝은 햇살도 아니고, 밤에 처음 본 맑은 얼굴도 아니고, 옅게 퍼지던 다정했던 웃음도 아니다. 등뿐이다.

"화가 나느냐?"

"네."

"밉겠구나."

"네, 밉습니다."

눈물이 스며 나왔다.

"그런데 제가, 저 자신이 제일 미워요. 이리된 처지가 밉습니다. 이런 처지가 되도록 거기까지 간 것이 밉습니다."

"미워해라. 그게 편할 거다."

우은은 아직도 반여의 품 안에 있다는 것을 깨달았다. 며칠 전까지만 해도 두려워 떨던 남자인데, 이렇게 넋 놓고 안겨 있는 것에 스스로가 우습다 생각되었다.

우은은 그의 품 안에서 나와 문으로 다가가 문고리 위에 손을 얹었다. 새벽이나 저녁이라 어두운 것이 아니라, 문이 몇 겹으로 덮은 맹장지라 어두운 것이었다. 문을 열자 그 너머에는 새카만 먹물에 적신 덧문이 있었다. 그 틈으로 선을 그은 듯 흰빛이 스며들어 오고 있었다. 이러니 이 안에만 있으면 영원히 새벽같이 보일 것이다.

"낮이다, 아가야. 해가 저문 다음에 나가라. 네게 햇빛이 시릴지 아닐지 모르겠구나."

"시리다니요?"

"혈귀의 독은 햇살에 몸이 시리게 된다. 특히 처음 혈귀가 되면 그러하지. 조금 뒤에 나가라. 곧 해가 저문다."

"항상 그런가요?"

"사람 피가 몸에 있으면 항상 그렇다. 독에 섞인 피가 햇살과 상극이라 고통이 오지. 동시에 머리가 미친다. 특히 살았을 때의 피가 다 마르고 난 뒤에 사람 피를 마시면 항상 그러하지. 햇살을 견딜 수 없게 되고 머리가 끓어올라."

"아직 모르지 않습니까."

우은은 문을 열었다. 문틈으로 파란 하늘이 보이더니 햇살이 눈을 뚫을 듯 쏟아졌다. 우은은 입술을 깨물었다. 너무도 눈부시다. 우은은 몸을 웅크리고 엎드렸다. 반여가 다가와 문을 닫았다.

"밤이 되면 데리고 나가주마."

"이제… 피를 먹고 사는 그런 괴물이 된 건가요?"

"내가 너를 물 때 흉하더냐?"

"무서웠어요."

"아직 그리된 건 아니다. 일단 하랑에게 너를 보여야겠다. 사람들 틈에 섞여 보면 금방 알게 되겠지."

"아직 모릅니까?"

"보통 혈귀가 되면 지금쯤 물 밖으로 나온 숭어처럼 뛰어다녀야 하는데, 너는 아니지. 이제 막 긴 병에서 나은 아이처럼 허둥댈 뿐이다."

"……."

"혈귀가 된다는 것은 물고기가 새가 되고 새가 물고기가 되는 것만큼이나 고통스럽다. 하지만 너는 그 무엇도 아니다. 그러니 잘 모르겠다."

"충분히 힘들었는데요."

"그건 알겠다. 보통 사람보다 더 길고 더 고통스럽긴 했다. 하지만 그래서 지금 덜 힘드니 공평하다고 생각하여라."

반여의 눈길이 우은에게는 부드럽게 느껴졌다. 가족, 즉 그의 담 안에 놓아두고 지켜줄 사람을 대하는 태도다. 지금 무슨 생각을 하는 걸까. 우은도 당장은 경계심도 무서움도 들지 않았다. 평화롭고 고요하고 부드러워 둥지 속에 들어온 듯 안심이 된다. 제자리를 찾은 듯하다. 제집으로 돌아간 듯하다.

"두려워하면서도 믿는 이 눈빛이 신기하구나. 미워하면서도 어쩔 수 없이 옆에 머무는 마음인 듯 그리 신기하구나."

"당신이 저를 해치지 않을 것 같긴 해요. 그건 확실해요."

"어째서?"

"그냥 그렇게 느껴져서요."

"아직 정신이 없긴 없나 보구나."

"완전히 깨어나면 창피할 테지만, 지금은 이러고 싶네요. 꿈인지 생시인지 모르겠습니다. 하지만 이게 꿈이라면 악몽은 아니네요. 좀 괴상할 뿐 나쁘지는 않아요."

우은은 눈을 감았다. 반여가 고개를 숙여 그런 우은의 이마에 자신의 이마를 댔다. 우은은 그 단단하고 서늘한 이마를 느끼면서도 가만히 있었다. 몇 번이나 이 사내가 이러는 것을 느꼈다.

　이 남자는 분명 우은을 해쳤는데, 그런데 우은은 이 남자에게 기대고 있다. 태어나서 처음으로 두 발을 딛고 누군가에게 의지하고 있었다. 아니, 이건 의지가 아니라 믿음이었다. 지켜줄 필요도, 돌봐줄 필요도 없는 존재에게 이렇게 의지하고 있었다. 그런데 믿으면 지금 마음이 아주 편해야 하는데, 아주 달콤해야 하는데 거북하다. 숨 쉬는 공기에, 빛과 어둠에 모두 가시가 있는 것 같다. 금방이라도 무너질 모래벽에 등을 기대고 있는 것 같다.

❀

“어떻게 되었습니까?”
난하가 반여에게 물었다.
　반여는 난하가 궁금해서라기보다는 난하의 아내가 궁금해서 저러는 것 같다는 생각이 들었다. 이 녀석은 산이 무너져도 아, 산이 무너졌군요, 할 것이고, 하늘이 무너지면 하늘이 무너졌네요, 하고 끝낼 놈이다. 도무지 궁금한 것이 없고 놀라운 것도 없다. 이놈을 놀라게 하려면 모연이 바람이 나는 수밖에 없을 것이다.
“그게, 되다 만 것 같다.”
“그건 또 뭐랍니까?”
“하랑에게 데려가 보면 알겠지.”
“모연과 같이 보낼까요?”

"모연이 내 욕을 할 게 뻔하지 않으냐. 그건 매우 싫구나."

"남 객주는 잘해주실 듯합니다만."

남 객주, 즉 하랑은 남자들에게는 시큰둥해도 여자들은 잘 대해준다. 태어난 시대가 시대라서 그런지 양옆으로 여자들 끼고 다니는 것을 너무 좋아한다. 우은이 사내아이였다면 시큰둥했을 것을, 여자애이니 눈을 반짝이며 나중에 꼭 데리고 오라고 하지 않은가. 아니지. 아직 어리니 사내아이라도 괜찮을지도. 그런데 그렇다 생각하니 반여의 기분이 좀 징그러워졌다.

반여는 모연에게 은을 주어 시장에 가서 옷을 좀 사 오라고 했다. 모연은 자기는 후줄근하지만 다른 사람 입히고 꾸미는 것은 참 잘했다. 덕택에 난하의 차림새는 누구보다 돋보인다.

모연은 옷과 댕기, 거기에 삼작노리개를 들고 와 안채로 들어가 우은과 만났다.

우은은 해가 저물자마자 나타난 창백한 여인을 보고 놀랐다. 여태 본 사람이라곤 겸과 난하, 청지기뿐이었다. 모두 사내뿐이었는데 여인이, 그것도 인간이 아닌 자가 나타나니 놀랐다.

"왜 그리 놀라니?"

"여인을 참 오랜만에 보는 것 같아서요. 누구시죠?"

"모연. 백난하의 아내란다. 이리 와봐, 애."

난하의 아내라는 말에 우은은 놀라 모연을 살폈다. 공부하는 서생 남편을 위해 부엌에서 밥상 차리고 있어야 할 것 같은 단정한 풍모의 여인이었다. 모연이 가지고 온 물건은 사치스러운 진주사(眞珠絲) 치마저고리였다. 옷을 펼치자 천 위로 잉어 비늘 같은 무늬가 드러났다. 손대보기는커녕 구경해 본 적조차 없는 호사스러운 옷이다.

모연은 우은에게 목욕을 하라 들여보낸 다음 우은이 나오자 그 옷을 입혀 주었다. 옷은 구름을 감은 듯 부드러웠다. 게다가 다가온 모연이 풍기는 향취가 반여와 무척 다르면서도 향기로웠다. 우거진 풀이나 깊은 솔숲 같은 내음이다. 얼굴에 담은 표정도 무표정하다가 방긋 웃고, 또다시 무표정하게 넋을 놓고 다른 곳을 보다가 우은과 눈이 마주치면 웃어 천진한 아이 같았다.

"남편에게 이야기 다 들었단다. 어린 나이에 참 많은 일을 겪어서 무척 놀랐을 것 같아. 그러나 모든 일에는 다 놀랄 만한 시작이 있는 법이니 익숙해질 거야."

여인은 꽃잎처럼 다정하게 말했지만 우은은 이것에 익숙해진다는 것이 오히려 걱정되었다.

여인은 달래듯 부드럽게 말했다.

"시집왔다고 생각하렴. 생판 처음 보는 남자와 혼인하여 혼례를 올리고, 또 시댁으로 간다 생각하는 거야."

"제가 원한 게 아닌데도요?"

"네가 원해서 이루어지는 일이 몇 개나 있겠니. 보통은 다

어쩔 수 없이 어쩔 수 없는 일을 당해 별수 없이 산단다. 가
만, 이리 보렴."

그리고 모연은 머리를 빗긴 다음 땋아 내려 댕기를 물리
고, 저고리 고름을 매고 향갑 노리개를 달아주었다. 붉은
술, 노란 술, 녹색 술이 늘어진 노리개에 화려한 향갑이 달
려 있었다. 처음 달아보는 노리개라 묵직하게 느껴졌다. 모
연은 경대를 가지고 와 그 안에서 금가락지를 꺼내 손에 끼
워 넣어주었다.

"너무 값진 거라……."

그 무엇도 우은의 것이 아니었다.

아니, 될 수가 없는 것이었다. 너무나 부담스러웠다.

"이제부터 너는 반여님의 혈속이니 그분이 주는 건 다 네
거야."

"자꾸 그러는데, 그게 대체 무슨 뜻입니까? 저는 그의 누
이도 아내도 아닌 걸요."

"혈귀로 만든 자와 만들어진 자는 가족과도 같아. 내 남편
과 반여님이 그런 사이란다."

"부인과 남편 분은……."

"물론 남편이 나를 혈귀로 만들었지. 아, 오해하지는 말
렴. 어쩔 수 없어서 그리된 것이니. 또 나는 출가하여 혈육
이 없는 몸. 이리되었으니 인연이라 생각하고 그분의 아내
가 되었단다."

즉, 비구니였다는 말이다. 우은은 놀라워서 여인을 보았

다. 여인의 풀잎 같은 얼굴에 미소가 번졌다. 윤회전생과 극락왕생을 위해, 항상 죽은 다음을 위해 오늘을 살던 여인이 다시는 죽을 수 없는 몸이 된 것이다. 여인은 경대를 가지고 와 보여주었다. 나비와 모란이 나전으로 장식된 호화로운 경대였다. 대체 어디서 이런 물건들이 쑥쑥 나오는 건지 모르겠다.

거울을 보기 전에는 두려웠지만, 일단 보고 나니 크게 달라지지 않아 다행이다 싶었다. 머리카락도 그대로고 얼굴색은 항상 하얗고 창백했으니 새삼스럽지도 않았다. 조금 더 나이가 들어 보이기도 하다. 특히나 눈매가. 아니, 우은은 자신이 언제고 어린아이 같은 적이 있기는 했는가 싶었다. 항상 부엌의 그늘 속에 있었다. 밝고 아름다운 것은 숙모의 딸 은례의 몫이다. 우은이 듣던 말은 음흉한 것, 샘을 품고 사는 것, 뻔뻔한 것, 게으른 것, 질이 나쁜 것 등이었다.

"참으로 예쁘구나. 내 딸이면 좋으련만 좋고 예쁜 건 반여님 차지라지. 자, 이리 오렴. 사랑채로 가자."

우은은 모연이 이끄는 대로 툇마루로 갔다. 뜰로 차가운 가을 달이 빛을 쏟아부었다. 섬돌에 나비를 수놓은 비단 운혜가 놓여 있었다. 발을 들이미니 늘 신던 짚신과는 달리 구름을 신는 듯 가볍고 부드러웠다.

몸에 두르고 신은 것이 갑자기 너무나 호화스럽다.

전날 저녁까지만 해도 고통에 나뒹굴고 있었는데, 지금은 이렇게 호화로운 진주사 옷을 휘감고 노리개를 걸고 있다니. 그리고 이 모든 것이 그 고통을 준 자, 이런 운명으로 몰아넣은 자가 퍼주는 선물이라니.

우은은 신을 신고 뜰을 보았다. 진한 향기를 뿜어 올리는 국화와 백일홍이 피어 있다. 가을의 꽃, 그중에서도 향기가 진한 꽃들로 가득하다. 풀도 나무도 모두 향이 진하다.

"혈귀는 꽃을 좋아하게 된단다."

"어울리지 않는데요."

"시취를 가리기 위해서라는 자들도 있다만, 본능인 것 같아. 온몸의 감각이 예민해지니 향내를 풍기는 것을 가까이 하려 하게 되지. 그래서 향나무나 꽃들을 정원에 심어둔단다. 너도 곧 익숙해질 거야."

모연은 우은을 데리고 중문을 넘어 사랑채로 갔다. 사랑채 마루에 반여가 기둥에 기대 있었다. 표정이 처음에는 좀 얼빠진 듯 보였지만 이내 부드러워졌다. 부끄러워해야 하나, 수줍어해야 하나, 그리 생각하며 반여를 보았지만 금방 결론을 내릴 수 있었다. 무엇이 부끄럽단 말인가. 무엇이 수줍단 말인가. 이 남자는 우은의 속 깊은 곳까지 헤집고 나갔던 자인데, 우은의 모든 것을 보고 모든 것을 다시 만들어낸 자인데 무엇이 부끄럽단 말인가.

동시에 분노가 치밀어 올랐다.

이렇게 만든 자다. 이렇게 있게 만든 자다.

"같이 갈 곳이 있다. 네 몸 때문에 반드시 만나야 하는 사람이 있는 곳이지."

“알겠어요.”

“묻지도 않느냐?”

“가면 알겠지요.”

모연이 손에 들고 있던 쓰개치마를 건네주었다. 그것 역시 갑사로 만든 쓰개치마였다. 낮에 본다면 햇살을 담으며 물결칠 것이다. 그러나 우은은 쓰개치마로 얼굴을 가려본 적이 없다. 답답하고 불편할 것 같다.

“귀찮으면 어깨에 얹고만 있어라. 여기 한양에서는 그렇게 옷을 입고 머리를 다 내놓고 다니면 더 눈에 뜨인단다. 하지만, 뭐…….”

반여는 은우의 볼을 잡아당겼다.

“내놓고 다녀도 볼 사람 없겠다. 못생겨서.”

“…….”

“저런, 서운하느냐. 물론 진담이다.”

“…….”

“하지만 그래도 도리란 것이 있으니 가리자꾸나.”

그리고 반여는 쓰개치마를 잡아 머리를 덮어주었다. 우은은 그의 단단한 손이 거침없이 다가오고 닿는 것에 벌써 익숙해졌다는 것을 깨달았다.

“왜 그러냐?”

“정말…….”

반여가 고개를 숙여 우은의 입술에 귀를 기울였다.

“응?”

"저 못생겼습니까?"

반여는 크게 웃었다.

"속상하느냐?"

"그런 말 듣고 속상하지 않을 사람이 어디 있습니까."

"걱정 마라. 내 눈에 고와 보이면 되지 않느냐."

반여는 우은을 데리고 밖으로 나갔다. 해가 저물고 있어 햇살은 높은 지붕과 나무 끝자락에 머물고 있을 뿐, 회색 어스름이 가라앉고 있었다. 그러나 마음은 푸르게 넘실댄다. 어두운 밤바다처럼 깊고 어둡지만 푸르게 넘실댄다.

반여가 앞장서 가다 사람이 많아 번잡해지자 손을 내밀었다. 우은은 그의 손을 잡고 바짝 붙었다. 여기저기 집이 빽빽하게 들어차 담으로 가득했다. 사람들은 물고기 떼처럼 가득 오가고 있어 시골에서 살던 우은에게 버거웠다. 반여가 우은을 바짝 당겼다.

"어떠냐?"

"무슨 말씀이십니까?"

"혈귀는 처음 사람들 틈으로 나서면 허기와 갈증을 느낀다. 사람이 많아질수록 점점 심해지다, 곧 주리를 틀 듯 심해지게 되지. 그러다 보면 누구든 잡아 뜯어 피를 맛보고 싶어진다. 그것만 있으면 배가 차고 목이 축여질 것 같지. 가장 심한 자는 닷새간 온 마을을 돌아다니며 닥치는 대로 물어뜯었다."

우은은 오싹해졌다. 예전에 보았던 꿈이 기억난다. 혈귀들에게 도륙당한 일가와 마을의 꿈이었다. 그것은 눈앞에서 피를 콸콸 쏟아내는 듯 끔찍한 광경이었다.

반여의 얼굴이 다시 가까워졌다. 그는 검은 눈으로 우은을 보며 우은의 목덜미와 심장 소리에 귀를 기울이고 있었다. 이 남자도 그런 짓을 할까.

"어떻지?"

"아무렇지도 않아요."

"정말?"

"네. 정말로 아무렇지도 않아요."

우은은 주변을 살폈다. 등에 짐을 진 보부상, 머리에 물동이를 인 아낙, 양 옆구리에 아이들을 끼고 집으로 향하는 그들의 손윗누이, 청년, 처녀, 소년, 소녀, 온갖 아이들의 목소리와 어른들의 목소리와 노인들의 목소리가 들리고 그들의 체취가 덮쳐왔지만 가슴 아래 향갑의 향이 그 흥분을 가라앉혔다.

우은은 주변을 더 면밀히 살폈다.

행여 이 몸이 되기 전까지 있던 그림자가 있는지 살폈다. 아직은 없다. 그러다 우은은 탄식을 내쉬었다. 착각이다. 사방이 어두워, 각별히 어두워도 그냥 지나쳤던 것뿐이다. 그림자들은 얼룩처럼 주변에 있었다.

우은은 반여를 보았다. 그제야 우은은 처음부터 이 남자가 조금도 어둡지 않았던 것을 깨달았다. 처음 반여가 집에 나타났을 때는 몸의 껍질이 얼어붙을 듯 냉기를 느끼긴 했어도 어둡지는 않았다. 그 주변으로도 어둠이 없었다. 조금 전에 만난 모연에게도 어둠은 없다. 그림자들은 반여를 따라오거나 그가 오기를 바라긴 했어도 그를 가리켰던 적은 없다.

그때 우은은 흰빛을 보았다. 처음에는 옅었지만, 금방 어둠을 뚫을 듯 강해진다. 우은이 멈추어 서자 반여의 입술이 올라갔다. 동시에 사방에서 그림자가 솟구친다. 반여가 우은의 어깨를 감쌌다.

"이리 와라."

우은의 첫걸음마 같은 외출이지만, 반여에게도 마찬가지였다. 그간 몸 상태가 이상했다. 정말로 이상했다. 심장이 두근거리고 피가 도는 것 같았다. 너무나 오랜만에 느껴보는 감각에 당혹스러웠고, 또 그만큼 고통스러웠다. 이번에는 실책 때문에 당한 것이지만, 그들의 목적을 두 번 충족시켜 주고 싶지는 않았다. 자존심 문제가 아니다. 그들은 반여를 끝장내지는 않을 터라도, 충분히 끝장나는 맛을 보여줄 것이기 때문이다. 그건 매우 싫다.

반여는 우은의 어깨에 손을 얹고 길을 걸었다. 사람들의 체취가 가득 풍겨왔다. 굶주림이 그의 허기와 갈증을 부추겼다. 며칠 동안 굶주림을 채우지 않은 것은 아니나, 혈귀가 굶주림을 제대로 해소하기 위해서는 이를 박고 직접 그 생기를 빨아들여야 한다. 상처를 내어 흘린 피를 마시면 당장은 갈증을 해소할 수 있지만 허허로움을 남긴다. 그러나 피를 마시기 위해 살에 이를 박으면 당한 사람은 대체로 그냥 죽지 혈귀로 남지 않는다. 혈귀가 되는 건 전시(戰時)를 제하고는 무척 드문 일이다. 보통은 걸귀가 되어 매우 눈에 뜨이는 며칠간의 행적을 남긴 뒤에 사라진다. 곪았든 쉬었든 전쟁만은 없는 요즘 같은 시절에 그런 일이 자주 일어나면 좋지 않다. 아니, 오히려 혈귀들에게 독이 될 수 있다. 혈귀들은 그 숫자는 거의 그대로다. 즉, 사람에 비해 절대적으로 불리한 그대로인 것이다. 누가 혈귀가 되고 죽을지 아무도 모른다. 하랑도, 채도, 반여도 알아내지 못했다. 혈귀들이 가장 빨리 늘어나는 시기는 전란 때인데, 반여나 하랑이 짐작하기에는 물리는 수가 압도적으로 많으니 될 확률도 높아지는 것이지 산란기처럼 특별히 때가 되어서 그런 건 아닌 것 같았다.

반여는 노골적으로 살의를 풍기는 자들을 찾았다. 살의를 읽는 것은 어렵지 않다. 심장이 빨라지고 피가 뜨거워진다. 그리고 그 눈이 반여를 향한다.

"이리 와라."

반여는 우은의 손을 잡아당겼다. 우은의 어깨에서 쓰개치마가 흘러내렸다. 반여는 우은의 어깨를 팔로 휘감아 당기며 발걸음을 빨리했다. 우은이 허겁지겁 따라왔다.

"어서."

결국, 나중에는 우은이 반여에게 들려 가는 모양이 되고 말았다.

골목이 끝나고 길이 가파르게 치솟으며 숲이 나왔다. 반여는 팔에 힘을 주며 우은을 데리고 숲으로 들어섰다. 상수리나무와 떡갈나무로 가득한 숲이었다. 그 굵은 둥치 사이로 낯익은 얼굴을 보았다.

명헌.

반여는 명헌의 얼굴을 이제 똑바로 보고 있었다.

"보이느냐?"

"네?"

"명헌이."

우은은 고개를 끄덕였다.

지금 명헌은 자신을 감추고 있다 생각하고 있을 것이다. 예전부터 그는 혈귀들에게서 자기 기척을 숨기고 보이지도 느껴지지도 않게 할 수 있었다. 하늘이 정한 천적인 듯 혈귀들에게만 그랬다. 보통 사람에게는 훤히 보인다.

그런데 지금 반여는 명헌을 보고 있었다.

어째서 여기에 있는 거냐.

반여는 소년을 보며 속으로 물었다. 손안의 우은은 굳어 있었다. 반여는 우은의 표정을 살폈다. 굳은 것은 놀라서였다. 예기치 못한 만남이었기 때문일 것이다. 하지만 반여가 기대했던 분노는 없었다.

반여는 우은을 안고 명헌을 보며 웃었다.

"나와라, 명헌아. 훤히 보이니."

명헌의 이가 악물렸다. 반여는 명헌의 등 뒤를 살폈다. 그가 데리고 온 자들은 어둠 속에 숨어 있다.

"우은은······."

"나보고 먹으라고 줬잖니. 그래서 먹었다."

그리고 반여는 우은의 어깨를 잡아 명헌을 마주 보게 했다. 명헌의 눈이 커졌다.

"이제 내 것이지."

"하지만··· 심장이 뛰고 있다. 피가 돌아!"

"나도 그게 신기해서 말이다."

반여는 명헌에게 웃어 보였다.

"너를 내 집에 두고 지켜보았듯, 문희를 내 곁에 두었듯, 이 아이도 내 집에 두고 지켜보았지."

"하지 마!"

"나에게 주었잖느냐. 그리고 또 네가 무엇이기에 이 아이가 어디로 갈지 정한다는 거냐."

"그러는 당신도······."

"아니. 내 독을 주고 내가 보름을 지켜 반쪽이나마 혈귀로 만들었지. 품은 자가 그 여인의 지아비이듯 나 역시 이 아이의 바깥주인이다. 너보다야 내가 더 할 말이 많은 듯한데."

"우은이 정한 게 아니잖아!"

우은이 입술을 물었다. 소녀의 얼굴에 수치심과 굴욕감이 보였다. 노비라도 되는 듯 사내 둘이서 네 거, 내 거 하고 있으니 당연했다.

"이리 만든 건 너지 않느냐."

"당신은 나를… 농락했어!"

"먹여주고 재워주고 가르쳤다."

"그리고 네 혈족, 네 수하들은 내 가족을 도륙 냈어. 내 누이를 능욕했어!"

"내가 한 건 아니다. 시킨 것도 아니고. 그리고 걔들은 나하고 상관없는 애들이었다. 몇 번이나 말했지 않느냐."

"하지만 그들이 누군지 알아도 가만히 있었어! 그리고… 문희가……."

드디어 문희의 이름이 나온다.

반여는 만족했다. 그 아이가 어디로 갔는지, 아니, 최소한 어디에 있는지는 아는 것이다.

"네게 준 많은 것 중 하나이지."

"어떻게 되었는지 알기나 하냐!"

"네가 없어지자 내게도 필요가 없어졌다. 그런데 누군가가 내게서 훔쳐 갔더군. 나에게는 필요 없는데, 그 아이를 데려간 자에게는 필요가 있을 터이니 다행이지."

명헌의 눈에서 불꽃이 튀었다.

"무슨 꼴이 되었는지 궁금하지도 않은 거야?"

"나를 그 꼴로 만들었으면 그 아이가 어느 지경이 될지는 예상했어야 하는 것 아니냐. 그런데 보아하니 본 듯하구나. 내 속이 상할 거라, 아니, 상해야 한다 생각한 듯 보이니 지금 차마 못 볼 꼴인가 보구나."

"궁금하기는 한 거냐?"

"그럼. 네가 이자들과 있는 이유가 그 아이 탓인 듯하구나. 그러지 않았다면 멀리멀리 도망갔을 것을. 내 앞에 보이지도 않았을 것을. 그래, 말해보거라. 그 아이가 어찌 되었지?"

명헌의 주먹이 반여를 향해 날아왔다. 하지만 무작스러웠다. 반여는 훤히 보이는 그 손에 나른한 기쁨을 느꼈다. 손목을 잡아 위로 올리자, 명헌이 뒤로 나동그라졌다. 우은이 신음을 흘렸다. 반여의 어깨로 화살이 날아왔다. 반여는 그 화살을 잡았다. 화살촉에 반여에게는 독인 수질 즙이 발려져 있었다.

반여는 그림자 너머를 보았다. 인간들 같기도 하고 아닌 것 같기도 하다. 요괴들 같기도 하고 아닌 것도 같았다. 봉두난발도 있고, 갓 쓰고 제대로 차려입은 선비도 있었다. 나이 좀 든 자도 있고 어린 소년도 있다.

사람인가? 하지만 사람치고는 그 피가 탁하다.

혈귀인가?

아니, 이들은 분명 살아 있다.

그날 찾아왔던 자와 같은 건가?

반여는 남자들을 보았다. 화살, 단도, 검이 모두 그를 향하고 있었다. 오합지졸같이 보이지만, 이들이 풍겨오는 살기는 보통이 아니다. 훈련된 것도, 무언가를 익힌 것도 아니다. 단지 그들 자체의 몸이 지금 미친 짐승 같다. 다루기는 곤란하지만 싸우기는 쉽다.

그중 하나가 달려왔다. 반여는 그를 잡았다. 엄청나게 빠르다. 사람 빠르기가 아니다. 엄청난 힘으로 검이 날아왔다. 반여는 검을 피하며 그 손목을 잡았지만, 속도만큼이나 힘이 실려 있다. 반여는 다른 자의 가슴을 손등으로 쳤다. 보통 사람이라면 벌써 뼈가 무너졌을 것을, 아니, 무너졌음에도 그자는 으르렁대며 반여를 향해 달려들었다.

뭐냐, 이 자식들.

반여는 이를 드러냈다.

엄청난 속도, 힘, 거기에 고통을 거의 느끼지도 못한다.

역시 그거다.

상대의 손목이 반여의 발등에 걸어차이며 날아가고, 반여는 날아간 검을 중간에 낚아챘다. 다른 자가 구르는 바위처럼 빠르고 묵직하게 날아왔다. 반여는 그 목을 움켜잡아 으스러뜨리고 다른 자의 배를 향해 검을 찔러 넣었다. 탁하고 역겨운 내음이 풍겨온다. 분명 산 사람의 피인데 사흘은 썩은 듯 고약한 냄새가 풍겨왔다. 반여는 그의 몸을 돌려 내팽개치고, 다른 자의 목에 단도를 찔러 넣고 등 뒤로 달려드는 자의 심장을 후려쳤다. 분명 인간의 힘이 아니다. 그러나 혈귀들을 상대하면 반드시 되돌아오는 반동이 없다. 같은 혈귀들끼리 절대 할 수 없는 것이 바로 완전히 끝장내는 것이다. 하늘이 정한 규칙인 듯, 목숨을 빼앗을 수 있는 상황이 되어도 이상하게도 서로 어찌할 수 없다. 물론 팔다리 부러뜨리고 뭉개놓을 수는 있지만, 목숨만은 안 된다.

반여의 검이 마지막 남은 자의 목을 베어냈다. 온통 피바다인데도 반여는 이들 중 그 누구의 피에도 동하지 않았다. 정말 역하고 비리다.

"뭐냐? 아니, 누구냐?"

우은은 움츠리고 있다, 갑자기 손목이 잡히자 고개를 들었다.

명헌이었다. 그는 우은이 고개를 들자마자 손목을 당겼다.

"가자."

"무슨… 무슨 말이야, 너!"

그 긴 고통이 떠올랐다. 문 것은 분명 반여였지만, 버리고 간 건 명헌이었다.

"가자고. 따라와. 구해줄게."

"지금 나더러 너를 믿으라고?"

"산 귀신보다는 믿을 수 있을 거야."

"너는 나를 죽게 내버려 뒀어!"

"살아났잖아."

우은은 기가 막혔다.

"죽을 수도 있었어! 그리고 나는 지금 내가 무슨 꼴이 되었는지도 몰라! 바로 너 때문에!"

"화 풀어."

우은은 더욱 기가 찼다.

"이게 화를 내는 거라고 봐? 이게 언제고 가라앉고 풀릴 '화' 라고 생각하는 거야?"

"사과할게. 그러니 지금은 나와 같이 가자."

"내가 왜 너하고 가야 하는 건데?"

"계속 있으면 너는 더러워질 거야."

"뭐?"

"그는 귀신이야. 천 년도 전에 지옥에 갔어야 할 귀신이야."

"그러면 나는? 나는 대체 뭐지? 놔! 놓으라고!"

"일단 같이 가자."

명헌은 우은을 잡아끌었다. 우은은 가지 않으려 했지만 명헌이 너무 세게 당겼다. 따라가지 않을 도리가 없었다. 반여도 난하도 그리 힘이 센데, 우은은 왜 이 몸이 되어서도 꿈쩍 못하는 건지 분했다.

"너하고 같이 가서 뭘 하라고?"

"치료할 수 있을지도 몰라. 지금 너는 심장도 뛰고… 손에도 온기가 있어. 네 몸에 혈귀의 독보다 강한 것이 있고, 또… 그러니 너는 혈귀가 되지 않고 사람으로 남아 있는 거야. 혈귀의 독을 완전히 몰아낼 수 있을지도 몰라. 가자, 우은아."

"너는 나를 배신할 거야! 아니, 이미 했어!"

"어쩔 수 없었어."

“뭐야?”

“그렇게밖에 할 수 없었어, 우은아.”

“대체 무엇 때문에?”

“살아날 줄 몰랐으니까. 말다툼할 시간 없어. 와!”

“싫어.”

“사람은 절대로, 아직 사람인 너는 절대로 혈귀들 품에서 살 수 없어. 내가 알아!”

명헌의 넘실대는 분노가 우은에게도 느껴졌다. 분노에 활활 타올라 세상을 찢어놓을 것 같았다. 손끝에, 목소리에, 힘준 턱에 그의 분노가 어려 있었다.

“혈귀들 옆에 있으면 망가져. 진창에 뒹군 듯 더러워진다고. 그러기 전에 가야 해.”

“배신한 건 너야. 나를 그곳에 버리고 간 건 너라고!”

“네가 살아날 줄 몰라서 그랬어. 하지만 살아났으니 지금 너를 구하게 해줘.”

“네가 급할 때는 버리고 가고, 이제 내가 반여 옆에 있으니 자존심이라도 상한 거니? 그래서 분해서 오라는 거야?”

“그게 아니야! 늦기 전에 가야 해! 말씨름할 시간 없어!”

멀리서 비명 소리가 들려왔다.

우은이 놀라 돌아보니 마지막 남자가 쓰러지고 있었다. 반여가 허리를 숙여 남자를 살피다 고개를 들었다.

“가.”

우은이 말했다.

"어차피 그에게 두 번 죽을 일 없으니 가버리라고!"

명헌은 손을 놓지 않았다.

"같이 가자."

"너는 나를 버렸어!"

"버린……. 아냐. 괴로웠어. 돌릴 수 있다면 돌릴 수 있기를 몇 날 며칠이고 바랐어. 보이는 모든 것이 나를 비난하는 것 같아 부끄러웠어. 미안해. 정말로. 갚을 수 없지만 갚을 수 있게만 해주면 무엇이든 다 할게."

"그만둬라."

우은의 어깨 위로 반여의 손이 내려왔다. 그 차고 단단한 손이 우은의 어깨를 움켜잡자 우은의 몸에도 힘이 빠졌다.

명헌은 주먹을 움켜잡았다.

"치워."

"왜?"

"문희가 걱정되지도 않는 주제에, 언제고 문희처럼 관심 끊고 버릴 거면서. 그럴 거면서! 치워!"

"그러는 너는 문희가 걱정되는 거냐?"

"구할 생각도 없는 거야? 걱정되지도 않는 거냐, 당신이 란 자는?"

"나는 걱정되지 않고, 네가 걱정되면 네가 구해야지, 왜 나더러 그러느냐."

"당신에겐 힘이 있잖아."

"그런 데 쓸 용의도 없거니와, 네 덕에 여력도 별로 없다.

그리고 말이다, 너는 그 아이가 어디 있는지 알지. 나는 몰라. 알면 네가 해야지, 왜 내가 하느냐. 게다가 구하고 싶은 건 너지 내가 아니잖아.”

“아꼈잖아.”

“그리고 이제 아끼지 않을 생각이다.”

“그 아이는…….”

“나는 그 아이가 네 아내가 되길 바랐단다. 네가 거절하니 어쩔 수 없게 되긴 했다만, 그래도 바라긴 바랐단다, 명헌아. 아직도 바란단다.”

“닥쳐! 그 아이도 버릴 거라면 지금 보내줘! 문희처럼 비참하게 만들지 마!”

“난 그 아이를 버린 적 없다. 도둑맞았어.”

“구할 수 있잖아.”

“몇 번 말하는 건지 모르지만, 누군가 가져간 이상 나는 되찾을 생각이 없다. 네가 되찾기를 원한다면 그건 네가 할 일이지 내가 할 일이 아니란 거다. 그리고 한 가지 아주 중요한 사실을 말하자면, 네가 나를 그 꼴로 만들어 그 아이가 그리된 게다.”

“뭐?”

“네 탓이란 게지. 동시에 네 책임이기도 해. 나한테 떠밀지 마라. 그리고… 너는 그 애 구할 생각도 엄두도 못 내고 있으니 일단 나하고 좀 가야겠다.”

명헌은 등 뒤로 나타난 그림자를 보지 못했다. 돌아보았을 때는 이미 늦어 있었다. 희고 화사한 얼굴이 명헌의 얼굴에 확 다가온 순간, 그 손가락이 명헌의 목덜미를 스치고 지나갔다. 손끝에 있던 흰 침이 명헌의 목에 꽂혔다.

풀썩 소리와 함께 명헌이 쓰러졌다. 명헌 옆에는 예쁜 새처럼 화려한 소녀가 서 있었다. 하랑이다.

"서쪽이 소란하여 오니 이 꼴이구나."

그리고 하랑은 명헌을 내려다보았다. 우은은 소녀를 기억했다. 우은이 고통에 시달릴 때 치료하러 와주었던 바로 그 소녀다.

"이 멍청한 놈은 대체 무슨 생각으로 여기까지 온 거라니?"

반여도 한숨을 쉬며 답했다.

"숨은 의도가 궁금해질 지경이다."

"있어 보이니, 오라버니?"

"있기를 바란다. 몇 년간 공들여 키운 놈이 이다지도 멍청하다는 것도 나름 슬픈 일이야. 그리고 너, 방금 나더러 오라버니라 했느냐?"

하랑은 명헌의 목덜미에 꽂힌 침을 뽑아 침통 안에 넣었다.

"당분간 너한테 물어볼 게 많은 듯하여. 그런데 이 녀석 어쩔까. 이대로 죽여 버릴까."

"죽여지지 않을 것 같은데."

하랑은 가만히 반여를 보았다.

반여가 다시 말했다.

"죽여지지 않을 것 같다 말했다."

잠시 하랑의 담황색 눈과 반여의 검은색 눈이 서로 맞물리고, 그 둘은 깊은 곳에 묵혀두었던 옛 기억을 돌이키고 곱씹은 뒤에 각자 나누어 가졌다.

하랑이 손뼉을 쳤다.

"어이, 초군. 반여의 집으로 데리고 가 그곳에 있는 철로 된 감옥에 가두어라."

잠시 뒤 숲 속의 그림자 안에서 몸집이 작은 남자가 나왔다. 작고 단단한 체구에 머리에는 패랭이를 썼다. 차돌멩이처럼 단단하고 작은 얼굴이었지만 눈은 검고 잽싸 보였다. 하랑이 눈짓하자 남자는 명헌을 집어 들고 순식간에 사라졌다. 수리가 병아리를 채가는 것보다 빨랐다.

반여는 아직도 멍하니 서 있는 우은을 보았다.

"애야."

반여가 건드리자 우은은 주저앉았다. 다리에 힘이 하나도 없었다. 게다가 사방에서 피어오르는 피 냄새에 머리가 어지러웠다.

"피 냄새 맡으면 먹고 싶어할 거라 하셨나요. 그런데 이 냄새는 너무 역겨워 혼절하겠습니다."

반여가 우은을 안아 들었다. 몸이 가볍게 안겼다.

"맛없는 음식도, 맛있는 음식도 있는 것 아니겠느냐."

정말 이 아이가 혈귀가 맞기는 한 걸까. 반여는 오랫동안 인간이 귀신이 되어가는 것을 보아왔다. 이러면 안 된다, 저러면 안 된다, 나는 아직 사람이다, 영원히 사람이어야 한다, 그러다가 한 번 포기하고, 두 번 포기하고, 다 포기하며 무너진다. 욕망에 펄펄 끓는 맨몸뚱이 하나만 남는다. 그리고 그 맨몸은 짐승보다 사납고, 짐승보다 어리석고, 짐승보다 악랄하다. 피 속에 독을 품은 혈귀는 그런 것이다. 아니, 애초에 인간이란 것이 체면과 양심의 기준이 오로지 저 하나이면 언제나 그런 것인지도 모른다. 세상의 모든 것이 자기 것이고, 모든 목숨이 자기 것이고, 재물도 땅도 모두 자기 것이라 생각하면 쉽게 짐승이 된다.

"가자."

❀

하랑의 집은 반여의 집처럼 은밀한 곳에 은밀하게 앉아 있었다. 거대한 함처럼 문과 담은 있지만, 하늘도 들여다볼 수 없을 정도로 은밀하게 지어졌다. 집채 사이는 좁았고, 그 틈으로 꽃과 나무가 자라 있어 어느 문을 열어도 앞을 볼 수 없도록 되어 있었다. 담 둘레로도 나무가 크게 자라 밖에서도 안을 들여다볼 수 없었다. 그뿐이 아니라, 대문을 열면 내외담이 나오고 내외담 끝에도 나무가 있었다. 팽나무, 사철나무, 회화나무 등이 가득 자라 숲 같았다. 낙엽이 지면 향나무와 사철나무, 소나무가 가려준다. 담 옆으로는 살구

나무가, 가산 위에는 앵두나무와 벚나무가 가득 심어져 있
어 잎이 돋기 전에 그 꽃이 활짝 피어 집을 가려줄 것이다.

반여는 우은을 들고 하랑의 집 안으로 들어갔다. 키 큰 여
인이 나와 그들을 맞이했다. 늘씬하고 서늘한 얼굴을 가진
여인이었다. 턱이 갸름하고 코가 높아 무척 매섭고 차가워
보였다. 옷이나 패물은 왕비처럼 화려했다. 가채를 인 머리
에는 홍옥 비녀를 꽂고, 가슴 아래로 초승달 모양의 호랑이
발톱 노리개와 청옥을 박은 은장도 노리개도 달고 있다. 그
녀는 반여에게는 쌀쌀맞은 눈초리를 보내고, 그 품에 안긴
우은에게는 고개를 갸웃했다.

"인간인가요?"

여자는 하랑을 보며 물었다. 잠시 하랑의 설명을 듣자 이
해는 하되 납득은 안 된다는 표정으로 다시 우은과 반여를
보았다.

여인의 안내로 우은과 반여는 별당으로 갔다.

우은은 반여의 품에 안긴 채로 별당의 마루로 가, 그 위에
앉혀졌다.

"괜찮으냐?"

"네."

어리석게도 우은은 명헌의 사과를 믿고 싶어졌다. 받아들
이고 싶다. 그러면 덜 수치스러울 것 같았기 때문이다.

하랑이 침통을 가지고 와 우은의 맥을 짚고 손등에 침을
꽂았다 뽑은 뒤에 한참을 들여다보았다. 확인이 끝나자, 하

랑은 명주 수건으로 침을 닦고 침통 안에 넣었다. 반여가 하
랑 쪽으로 고개를 숙였다. 하랑은 작게 속삭이고, 반여는 고
개를 끄덕였다.

"왜 제게 말하지 않는 겁니까?"

하랑이 나가자 우은이 물었다.

"우리끼리만 통하는 말을 해서 그렇다."

"뭐라 합니까?"

"아직은 자기도 모르겠다고 한다."

"참말입니까?"

"그래."

"불안합니다. 제가 무엇이 될지 모르잖아요."

이러다 어느 날 일어나면 정말 흉측한 것이 되어 있을지
도 모른다. 아니면 심장이 타 죽을지도 모르고, 또 피가 말
라 영원히 고통을 받을지도 모르겠다.

반여가 말했던 수많은 최후가 우은의 앞에 놓여 있다. 그
중 무엇이 그녀의 것이 될지 모른다.

"불안하면 이리 오거라."

반여가 문을 열었다. 난간 너머로 달빛을 듬뿍 받는 뜰이
보인다. 방금 전의 일은 아무것도 아니라는 듯 달은 맑고 밝
으며 사방은 고요했다. 귀뚜라미 우는 소리도 밤새 소리도
없다. 물속처럼 고요하니 세상이 숨쉬기를 멈춘 것 같다.

우은은 반여를 보았다. 반여는 아무 말도 하지 않았다. 조
용하게 앉아 돌처럼 뜰을 바라보고 있을 뿐이다.

얼어붙은 벌판 위를 달리는 무사 같은 풍모의 남자지만 입고 온 모양새는 고고한 선비다. 이것은 분명 위장이다. 독수리가 날개를 접듯, 호랑이가 엎드려 있듯, 표범이 나무 위에 앉아 있듯, 비바람을 일으키는 용이 호수 밑바닥에 자고 있듯 그 흉포함과 잔인함을 잠시 접어두고 쉬고 있다.

"오거라."

그리고 허벅지를 쳤다.

"네?"

"그냥 기대고 있어라. 네가 이제 믿을 사람이 어디에 있단 말이냐. 그러니 기대라."

우은은 기대지 않았지만, 가까이 다가가기는 했다.

그러자 반여는 허벅지에 두 팔을 얹고 우은을 보았다.

"왜 그러느냐?"

"저는 강아지나 고양이가 아닙니다. 시킨다고 하지 않습니다."

반여가 웃음을 터뜨렸다.

"하기 싫단 말이냐?"

"네."

"내가 너에게 얼마나 다정하게 해주었더냐. 내가 좋아질 터이니, 이제 안기든 기대든 애교를 부리든 하고 싶어지지 않겠느냐. 나 같은 남자가 몸을 허락해 주는데 뭐가 그리……. 게다가 너는 이제 귀신이다. 인간들 법도에 따라 내외할 필요도 없거니와, 내외를 한다 하더라도 나는 네 가족인데 뭐 그리 주춤하느냐."

우은은 기가 차서 입술이 미끄러졌다.

"싫어요."

"뭐?"

"당신, 반여가 싫다고요."

반여가 우은을 가리켰다.

"그렇게 경계심 많은 아이가 명헌에게는 그리 쉬운 여자
였더냐."

"그 말은 꺼내지 말아요!"

당황해서 그렇게 세게 말하고 목소리가 너무 컸다는 사실
을 깨닫고 창피해졌다. 돌아앉아 얼굴을 묻고 싶어진다.

부끄럽지만 명헌을 믿고 싶어 믿었던 건 사실이다. 명헌
은 잘생긴 소년이었고, 잘난 체하는 사대부가 소년들과도
달랐으며, 세상 모든 이치를 다 알고 있는 듯 으스대는 선비
들과도 달랐다. 천진하고 착했다. 서리에 얼어붙은 땅에 깃
든 다정한 햇살 같았다. 그 빛을 선망했고, 그 빛과 가까이
있고 싶었고, 그 빛을 의지하고 싶었다. 또한 그렇기에 그의
배신이 서럽고, 그런 만큼 지금도 그의 사과를 믿고 싶다.

"바보 같았다 놀리시는 겁니까?"

"토라지는 게냐?"

우은은 저절로 볼이 부어올랐다.

반여가 그 모습에 웃었다.

"오, 삐쳤구나. 사모하는 님이 생긴 딸을 놀리는 맛이 이

런 게로구나."

"너무하십니다."

우은은 고개를 푹 숙였다. 뭐로 공격해야 할지 모르겠다. 보통 이리 말하면 어른들은 애가 뭐 저리 귀여운 구석이 없느냐고 투덜대고, 청년들은 무시하고 사내애들은 때렸다. 그런데 이 남자는 뭔지⋯⋯. 산신령보다 오래 살면 다 이렇게 되는 건가.

"화낼 겁니다."

아, 한심하다. 이 상황에서 화낸다고 해봤자 무슨 소용이란 말인가. 반여가 다시 웃는다. 재미있는 것이다. 우은은 그것이 당혹스러웠다.

사람들은 항상 우은에게 공격적이었다. 숙모는 무엇을 하든 우은을 헐뜯었고, 하인, 하녀들은 우은이 역병 환자라도 되는 듯 굴었다. 사촌오라버니는 희롱하거나 무관심했다. 은례는 다정했지만, 항상 멀리 있었다. 숙모는 그 둘이 같이 어울리는 것을 금했다.

—이 아이처럼 질이 나쁜 아이와 같이 있으면 네 격이 떨어진다. 내가 이 아이에게 일을 시키는 것은 그 나쁜 성정을 다스리려 그러는 거다. 이 아이는 원체 게으르고 항상 꾀를 부리거든. 자기의 불쌍한 처지를 이용해 이익을 얻으려고만 한다. 너를 꾀어 어긋나게 할까 걱정이다. 무릇 그런 아이는 꾀부릴 틈도 주지 말아야 해.

숙모는 둘 모두가 있는 자리에서 항상 그리 말했다. 처음에는 미안해하던 은례도 시간이 지나자 우은이 정말 그런 말을 들을 만해서 듣는 거라 여기기 시작했다. 하인, 하녀들도 마찬가지였다.

명헌은 처음으로 우은에게 그렇게 대하지 않았다. 우은은 그 앞에서는 그저 소녀였다. 그래서 명헌을 도와주면 좋은 아이가, 존중받을 수 있는 귀한 아이가 된 것 같았다. 우재를 보내고 처음으로 그리된 것이다. 그래서 그만큼 충격도 분노도 컸다.

하지만 이 남자는 무엇일까.

정말 우은을 아껴주는 걸까, 아니면 그저 신기해하는 것일까. 여태 살아오며 우은은 자신의 감정을 보이는 것을 조심해야 했다. 그들이 미워도, 그들에게 화가 나도 드러내서는 안 되었다. 드러내면 그들은 몇 배로 가혹해졌다. 그래서 반여에게 화를 낸다고 말하기는 했지만, 그가 무슨 반응을 보일지 긴장되었다.

"화를 낸다?"

반여가 그러곤 우은의 볼을 잡았다.

"이걸 어쩌나. 네가 화를 낸다 하여도 내가 속상하지 않구나. 가만있자, 아비라면 딸이 계속 화를 내면 달래려고 예쁜 것도 사주고 맛있는 것도 먹여주겠지?"

"그만하십시오. 그런 것을 바라지는 않습니다. 저는 당신 같은 아버지도, 오라버니도 두기 싫어요."

"누구든 그렇단다, 아가야. 아버지가 완벽해서 아버지인

게 아니다. 토라지고 심통 부려도 예쁘다, 예쁘다 하는 것이
아버지지."

그리고 다시 우은의 볼을 꼬집었다.

우은은 기가 막혔다. 이게 무슨 짓이야.

"당장 꺼지십시오."

"오, 말이 점점 험악해지는구나. 더 해보거라. 곧 욕이 튀
어나올 것 같은데. 입안에 돌을 문 듯 가만히 있는 것보다
이리하니 오히려 좋구나. 그래, 토해놓아 보아라."

우은은 깨달았다.

그래, 말을 하지 말자.

절대로, 절대로 말을 하지 말자.

공후니 뭐니, 두려움의 제후니 뭐니 무슨 별호가 붙었든
간에 우은 앞의 이 남자는 산들바람에도 휘청대는 수양버들
같은 자일 뿐이다. 취미인가, 성격인가. 하지만 그 덕에 잠
시 미웠던 마음이 잦아든 건 사실이다. 그렇게 생각하니 싫
든 좋든 조금은 이 남자에게 익숙해졌다는 생각이 든다.

"그래요. 좋아."

"무어가 좋다는 게냐?"

"저를 딸처럼 여긴다면 어서 말해주십시오."

"무엇을?"

"당신과 명헌이요. 대체 무슨 일이 있었던 겁니까?"

반여의 얼굴이 굳었다. 우은은 말을 잘못 꺼낸 건지 잘 꺼
낸 건지 몰라 그런 반여를 바라보기만 했다. 일단 잠시 조용

해지니 잘 꺼낸 것이요, 화가 난 것 같으니 잘못 꺼낸 것이
다.

반여가 이내 빙그레 웃었다.

"그다지 숨기는 비밀도 아니니 이야기해 주마."

"네?"

"그냥 말해준다고. 표정이 왜 그러느냐?"

"실랑이를 해야 할 줄 알았습니다. 정말 그냥 가르쳐 주는
겁니까?"

"그렇지. 뭘 더 숨기겠느냐. 자, 세상에는 말이다, 호군(虎
君), 또는 호왕(虎王), 때때로 신령님이라고도 불리는 자가
있다. 어째서 그런 호칭이 붙었는지는 알려진 바 없다, 우은
아. 귀신을 잡으러, 세상의 이치에 어긋나는 것들을 치우려
하늘이 보내는 자라 그리 생각하고 싶구나. 옥황상제의 장
군 중 하나를 사람 옷을 입혀 보내는 걸지도 모르지."

"왜 하늘이 당신들을 없애러 장군을 보냅니까?"

"하늘의 이치에 어긋나니까."

"어긋나면 왜 생깁니까?"

"응?"

"모든 것은 이치가 있기에 생기는 것 아닙니까."

"기(氣)가 있어서 이(理)가 있는 건지, 이가 있어서 기가
있는 건지는 똑똑한 자들도 항상 싸우는 문제가 아니더냐.
그건 나도 모르겠다. 또 세상에 잘못이란 것도 있지 않느냐.
잘못이라면 바로잡아야지."

"그런데 그게 명헌과 무슨 상관이 있답니까?"

"녀석이 바로 그거니까."

우은은 놀랐다.

"정말 놀라는구나."

"혈귀와 인간이 같이 산다는 것만큼이나 기가 찹니다. 그러면서도 명헌을 키우셨습니까."

"보통 너라면 어찌하겠느냐? 죽이겠느냐?"

"아뇨. 조심하며 도망칠 겁니다."

"그러면 네 삶이 네 삶이 아니다. 도망치기 시작하면 이미 네 삶은 그자에게 있는 거다. 그러니 도망치고 싶지는 않았다. 위험이든 숙명이든, 그 앞이 벼랑이더라도 앞으로 갈 수밖에 없을 때가 있는 법이란다, 우은아."

第七章
자색으로 위험한

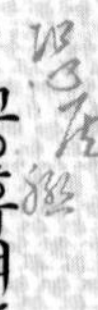

그자의 정체가 정말로 무엇인지 모른다. 대체 어떤 이치로 태어나는 건지도 모른다. 반여도 하랑도, 평양에 틀어잡은 폭군 이채도 마찬가지다. 물론 채는 둘에 비하면 지식이 참으로 캄캄해 그에게 둘이 물어보면 그건 지식을 기대해서가 아니라 상상력을 기대해서다.

한양의 하랑과 개성의 반여는 회동이라도 있어 만나 이야기를 나누다 보면, 언제나 그에 대한 이야기를 꺼내었다. 덜 마른 진흙 위에 남긴 자취와도 같다. 무를 때 파이면 그대로 굳어 영원히 남는다.

그자가 세상에 나타난 것은 왕씨(王氏)들이 자기들 근간인 개경에 도성을 박고 나라를 세울 무렵이었다. 지겨운 혼란과 전쟁은 불이 꺼진 듯 잦아들었다. 참으로 오랜만에 찾아온 평화였지만 전쟁 중에 불어난 혈귀들을 다스리는 것도 일이었다. 전쟁터에서는 모두가 괴물이지만 평화로울 때는 괴물을 몸 안에 숨기고 살게 된다. 왕과 귀족들은 규율을 세우고 잔소리를 해대 불평불만을 적당히 가라앉혔다. 앙금이 가라앉듯 세상이 느릿느릿 안정될 무렵, 소문이 돌기 시작했다. 그것은 세상에 사람을 잡아 간과 피를 먹는 구미호가 있고, 그 구미호를 잡는 도사가 있다는 유형으로 적절히 변조되어 돌았다.

반여와 하랑은 정원에 잡초 싹이 돋은 것을 그게 다 커서야 발견하듯 소문이 어느 정도 퍼진 뒤에야 알게 되었다. 혈귀들에게는 인간들과는 좀 다른 방식으로 소문이 돌았다. 혈귀들을 잡아먹는 범이 있다. 그 범은 인간들은 거들떠보지도 않고 혈귀들만 노린다. 보통 범과는 달리 사람들 눈에는 보여도 혈귀들에게는 보이지 않는다고 했다.

—그런 게 어디 있어?

모여 그 이야기를 나누게 되었는데 하랑은 술을 홀짝이며 고개를 저었다. 반여도 비웃었다. 그럴 리가 있나. 없어, 없어. 반여와 하랑이 퍼뜨린 구미호 소문과 같았다. 애초에 구미호가 어디에 있나. 없다. 세상에는 절대로 존재할 수 없는 법이다. 혈귀들에게 겁을 먹은 사람이 제발 그런 존재가 나타나 구해주길 바라며 소문을 퍼뜨렸을 것이다. 때때로 소망이 진실이 되기도 한다.

하나, 재가 되어 사라진 혈귀들이 갑자기 많이 나타나자, 반여는 헛소문을 비웃기보다는 헛소문이라 무시했던 자세를 반성하는 편이 나을 상황이 되었다. 그런 거 없다고 확고하게 믿던 하랑조차도 그럴지도 모른다며 태도를 바꾸었다.

범이다, 잡아먹는다, 라는 말은 하랑도 반여도 믿지 않았다. 숨이 끊어지면 재가 되어 사라지는 혈귀들이 무슨 식사가 되겠는가. 하지만 일단 그가 혈귀들을 없애고 다니는 것만은 사실이었다. 둘 다 당시에는 혈귀가 된 지 그리 오래되지 않았던 때라 지식이 모자랐다.

하랑과 반여는 전국을 삭삭 훑어 흔적을 찾아냈다. 짐승일 거라 생각했는데, 알고 보니 사람이었다. 이리되면 쉬워진다. 인간은 도움을 받는 사람이나 가족, 아니면 본 사람이나 이야기를 나눈 사람이 있을 수밖에 없다. 그게 아니라면 적어도 원수진 사람 하나라도 있어야 하는 것이 사람이다.

다시 전국을 털어 반여와 하랑은 그의 아내를 찾아냈다. 약간의 폭력과 적절한 협박과 좀 과한 뇌물을 주고 설득에 성공했다.

이 호군은 첫 아내가 혈귀들에게 죽어 그 복수를 위해 혈귀들을 잡는 중이다. 그리고 이런 호군을 돕는 사람들도 있다고 한다. 인간들이 언제고 반격할 거란 사실은 알았다. 물론 병력을 쥐고 있는 귀족들과 왕족들은 혈귀들이 주는 뇌물과 선물을 보고 혈귀들을 '매우 좋은 자들'이라 여기기로 했으니 그들은 신경 쓸 필요가 없다.

혈귀들은 인간들이 보기에 범처럼 난폭하고 신령처럼 강했다. 인간들의 포식자인 동시에 살육에 중독된 자들이기도 했다. 그들에 대한 두려움과 위정자들의 무관심이 구원자의 이야기를 만들어낸 것이다. 그런데 어느 날 정말 그 구원자가 나타난 것이다. 사람들의 괴담은 혈귀들에게는 진담이었고, 사람들의 영웅담은 혈귀들에게는 정말 괴담이다.

혹시 도사(道士)가 아닐까 하는 의견도 나왔지만 이에 대해서는 둘 다 부정적이었다. 도사이면 아내와 자식을 둘 리 없거니와, 가족들의 복수를 할 리도 없다. 그 특이한 능력을 가진 자들은 속세의 인연을 부정한다. 게다가 그들의 재주라고 해봤자 나무가 빨리 자라게 하거나, 한을 품은 사령들에게서 사람들을 돕거나, 신기한 것들을 만들어내어 도움을 받게 해준다거나, 도깨비들 같은 요물을 물리치는 정도다. 그중에서는 혈귀들에게 물려도 멀쩡하다는 능력을 가진 자도 있다. 그들은 혈귀 근처도 오지 않는다.

보면 볼수록 가관이라, 이렇게 혈귀들을 상대하는 데 완전히 특화된 놈은 처음이다. 결국 세상은 넓고, 무엇이든 새로 날 수 있으니 일단 잡고 보자고 생각을 모아 대국과 왜국으로 사람을 보내 그런 일이 있기는 하느냐고 물어보았다. 왜국에서는 아직 그런 일이 없다 했으나, 대국에서는 있었다고 한다. 어찌했느냐고 물었더니 늙어 죽을 때까지 기다렸다는 답을 해왔다. 이 유일한 해결책을 앞에 두고, 하랑과 반여는 잠시 말없이 앉아 있었다. 하랑은 망연하고 반여는 기가 찼다.

대국이야 사람이 많으니 혈귀도 많고, 그러니 저게 늙어 죽을 때까지 죽여도 혈귀가 남아 있을지 모르겠다. 그러나 이 고려 땅에서 저게 늙어 죽을 때까지 기다렸다가는 하랑과 반여의 순번도 매우 빠르게 올 것이다. 하랑과 반여는 혈속들을 데리고 호군, 이름은 한바인이라는 그자를 찾아내기로 했다.

그 아내라기보다는 밥해주고 집 지키고 몸 주며 그로부터 살핌을 받는 여인을 얼러서 한가 놈이 제 발로 집을 찾아오도록 했다. 영리한 생쥐 같은 놈이라 덫에 걸리지도 않던 녀석이지만 결국 자기 여인을 찾아왔다.

그러나 그는 기이하게도 집 근처에 오자마자 갑자기 기척이 사라졌다. 범이 수풀로 숨는 것 같았다. 반여도 하랑도 그가 어디로 갔는지 알 수 없었다. 데리고 온 다른 혈귀들도 냄새를 맡고 귀를 기울였지만 찾지 못했다.

반여와 하랑은 순간 깨달았다. 한가 놈은 반여와 하랑을 포함한 혈귀들이 모두 모이기를 기다린 것이다. 대단한 자신감이었다. 백을 헤아리는 혈귀들을 저 한 몸으로 해치우겠다고 결심한 것이다. 불리한 상황이지만 그 한가 놈은 이 상황이 크게 불리하지만도 않다 판단한 것 같았다.

그 서늘한 침묵 속에 반여의 식솔 중 하나가 베여 나갔다. 반여는 한가 놈을 찾았지만 보이지도 느껴지지도 않았다. 그때 반여는 한가 놈의 여인의 눈이 빠르게 움직이는 것을 보았다. 그녀의 시야에는 그 한가 놈이 있는 것이다. 반여는 달려가 여인의 목을 움켜잡았다.

—뭐냐?

반여는 팔에 더 힘을 주었다.

—저놈, 대체 뭐냐?

반여는 그리고 여인의 눈을 보았다. 여인의 눈에 한가 놈의 얼굴이 비추었다. 동시에 반여는 여인을 놓고 몸을 뒤틀었다. 바람이 느껴지는가 싶더니 반여의 머리카락이 잘려나갔다.

반여는 그가 그토록 많은 혈귀를 해치운 비밀을 알게 되었다.

혈귀 눈에 보이지 않는 것이다. 그러나 인간의 눈에는 보인다. 반여는 소리를 들었다. 너무 빠르게 지나가 금방 알아채기 어려웠다. 반여는 여인을 내동댕이치고 바닥의 흙을 뿌렸다. 먼지가 부옇게 피어올랐다. 그 먼지가 사내의 윤곽을 드러냈다. 사내의 단도가 내려찍히는 순간 반여는 그의 목을 물었다. 시뻘건 피가 먼지와 함께 반여의 입술과 혀를 적셨다. 동시에 반여는 가슴에 불덩이가 있는 것 같은 극심한 고통을 느꼈다. 그 고통과 함께 사내가 보였다. 마른 얼굴의 사내였다. 단단하게 다듬은 어깨와 가슴이 보인다. 그러나 하랑에게는 그가 아직 보이지 않는 것 같았다.

—나를 물어보았자!

사내가 고함을 질렀다.

─네가 물어보았자 나를 혈귀로 만들 수 없다! 나는 혈귀
독을 이기는 몸이다! 옥황상제가 너희를 벌하라 보낸 장군
님이시다!

반여는 턱을 훑었다.

─맛이 무지막지하게 없긴 하구나, 너.

가슴의 통증이 너무 극심했다. 게다가 한가 놈의 몸에 난
상처도 빠르게 아물고 있었다. 달려들려던 혈귀들이 다시
당황했다. 그의 몸이 혈귀들 눈앞에서 사라진 것이다. 하지
만 반여의 눈에는 보였다.

반여는 부하로부터 화살을 빼앗아 그를 향해 날렸다. 화
살이 사내의 몸을 뚫었다. 한가 놈의 모습이 드러나자, 혈귀
들이 그를 향해 달려들었다. 반여는 다시 그의 이마를 향해
화살을 쏘았다. 다시 목을 쏘았다. 혈귀들이 달려들어 그 몸
을 갈기갈기 찢었다. 찢어도 그 몸은 몇 번이나 원래대로 돌
아갔다.

─태워라!

반여가 고함을 질렀다.

그 위로 기름이 부어지고, 불길이 일었다. 불길이 잦아들
면 다시 기름을 부었다. 새카맣게 변해도 그의 몸은 끝없이
되살아나려 했다. 하랑이 흙을 덮고 소금을 뿌리도록 했다.
그리고 모두 덤벼들어 짓밟고 다져 묻어버렸다.

조금 안정된다 싶었던 고려는 예정된 듯 다시 혼란해졌
다.

무신들이 들고일어나 정권을 엎고, 북에서는 거란이 침략한다 만다 하더니, 그들이 아니라 저 북쪽의 몽고가 들불처럼 밀려들어 왔다. 나라가 전란에 망가지자 혈귀들도 창궐했다.

그로부터 몇 년 뒤, 반여는 한가의 무덤이 파헤쳐진 것을 알게 되었다. 그의 무덤에 대한 이야기가 새어 나가 그 무덤의 흙을 가지고 문 앞에 바르면 혈귀가 오지 않는다느니, 구미호가 없어진다느니, 그 흙으로 흙부처를 만들면 귀신과 재앙을 쫓을 힘을 가지게 된다느니 온갖 소문이 상상과 소망을 타고 돌았다.

반여는 원칙을 바꾸기로 했다. 인간에게 겁을 주어선 안 된다. 소문 자체가 돌지 않도록 더 신경 써야 한다. 그래서 하랑과 함께 사람들이 혈귀라는 것을 거의 알지도 못하도록 최선을 다했다. 말을 안 들으면 적당한 폭력과 위협을 동원했다. 적당한 집요함과 교활함으로 다스리고, 때때로 인간 손을 빌려 처리해야 하는 혈귀들도 있었다. 그렇게 결국에는 혈귀들을 모두 복종시키는 데 성공했다. 고려가 무너지고 조선이 세워지고, 몽고도 무너져 북으로 쫓겨나며 영원히 혼란할 것 같았던 대국 땅에도 명이 들어서며 안정되었다.

호군에 대한 이야기는 하랑과 반여가 회동을 할 때마다 나왔다. 그들이 염려하는 것은 또 그 호군이 태어나는 것이었다. 한 번 태어나면 두 번 태어날 수 있으며, 여기서 태어

나면 저기서도 태어날 수 있다. 하랑은 그 원리를 알아내고
자 했고, 반여는 도망친 아내의 흔적을 찾았다.

시간이 흘러갔다. 조선은 그 기틀이 잡히고 보수적으로
변해갔으며, 왕조의 왕들도 바뀌었다. 물이 흐르듯 순탄하
게 넘어가기도 했지만, 어린 왕이 등극했다가 숙부에게 왕
위를 빼앗기고 쓸쓸하게 세상을 마감하기도 했다. 너무 젊
어 세상을 뜬 왕의 후사를 잇느라 재상과 대비가 골머리를
썩기도 했으며, 극심한 폭군이 왕위를 이어 나라를 말아먹
다가 쫓겨나고 그 동생이 왕위를 잇기도 했다. 이즈음 왕의
외척과 훈구대신들이 메뚜기처럼 나라를 갉아먹기 시작했
다. 지금이 딱 그 절정이었다. 너무 어린 왕이 왕위에 오르
자 그 어머니인 대비 윤씨가 여군(女君)이 되어 그 동생인 윤
원형과 그 벗들이 나라를 마음대로 쥐어짜고 있다.

반여는 지금이 호군이 설치던 그 시절과 비슷하다는 생각
이 들었다. 전쟁은 없지만, 전쟁이나 다를 바 없다. 한 줌도
안 되는 자들이 모든 것을 가지려 쥐어짠다. 황해도와 함경
도에는 도적이 들끓기 시작하고, 그 들끓는 도적 중에 임꺽
정이라는 대도가 있어 조정을 골치 아프게 했다.

개성의 벼슬아치들이 바뀔 때마다 이거 달라 저거 달라
하여 지쳐 가던 반여는 상단 객주로부터 해주 쪽 도적들이
어느 민가에서 당한 이야기를 들었다. 이야기를 듣게 된 건
순전히 도적이 된 혈귀 몇 놈을 쫓다가 알게 된 것이다. 그
들 모두 사라졌고, 그들이 털다 사라진 집이 바로 그 민가였

던 것이다.

도적들의 시체가 산더미처럼 나왔지만, 관아에서는 범이 담을 넘어 들어와 이들을 모두 해치웠다는 집주인의 말을 믿고 넘어갔다고 한다. 그게 말이 되는지 모르겠지만, 말이 되어야 귀찮지 않으니 그리한 것이다. 게다가 어차피 도적들이다. 없어지면 좋고 있으면 짜증 난다. 자기가 없애면 공이지만 남이 하면 공을 챙겨줘야 한다. 그러니 적당히 넘어간 것이다.

반여는 그 마을을 찾아갔다.

멀지 않아 금방 찾을 수 있었다. 한 씨 성을 가진 양반의 집이었다. 세조 때 꽤 높은 벼슬을 한 집안으로, 그때 다진 부로 지금까지 먹고사는 중이었다. 반여는 그 집주인이 도둑 사건 이후로 큰아들을 방에 가두고 다른 아들과 딸을 모두 아내의 친정으로 보냈다는 사실도 알아냈다. 그 큰아들이 바로 명헌이었다.

처음 본 명헌은 아주 잘생긴 소년이었다.

단정한 얼굴에 이글이글 타는 것 같은 눈과 사려 깊게 다문 입술이 보기 좋았다. 속은 뜨거우나 교육과 훈육으로 다스리고 있다.

처음에는 없앨 생각이었다. 객주의 방 안에서, 일렁대는 호롱불 빛 아래에서 긴장과 공포에 젖어 아직 범이 아니라 고양이 같던 그 아이를 반여는 분명 죽일 생각이었다.

—그 도적들은 어떻게 죽였느냐?

─몸에 범이 들어온 것 같았습니다.

─그래?

끼니를 때울 때도 죽일 생각이었고, 몸을 눕힐 때도 죽일 생각이었고, 개성으로 데리고 왔을 때도 죽일 생각이었고, 한 해가 가고 두 해가 가도 죽일 생각이었다. 검을 가르치고 글을 가르치고 무예를 가르치며, 그래도 죽일 생각이었다. 과연 호군의 힘을 가지고 있기는 할까 하는 생각에 회의가 들면서도 그래도 죽일 생각이었다.

명헌이 가족을 찾으려 반여에게서 도망쳤을 때 반여는 정말로 죽일 생각이었다. 아, 죽여야 할 때가 드디어 왔구나. 이제는 죽여야 하는구나. 거듭 다짐했다.

난하와 함께 반여는 그 본가로 향했다. 역시 그의 예상이 맞았다. 명헌은 집에 와 있었다. 그러나 그의 집은 예전의 그 집이 아니었다.

어떤 일이 벌어졌는지 짐작이 되었다. 마을 안에 남아 있는 사람이라곤 하나도 없었으며, 그중 가장 피폐해진 것은 명헌의 집이다. 집 구석구석에서 피비린내가 풍겨왔다.

반여는 심장 소리를 찾았다. 나지막하게 잦아드는 심장 소리다. 그 소리를 따라 들어갔다.

안방이었다.

문을 열자 물큰 풍기는 피 냄새에 반여는 정신이 혼미해졌다. 그런 피 냄새는 맡아본 적이 거의 없다. 너무나 향기롭다. 그리고 피비린내 자욱한 방 안에 명헌이 앉아 있었다.

앞에는 소녀가 누워 있었다. 소녀의 몸이 달착지근한 혈향을 풍겼다. 속이 울렁거릴 정도로 강렬한 향이다.

―제 누이동생입니다. 집은 이렇게 다 폐가가 되어 있고, 산 사람은 이 아이 하나였습니다. 나머지는 다 죽은 자들이었습니다.

명헌이 반여를 보았다. 이글거리던 눈이 이제 데일 듯 뜨거웠다.

―당신 같은.

―살아 있느냐?

―죽은 것이나 다름없습니다. 도착했을 때 어머니, 아버지는 혈귀들에게 당해 돌아가셨고, 마을 사람들도 그리되었습니다. 그중 한둘은 혈귀가 되어 있더군요.

―어디의 혈귀더냐?

―물어보지 않았습니다. 정신 차렸을 때는 다 없어져 있어 물어볼 틈이 없었습니다.

그러며 명헌은 잿더미를 가리켰다.

반여는 불길함에 눈을 감았다.

―내가 조선의 모든 혈귀를 다 아는 건 아니다. 요즘은 세상이 흉흉하다. 도적으로 살다 혈귀가 된 자들이 있을 수도 있다. 그리고 그들은 우리의 법도를 모른다.

―그건 아닌 것 같습니다. 당신을 알고 있었으니까요.

―뭐라 했느냐?

―당신을 알고 있다고, 자기를 죽이면 당신이 나를 살려

두지 않을 거라 했습니다.

—그리 말하는 자가 다 그러하다면 조선 팔도에 임금과 영의정, 대비와 지척으로 아는 자가 널렸구나.

—당신은 그들을 보지 못했으니까 그리 말하는 거죠.

반여는 폐허가 된 집과 마을을 보았다. 대체 누가 이 짓을 했단 말인가. 우연히 이 마을을 택한 것일까, 아니면 노리고 이런 짓을 했을까.

—이렇게 마을을 습격하는 일은 금지되어 있다.

—금지하면 무엇합니까. 당신들끼리는 서로 죽이지도 못하면서.

맞는 말이었다.

그것이 바로 혈귀들의 약점이었다. 강력하지만 서로 죽일 수가 없으니. 죽일 수가 없으면 통제할 수 없다. 도저히 손을 쓸 수가 없으면 덫을 놓고 인간으로 하여금 죽이게 해야 했다. 태종 때 없앴던 놈이 가장 기억에 남는다. 놈은 살상 자체에 쾌락을 느끼는 악귀였다. 그의 유일한 혈속은 그자에게 부인과 아이들이 찢겨 죽은 자였다. 그는 자신의 혈속에게 역시 같은 짓을 하도록 시켰다. 살육은 점점 요란해지고 그 근방은 흉흉해졌다. 그런데 당시는 이복형제들을 죽이고 아버지를 연금한 죄를 민심을 얻는 것으로 정당화하려는 왕이 있었다. 자신의 덕을 칭송할 만한 일은 없는 것도 만들 자였다. 이런 살육광을 잡는 것이야말로 그 왕에게는 더할 나위 없는 기회일 것이다. 들키면 끝이라 급히 해결을 해야 했다. 그때만큼은 호군이 있기를 바랐다. 적어도 그 호군이란 자가 아무 혈귀나 다 죽이지 않을 만큼 말이 통한다면 쉽게 없앨 수 있을 거라는 생각도 들었다.

반여는 부드럽게 말했다.

—진정해라. 성군이 들어와도 죄인은 나는 법이다. 내 손을 벗어나는 자들은 언제고 있다. 그러니 진정하거라.

그러나 반여는 낙엽처럼 흩어져 있는 옷가지를 보며 명헌이 자신의 힘이 무엇인지 알고 있다는 것을 깨달았다. 유예가 끝나가고 있었다. 예감은 맞았고, 선택의 기회란 애초에 없었다. 저놈 속의 범이 깨어나면 모두 끝장이다.

수틀리면 영원히 틀려 버리는 인연도 있다. 처음부터 붙으려야 붙을 수도 없는 인연도 있다. 그리고 지금 반여와 명헌이 그러했다. 이제 둘의 운명은 축이 무너진 바퀴처럼 제멋대로 돌아가고 있었다.

—누이는 어찌 되었느냐?

—지금 말도 못합니다.

여자아이는 바짝 말라 있었다. 전신(全身)에 잇자국과 아문 흔적이 있다. 특히 목과 허벅지, 팔목은 참담했다. 몇 번이나 물리고 아물었다. 그리고 기이한 것은 이리 물려도 다시 아물고 사람으로 남아 살아 있다는 것이다. 이러면 혈귀라면 누구나 좋아할 것이다. 물어도 물어도 피가 나오고 물려도 물려도 살아 있으니, 샘이나 다름없다.

—일단 하랑에게 데리고 가자. 살리자꾸나.

—이 꼴이 되었는데도, 그 수치를 당하고도 살리자는 겁니까! 무슨 꼴이었는지 알지도 못하면서! 이 아이는 살아 있는 모든 날이 지옥이 될 겁니다.

—살릴 수 있으면 살린다. 그 후 살지 말지를 정하는 건 이 아이지, 너도 나도 아니다. 수치를 당하든 치욕을 당하든, 그래도 이 아이가 살기로 한다면 살아야 할 권리가 있다. 명예든 정조든 그건 자신이 정하는 몫이지 네가 정하는 게 아니다.

죽여야 한다, 이 녀석을.

머리가 반여에게 명령했다.

죽여!

그러나 반여는 방을 나갔다.

뜰에는 명헌 부모의 시신이 놓여 있었다. 몸을 덮은 이불을 들추어보고 다시 놓았다. 물어버리면 얼마 버티지도 못하니 혈귀 떼는 도축하듯 거꾸로 걸어놓고 피를 짜낸 것이다. 발목에 밧줄 자국이 있었고, 목에는 칼자국이 나 있었다. 딸이 능욕당하는 동안 부모는 도살당하고 있었다.

죽여야 한다.

이런 분노와 증오를 품은 괴물을 살려두어서는 안 된다.

모든 혈귀에 반하는 저 범 같은 힘을 가진 아이가 이제 혈귀를 증오하게 되었다. 그러니 없애야만 한다.

먼 옛날 호군이 그러했듯 명헌도 그리될 것이다. 또 이 일에 대한 소문이 퍼질 것이다. 개성의 공후인 반여가 알고도 키웠다는 것이 알려지면 수하들의 반발은 물론이요, 평양의 채가 얼마나 격분할지도 알 만했다.

그러니 죽여야 한다.

저놈은 분명 재앙이 될 것이다.

하지만 하고 싶지 않다.

가슴속에서부터 탄식이 터져 나왔다.

삶은 길고 길었다.

너무 길었다. 아무것도 없이 그저 일직선으로 뻗은 평야처럼 지겹도록 길었다. 목적도 없이 길고 과정도 없이 길었다.

애초에는 살아남는 것이 목적이었고, 그다음에는 버티는 것이 목적이었다. 그나마 변한 것이 있다면, 희망과 기대와 걱정을 담아 매일매일 보아왔던 것이 있다면 바로 명헌이었다. 그러니 없애고 싶지 않았다. 아니, 없앨 수가 없다. 그런데 해야 한다. 혈귀들은 곧 저 아이의 존재를 알게 될 것이다. 게다가 강력한 권력을 가진 '인간'이 저 아이를 꼬여낸다면 반어도 채도 하랑도 끝장이다.

반여는 명헌을 보았다. 명헌은 아직 누이동생 옆에 있었다.

희망이 없지는 않을지도 모른다. 그가 아직 반여를 믿는다면, 혈귀 자체에 분노하고 있지는 않다면 적어도 가능은 하다.

명헌의 모습이 점점 흐려졌다. 눈이 흐려지나, 하지만 방의 벽이 보이고 창이 보이고 바닥도 보이는데 명헌만 사라진다.

신음이 흘러나왔다. 그래도 반여는 그 아이가 어디론가 가서 없다고 생각하려 했다. 찾으면 보일 것이다. 고개를 돌리면 있을 것이다. 등을 돌리면 있을 것이다. 아니, 조금만 더 걸어가면 있을 것이다. 멀어서 보이지 않는 것일지도 모른다. 그러니 다가가면 보일 것이다. 조금만, 조금만 더 가면.

—송도로 돌아가자.

마지막 권유였다.

—돌아가서 네 누이를 치료하자. 아직 목숨은 붙어 있으니 정성을 들이면 반드시 나을 것이다. 충격도 잦아들 것이고 상처는 아물 것이다. 그러니…….

—그 혈귀 소굴로?

목소리가 들린다.

그럼 그렇지. 이 녀석이 사라질 리 없지. 내 착각이다. 반여는 눈을 감았다.

그러나 아무 기척도 느끼지 못했다. 다가오는지 떠나는지 모르겠다. 멀어지는지 가까워지는지 모르겠다.

증오하는지 존경하는지 모르겠다. 죽이려 하는지 그저 이야기만 하려 하는지 모르겠다. 분명 우리 둘 사이에는 긴 시간이 있었다. 기억이 있다. 반여가 손을 대지 못하듯 명헌도 그러기를 바란다.

─인간 중에도 악인이 있듯 우리에게도 악인이 있다. 누구 짓인지 반드시 알아내겠다. 약속하마. 그러니…….

─당신 손을 빌리지 않아.

반여는 눈을 떴다.

앞은 텅 비어 있었다. 명헌의 누이의 심장 소리밖에는 들리지 않는다. 새벽까지 비를 맞았을 뜰은 흠뻑 젖어 있었다. 잡초가 무성한 뜰은 황량할 뿐이었다. 돌보는 자 없는 논밭도 잡초가 무성하다. 주인 없는 집들의 찢겨진 문종이가 바람에 너덜댄다. 이 황량한 가운데 명헌은 어디에도 없었다.

이제 끝이다.

─개성으로 돌아가자.

동시에 반여의 손이 명헌의 명치를 쳤다.

비가 온 지 얼마 되지 않아 바닥이 물렀다. 그가 오는 것 정도는 소리와 흔적으로 알 수 있었다.

숨을 몰아쉬는 명헌에게 반여는 다시 명치를 후려치고 쓰러지는 그의 목덜미를 조였다. 명헌의 눈동자가 뒤로 넘어가며 그 몸의 힘이 풀리고 쓰러졌다.

반여는 명헌을 두고 명헌의 누이동생에게 다가갔다. 소녀는 가느다랗게 숨을 몰아쉬고 있었다. 반여는 소녀의 목에 묻은 핏방울을 훔쳐 혀끝에 대보았다. 달콤한 피가 혀를 적셨다. 예상했던 고통은 없다. 그래, 그 고통이 있다면 이 아이에게 혈귀들이 그렇게 달려들 리 없지. 이 아이는 아니다.

피를 혀에 머금자 수많은 얼굴이 휙휙 스쳐 지나갔다. 혈귀들의 얼굴이, 혈귀들을 끌고 온 인간의 얼굴도 보이고, 또 그 혈귀들이 하는 말이 머리로 떠돌았다.

동시에 반여는 이를 악물고 눈을 감았다. 한숨과 분노의 신음이 흘러나왔다. 주먹에 힘이 들어가고, 분노가 치밀어 당장 달려나가 해치우고 싶었다.

하지만 인내는 그가 살아온 시간만큼 강했다.

반여는 소녀의 몸을 감싸 안았다.

이제 아무것도 돌이킬 수 없을 것이다. 돌아갈 수 없고 돌아오지도 않을 것이다. 반여는 소녀의 몸을 들고 난하에게 갔다.

난하도 머리가 어지러운지 기겁했다.

—뭡니까?

—네 처에게 데리고 가라. 이 아이를 피신시키라 해라. 최대한 멀리, 대관령을 넘어가라 해라. 그 정도면 안전할 거다.

반여는 명헌을 끌어내고 마을에 불을 질렀다. 구름이 점점 벌어지고 있었다. 날이 개는 것이다. 해가 저물어 구름이 짙은 자색으로 물들어간다. 황량한 논밭으로도 자색의 어둠이 내려앉았다. 반여의 검고 큰 말이 푸륵거리며 그 불길한 마을을 향해 울었다.

반여는 명헌을 보았다. 명헌의 볼도 자색으로 물들어간다. 갈라지는 하늘의 먹구름은 자색으로 젖어들고 있었다. 그 위로 명헌의 지저분한 볼과 손 위에 어스름이 내려앉는

다. 위험한 자색의 저녁이다. 그 위로 불길이 넘실넘실 올라
갔다.

　연기는 살이 되고 불길은 피가 되어 소문이 퍼졌다.
　공후의 보물.
　가지고만 있으면 모든 혈귀를 제압할 수 있는 보물이 있
다. 그것만 있으면 다른 혈귀는 물론이요 인간들까지 다스
릴 수 있으리라.
　당장에 채와 하랑으로부터 서신이 날아왔다. 반여는 행간
의 생각을 모를 정도로 그들을 모르지 않았다. 하랑은 애초
에 명헌을 없애는 편이 낫다고 강력하게 주장할 것이고, 채
는 알자마자 탐낼 것이다. 명헌을 키운 것은 반여다운 일이
었다. 반여는 명헌을 병찬에게 시켜 한양으로 보냈다.
　호군의 무덤을 파낸 흙이 '부적'이라는 이름으로 돌아다
닌다는 것을 알게 된 것이 그즈음이었다. 반여의 귀에 들린
건 아마도 누군가가 그것을 찾아다니고 있기 때문일 것이
다.
　누군가가, 혈귀들을 노리는 자가 명헌에게 그 가족이 어
떻게 되었는지 알리고, 동시에 그 혈귀들을 멸할 수 있는 것
을 찾아다니고 있었다. 누군가가 움직이고 있다.
　누군가가.
　찾아야 한다.
　혈귀들의 세계를, 혈귀들의 힘과 재산을 노린다. 동시에

혈귀들을 멸망시키려 하고 있다.

그를 찾아야 한다.

무슨 수를 써서든.

🕸

우은은 지난번에 꾸었던 꿈을 생각했다. 그 생생한 꿈이 왠지 명헌의 집에 있었던 일과 닮았다. 도살당한 부모에 능욕당한 누이의 꿈이었다. 정말 닮았다. 명헌의 일, 그 자체인 듯.

"왜 그런 표정이지? 명헌에게 들었느냐?"

"아뇨. 그와 만난 다음 날 꿈을 꾸었거든요. 이상한 꿈을."

그리고 이야기했다.

"왜 꾸었는지 알아요?"

"모르겠구나. 우연치고는 너무 정확해서."

"그렇죠? 명헌의 누이는 어찌 되었습니까?"

"명헌의 남동생이 강원도 춘천의 친척 집에 있어 살아남았는데, 모연 편으로 그 집으로 보냈다. 아직 제정신으로 돌아오지는 못했어."

"저런요."

우은은 한숨을 내쉬었다.

"그럼 제가 가지고 있던 부적도 연관이 있습니까?"

"그놈의 피가 녹아든 흙으로 만든 거지. 그게 어쩌다 귀신을 쫓는 물건이 된 줄 모르겠다만. 명헌도 그게 무엇인지 알고 너에게 접근한 것 같구나. 그게 내 피로 녹아드니 아주 죽여주더구나."

그날 그가 얼마나 고통스러워했는지는 우은도 잘 알았다. 반여가 그런 우은의 볼을 잡아당겼다.

"너는 아니라서 다행이구나."

"왜요?"

"내가 한번 먹어 끝났으니 얼마나 좋으냐. 그런 몸이 되면 좋지 않다. 혈귀라면 누구나 노릴 거다. 문희도 그랬지."

'문희'라는 이름이 나오자 가슴이 아리다.

명헌과 반여가 그 아이 문제로 옥신각신하지 않았던가.

대체 뭐하는 아이일까.

"저는 아무것도 아니라 다행이란 거군요."

"그래. 아주 다행이다. 특별하지 않아 다행이다. 내가 처리할 수 있어 좋다."

"그것도 나름 서운하네요."

"왜?"

"그다지 특별하지 않다는 거요. 눈여겨볼 필요도 없다는 건데, 오히려 서운한데요."

"나는 다행이라 생각한다."

"신기하지 않고 평범한 것이 당신에게 다행일 리가요."

"왜 그리 생각하는데?"

"당신은 남이 보기에도 신기하고 자신이 보기에도 신기한 것만 좋아하는 것 같아서요."

"그건 그거고."

반여의 손이 우은의 볼을 어루만졌다.

우은은 그의 손을 피하지 않았다. 피하고 싶지 않다. 이 손길의 끝이 어디로 향할지 궁금하다. 이 손에 힘이 들어갈지, 이 손에 강압이 실릴지, 이 손이 무언가를 원할지 정말 궁금해지며, 무언가 해보라고 몸을 들이밀고 싶어진다.

"저기, 그럼 명헌을 따라왔던 자들은 대체 무엇입니까? 당신들처럼 강하고 빠르던데, 명헌과 같은 이들인가요?"

"아니. 혈귀의 피를 먹은 자다."

"당신들에게도 피가 있나요?"

"인간 피를 마시면 그날만은 피가 돌지. 동시에 광증이 일고. 그 피를 마시면 병을 치료하지만 그리되기도 한다."

"어찌 아십니까?"

"그들은 심장이 뛴다. 인간이지."

"그러면……."

우은은 말을 끌었다. 확신이 돌아오지 않으니 금방 말하기 어려웠다.

"말하려무나."

"이 모든 게 오로지 당신을 목적으로 일어난 일 같아요."

"그렇다면 왜 나를 그날 살려두었겠느냐. 나를 죽이려면 그날이 제일 좋았을 터인데."

"살려두는 것이 더 비참하다고 생각해서 그런 게 아닐까
요."

"날 비참하게 해서 무슨 기쁨이 있다는 거냐. 싫으면 없애
면 될 것이고, 위험하여 두렵다면 역시 없애면 될 것을."

"지금 임금님의 아버지는 먼저 임금을 쫓아내고 왕이 되
었습니다. 폐주(廢主)는 모든 것을 잃자 젊은 나이에 갑자기
세상을 떴다고 합니다. 그 자리에서 죽었던 것이 나을까요,
그리 비참하게 된 것이 나을까요."

"저런, 어쩌느냐. 그는 그런 거 신경 써도 나는 신경 안 쓰
는데."

의외의 답변에 우은은 당혹스러웠다.

"정말요?"

"나는 폐주 연산을 개인적으로도 안단다. 내일을 생각하
지 않고 오늘을 부족하다 여기는 그런 향락의 나날들을, 그
리고 왕이기에 거침없이 누렸던 도리도 정도도 없던 향락
을, 산해진미를 입에 쑤셔 넣으며 마음에 드는 여인들을 품
으며 주변을 호령하던 자가 호령 받게 되었을 때의 참담함
과 비참함을 안다. 하나, 나는 내가 혈귀들의 후이든 아니든
상관없단 말이다. 나는 그들보다 오래, 아주 오래 살아왔단
다. 인간들 보기에 내가 산 귀신들의 왕 노릇을 하는 것으로
보일 테지만 사실은 그게 아니다. 나는 그들을 관리하고 인
간들 눈에 뜨이지 않게 하면서 오손도손 돕고 살게 조정하
는 역할을 하는 것이다."

"그렇다면 왜 명헌을 데리고 계셨던 겁니까. 그는 다른 혈귀들의 명줄을 끊……. 그래요, 반여가 말했죠. 절대로 같은 혈귀를 죽일 수 없다고. 하지만 인간은 인간대로 그 힘이 미약해 혈귀들을 죽일 수 없지요. 그런데 당신에게 명헌이 있으면 당신은 같은 혈귀들을 죽일 수도 있고, 또 명헌은 강하니 그들을 제압할 수도 있잖아요."

"걔는 내 말 안 듣잖아. 나도 그런 거 시키는 것 싫은데."

"당신의 마음이 어떠하든 당신은 당신 형제들의 가슴에 꽂을 수 있는 칼을, 태울 수 있는 불을 가졌던 겁니다. 그리고… 만약 그러하다면 다른 이들 또한 명헌을 손에만 넣으면 다른 혈귀를 지배할 수 있게 되고, 또… 인간들의 세상도 지배할 수 있게 될 거라 생각했을 겁니다."

"어리석구나."

"제가요?"

"아니, 그리 생각하는 것들. 인간에서 벗어난 지 그토록 오래 지났건만 인간의 습속을 버리지 못하는구나. 두려움에 차서 두려움을 주는 것을 가지려 하다니, 자기도 남이 두려우면서도 다른 이를 두렵게 하고자 하니 참으로 어리석구나."

"당신은 공후가 아닙니까. 당신을 두려워하는 것이 당연한 것이 아닙니까."

"나는 그들에게 공포를 준 적이 없다. 그 어떤 두려움도 준 적이 없다. 모르는 것, 싫은 것, 외면하고 싶은 것, 가늠

할 수 없는 힘과 무지, 그 모든 것이 검은 짐승이 되어 그들의 마음을 먹빛으로 물들이는구나. 하지만 나는 아무것도 하지 않았다. 그들은 내게서 두려움을 보고 싶어서 보는 것뿐이다. 두려워야만 그들은 자신을 이해하고 아낄 수 있기 때문이지. 그들의 자색 심장이 그러라 하기 때문이지."

반여는 뜰을 보았다.

"하지만 이 모든 것이 다 내가 녀석을 데리고 있어 벌어진 일이구나."

"후회하시겠군요."

"후회해서 무엇하겠느냐, 이미 벌어진 일인 것을. 다만 나는 나와 내 혈족들을 노리는 자들은 도무지 모르겠다. 대체 왜 노리는 걸까. 무엇이 좋아서."

"일단 하나는 성공한 것 같습니다……."

"무엇을?"

"당신들 마음에 흠을 냈고, 흠이 나고 금이 가면 샐 수밖에 없지 않습니까. 그리되면… 당신들은 빠르게 무너질 겁니다."

"그리 쉬워 보이더냐?"

"네."

그리고 반여가 우은에게 다가왔다. 그의 눈코입이 또렷이 보인다.

이리 보면 참으로 두렵고 밉다.

아주, 아주.

미워 가슴이 터질 것 같다.

보기만 하면 이미 반쯤 가라앉은 심장이 터질 것 같고, 얼어가는 피가 확확 타오르는 것 같다.

그렇게 이 남자만 보면 화가 치민다. 온몸이 뜨거워진다.

"어째서?"

"두려움은 마음만 고쳐먹으면 금방 우스워지는 거예요. 두렵다가도 그게 두렵지 않다는 것을 알게 되면 세상에서 제일 우습고 만만하게 봐요. 조롱하고 또 조롱하고 싶어지지요. 그러며 확인하고 싶게 됩니다. 내가 더 강하다고, 내가 더 영리하다고, 내가 더 뛰어나다고. 두려워하던 자신의 어리석음, 약함, 아둔함이 너무 부끄러워 오히려 상대를 조롱하죠. 그러니… 당신들 세계는 그렇게 금방 무너질 거예요."

"내가 우스워지면 말이더냐?"

"네."

"그리되길 바라느냐?"

"아뇨."

"왜?"

"제가 미워하는 당신이 세상에서 제일 강하기를 바랍니다. 그래야 당신이 미워도 내가 밉지 않을 것 같으니까요. 미워할 만하니 미워하고, 정말 어쩔 수 없으니 미워만 해도 되는 거니까. 제가 어쩔 수 있는 존재를 미워하는 건 비열해 보여요. 마음대로 할 수 있는 사람을 미워하는 거야말로 수치 같아요. 그러니 당신이 그러지 않았으면 좋겠어요.”

“참으로 고맙구나.”

반여는 우은의 양 볼에 손을 대고 이마를 댔다. 이제 그의 이마는 처음에 그랬던 것처럼 몸서리치게 차갑지는 않았다. 서늘할 뿐이다. 우은은 그의 시선을 피했다.

“미워해라. 끝까지 미워해라. 절대로 미워하기를 포기하지 마라. 알겠느냐. 네 활활 타는 미움이 나를 기쁘게 하는구나.”

“어째서 그리 말씀하시는가요? 명헌도 당신을 미워해서……”

“아니. 그놈은 나를 미워할 수 없는 놈이다. 그런데 사랑해서는 안 되지. 그래서 저리 갈팡질팡하는 것이다. 미워야 하는데 그의 마음의 거울은 엉뚱한 것을 비추니.”

“어찌 안다 하십니까. 그의 속에 들어갔다 나온 것도 아닌데.”

“그 아이도 두려워한단다, 아가야. 돌이킬 수 없게 된다는 것이, 그의 행보에 ‘영원히’ 라는 것이 붙는 것이……. 나도 그러하니. 그렇게 우리는 서로 비추고 있단다. 우리의 눈, 우리의 가슴은 서로 비추는 거울이다. 그 거울은 남을 보지만 나는 볼 수 없다.”

반여의 손이 볼에서 내려왔다. 우은은 그의 손만 바라보았다.

“하지만 너는 괜찮다. 나를 바라보거라. 나만 바라보거

라. 믿든 사랑하든 그렇게 바라보거라. 올곧이 네 마음대로 바라보아도 된다. 그게 좋구나.”

“그런… 가요?”

우은은 몸을 움직였다.

“어디 가려 하느냐?”

“가는 게 아닙니다.”

“내가 보지 않을 때는 그리 가까이 오더니 쳐다보니까 도망가느냐. 왜 그리 도망치려고 해.”

반여가 우은을 붙잡았다.

대체 왜, 라고 말하기도 전에 반여는 우은을 안았다. 자기도 모르게 우은은 반여의 가슴에 귀를 대고 말았다. 나른한 북소리가 저 멀리서 들려온다.

“왜 이러십니까!”

“가지 말라 이러는 거다.”

“왜?”

“너를 보면 이러고 싶구나.”

“대체 왜요? 놀리지 말아요. 저는 기녀가 아니에요.”

“나도 너를 기녀로 다루는 게 아니다.”

반여의 턱이 정수리에 닿았다. 그 품 안은 서늘하고 단단하지만 편안했다. 그를 미워하면서도 두려워한다. 낯설지만 익숙하고, 익숙해지면서도 아리송하다. 이렇게 그가 하는 대로 몸을 기대는 자신을 이해할 수 없었다. 여태 믿어왔던 원칙들과 지켜야만 하는 규범이 재처럼 흩어진 지 오래였다. 허망하게, 아무렇지도 않게 사라졌다. 그러니 우은은 지금 그와 자신을 무엇에 견주어 재어야 하는지 알 수 없었다.

"당신은 제 남편도, 아버지도, 오라버니도 아닌데 이렇게 아무렇지도 않게 몸을 대는 것이 이상하지 않나요. 저는 강아지도 고양이도 될 수 없어요."

"그래. 안다."

반여는 우은에게서 손을 놓았다.

"행여 부끄러워 그러느냐?"

"당혹스러워서요."

"내가 싫은 거냐?"

"당신 마음대로 하는 것이 싫어요. 그리고 이미 밉다고 했잖아요. 대체 절 어떻게 보시기에."

"예쁘게 보는 거지."

"어휴, 정말."

우은은 역정을 내며 반여를 올려다보았다. 그는 여전히 우은을 보고 있었다. 장난치는 건지 좋아하는 건지 모르겠다. 그는 정말 종잡을 수 없다. 그가 왜 우은에게 이러는 건지 모르겠다. 내가 그에게 무엇이기에, 아니, 무엇이 될 수 있기에 이러는 걸까. 모연이 말한 대로 그저 혈속이라 그런 걸까. 하지만 우은이 생각하기에 그런 인연이란 참 하찮아 보였다.

"명헌은… 다른 혈귀들을 제압하려고 키운 게 아니지요."

"나는 이미 혈귀들의 후, 공후. 그리고 명헌은… 분명 기이한 힘을 가지고 있긴 하지만, 유감스럽게도 인간만큼밖에 살 수 없다. 영원히 가지고 있을 수도 없는데, 우리 혈귀에게 백 년도 안 되는 시간이란 참 짧다. 그런 시간을 떵떵거리자고 위험을 감수한 건 아니었다. 그게 가장 본질이지. 너무 짧아, 집착하기엔."

"그럼 왜요?"

"알고 싶었던 것 같구나. 그게 무엇이 되는지, 무엇이 될 수 있는지, 그리고 나를 위해 살아줄지도 모른다고도 생각했다. 또……."

어두운 뜰에서 진한 꽃향기가 풍겨왔다. 투둑둑 소리가 나더니 풀이 흔들렸다. 나뭇가지가 흔들린다. 못에 파문이 수없이 일어난다.

비가 오고 있었다. 후두두 소리가 한두 번 나더니 쏴아아 하는 소리가 이어진다. 싸늘한 가을비가 쏟아지고 있었다. 처마 끝으로 물방울이 줄줄 떨어진다. 그 아래로 홈이 파인다. 물이 흘러내려 밖으로 흐른다.

"한때나마 나도 인간이었고, 그때 아내와 아들이 있었다. 그러니 나도 인간처럼 바보 같은 짓을 한다. 믿고 싶어 믿는 짓 말이다. 믿을 이유도 없고 믿어서도 안 되는데, 그런데 나는 믿고 만다. 꽃이 피고 지듯 짧은 순간이라는 것을 알아도, 그리고 내가 키우려 하는 것이 언제 내 목을 물어뜯을지 모르는 범이라는 것을 알아도, 그래도 그러고 만다. 어리석게도. 그리고 지금 그 대가를 치

르는 거지. 그 아이를 내 자식으로 생각한 착각의 대가
를.”

빗소리가 점점 강해지고 있었다. 세상이 추워지고 있다.

얼마나 더 비가 올까.

“점점 더 알 수 없는 사람이군요, 당신은. 그래서 궁금하
네요.”

“정말로 무엇이 궁금한 거냐?”

“당신을 사랑했을 사람.”

“뭐?”

“그냥 궁금합니다. 그것이 제일 궁금해요.”

“왜?”

“그것이야말로 당신이 무엇인지 가르쳐 줄 터이니까요.
당신이 사랑하는 것 말고, 당신을 사랑하는 모든 자들이.”

반여가 속삭였다.

“누굴 생각하느냐?”

“아마도, 문희?”

“난하도 있고 하랑도 있는데 왜 하필 그 아이……. 너하고
는 상관없는 아이인데. 본 적도 없잖니.”

“명헌과는 상관있나요?”

“나는 명헌과 그 아이가 혼인하기를 바랐단다. 그래서 곱
게 키웠지. 두 아이가 모두 내 곁에 있기를 바랐다.”

“그럼 저는 무엇입니까?”

“넌… 나하고 상관이 있지.”

우은은 반여의 소매를 잡았고, 반여의 손은 우은의 목덜미에 얹혀 있다가 힘이 들어갔다.

"나하고 말이야."

반여가 다시 속삭인다. 우은은 벽 너머로 그림자가 나타난 것을 보았다. 그 그림자가 슬며시 다가와 반여 위를 스치고 지나갔다. 그러나 반여는 모르는 것 같았다.

"저더러 못생겼다면서요."

"아직도 삐쳐 있느냐."

"그럴 때는 그냥 예쁘다고 해줘요. 그 한마디에 여인은 평생을 줄 수도 있으니."

반여가 웃었다. 비는 계속 쏟아졌다. 사방에서 냉기가 뿜어져 오르며, 방금 전까지 밝았던 세상이 온통 자색으로 물들었다.

"정말 그 한마디면 되는 거냐. 쉽구나, 참으로."

반여의 팔이 우은을 안았다. 놀란 우은의 귀로 반여가 속삭였다.

"너, 못생겼다."

정말 그럴 거라 생각도 안 했기에 우은은 그다지 화가 나지도 않았다.

"겁이 날 정도로. 정말로."

비가 계속 쏟아진다. 우은은 그 빗속에서 윤이 나기 시작하는 붉은 단풍잎을 보았다.

"너무 못나서 사랑해 버릴 것 같구나."

우은은 그제야 웃었다.

"그러지 말아요. 전 꽤 오랫동안 당신을 미워할 것 같으니. 제 미움이 풀리면 사랑해 줘요."

第八章
희고 시리게

공후연

우은은 아주 깊은 꿈을 꾸었다. 우물처럼 깊고 깊었다. 들어가면 빠져나갈 수 없을 듯 깊었다. 예전에 병석에서 꾸었던 꿈만큼이나 두꺼운 양단에 덮인 듯 두껍고 무겁다.

한양은 조선에서 가장 굵고 강력한 핏줄이 흘러내린다.

가장 깊게 흐르고, 가장 강력하게 흐르며, 가장 위대하게 흘러야 하는 곳이다. 불어나면 주변을 참혹하게 휩쓸고 줄어들면 나라를 가물게 한다. 흘러야 할 곳으로 흐르지 않으면 엉망이 되고, 흐르지 말아야 할 곳으로 흐르면 비참해진다.

폐주 연산이 그러했고, 그 뒤를 이어 지존이 된 연산의 동생이자 지금 여군(女君)이라 불리는 대비의 남편인 중종도 그랬다. 그는 귀가 참 잘 펄럭대 이편저편 떼로 죽였다. 젊은 선비들에게 귀를 기울여 참된 군주 노릇인 양 훈구 척신들을 몰아세우다, 어느 날에는 갑자기 훈구 세력들에게 휘둘려 선비들을 귀양 보냈다.

다음, 그나마 신하들에게 빚진 것 없는 왕이 즉위하나 싶었더니 대비 윤씨에게 들들 볶이다 세상을 떴다. 그 왕의 어린 동생이 즉위하자 대비 윤씨에게 드디어 하늘이 열렸다. 물론 대비의 동생인 윤원형에게도 같이 열렸다. 금이 물처럼 나오는 금광이 열린 것이다. 아니, 그럴 거라 생각하고 그래야만 한다 생각했다. 그들에게 나라는 이문과 재산을 불려줄 광이었다. 처음에는 금이 나왔으나 그다음에는 피와 살이 나왔다. 가장 가난한 자의 쌀 한 줌까지 긁어갔다. 그러나 백성의 항의는 반항이 되었고, 호소는 게으른 자들의 헛소리가 되었으며, 흉흉한 소문은 죄다 괴소문이 되었다. 그들은 재물이 모두 그들의 것이 되는 것이 순리의 흐름이라 했다. 항의하는 자들을 무자비하게 다스리며, 이리 복종하는 것이 도리라고 했다. 너무 많은 땅을 너무 적은 자들이 차지했고, 너무 많은 사람이 제 몫을 얻지 못했다. 그리고 그렇게 더욱 빈곤해진 백성에게 나라의 부담은 여전했다. 아니, 정확히 말하자면 나라의 이름으로 외척 세력이 지운 부담이 더 커졌다고 봐야 한다.

그중 윤원형이 국법을 이용해 이윤을 취하는 방법이 바로 방납이었다. 공물을 제때 맞추지 못하는 백성의 공물을 대신 바치고 그 값을 물리는 것이었다. 그리고 이 일당은 항상 저급을 사서 보내고 가격은 최고가로 매겼다. 폐단이 가장 크지만, 이로 이익을 보는 자들이 워낙 많아 아무도 고치려 하지 않았다. 이것만은 아무리 임금이 바뀌어도 고쳐지지 않을 것이다.

우은은 이제 소녀를 보고 있었다. 그 아이는 어딘가에 기댄 듯 몸을 기울이고 있었다. 엉망이다. 흰 어깨는 훤히 드러나 있고, 치마는 허벅지까지 들려져 있다. 그 목과 팔, 허벅지에 잇자국이 나 있다. 우은은 그 끔찍한 모습에 치를 떨었다. 너무나 가엾다. 그런데 우은은 갑자기 그 안으로 빨려 들어 갔다. 그리고 우은은 소녀의 몸을 둘러썼다.

이제 우은은 다른 이의 눈으로 보고, 다른 이의 귀로 듣고, 다른 이의 마음으로 느끼고 있었다. 그리고 단 한 번도 듣도 보도 못한 것을 기억하기 시작했다.

무니야. 누군가가 부르자 고개를 돌렸다.

무니라……. 누구지.

우은은 그 목소리에 귀를 기울였다.

어서 와라, 무니야! 마님이 부르신다.

무슨 일이십니까?

무니는 고개를 돌리고 달려갔다. 이제 우은은 무니로서 보고 듣고 느끼고 있는 것이다.

오늘 손님이 올 게다. 네가 그 손님 시중을 좀 들어야겠다. 집안 망신시키지 말고 고분고분하여라.

우은은 그리 말하는 마님을 보았다. 마님은 무니를 등지고 앉아 있었다. 무슨 시중을 들라는 건지 모르겠지만 우은은 소녀의 마음으로 두려움을 느끼고 있었다.

네가 잘해야 우리도 잘되는 게다.

부인이 여전히 등지고 말한다. 뱉은 말 자체가 자신에게 수치스럽다는 듯 그녀는 더 이상 아무 말도 하지 않는다. 이럴 수가. 우은은 무니의 마음으로 생각했다. 마님, 저는 아직 그런 시중들 나이가 아닙니다.

아직 네가 어리긴 하나 달거리도 하였고 그 젖과 엉덩이도 제법 여물었지 않느냐. 나리가 그러는데 가장 맛날 몸이 되었다 하더라.

오시(午時)가 되자 손님이 왔다. 주인 나리는 손님을 정성을 다해 맞이했다.

정말로 굉장한 손님인가 보다. 무니는 마님의 명령으로 몸을 씻고 옷도 깨끗하게 입고 방 안에 앉아 그 손님을 시중들 준비를 했다.

손님상에 놓일 음식들은 무척 훌륭했다. 꿩, 쇠고기, 미나리를 넣은 만두로 끓인 탕을 내놓고, 그다음 석이버섯과 찹쌀로 탐스럽게 굴린 석이단자를 내놓을 것이다.

찾아온 자는 사내였다. 그 수려한 용모에 여종들은 물론이고 모두가 술렁였다. 게다가 엄청난 거부에다 고작 스물대여섯 정도밖에는 안 되어 보이는 젊은이다. 무니도 가슴이 뛰었다. 여태 보았던 사내 중 저리 잘생긴 사내는 정말 처음이다. 용궁이나 월궁에서 온 것 같다.

별당이 치워지고 그를 위한 저녁 음식이 마련되었다. 조기젓에 생복과 소라를 넣어 담근 섞박지에 칼로 잘 두드린 천엽에 계란과 밀가루를 발라 지진 전, 대하를 찌고 잣가루를 뿌려 대하찜을 만들어 상에 내놓았다.

"급히 준비하느라 입에 맞기는 하셨는지 모르겠습니다."

주인은 인사치레를 했으나, 남자는 거의 먹지도 않았다.

식사가 나가고 정과와 차가 나왔다. 남자는 유자를 꿀로 조려낸 정과를 거들떠보지도 않았다. 이제 슬슬 주인의 안달이 깊어갔다. 무슨 일인지는 모르지만, 그가 '다리'를 놓아주어야 한다고 했다. 급한 자금을 융통해야 하는데, 그가 필요하다고 했다. 말은 많지만 정작 구체적으로 씹히는 건더기 없는 대화가 끝나고, 손님은 호화로운 가구를 들이밀어 꾸며놓은 별당으로 갔다. 무니는 그 방에 시중을 들기 위해 들여보내졌다. 마지막 '접대'인 것이다.

"이름이 뭐냐?"

남자가 말했다. 어둡고 부드러운 목소리였다.

"나는 남반여다. 너는 이름이 뭐냐?"

"이무니입니다."

"무니?"

"원래는 이문희입니다."

남자는 무니를 살펴보았다. 깊고 우아한 눈매였다.

"성이 있구나."

"돌아가신 큰 대감마님이 제 아버지이셔요."

다 늙은 영감이 무니의 어머니를 건드린 것이라며 사람들이 숙덕거렸다. 그러나 늙은 영감과 무니의 젊은 어머니는 대등하게 눈이 맞았다. 갈 곳 없는 떠돌이 여자에게 대감마님은 집 주고 보살펴 주니 이렇게 좋은 분이 없었다. 얼굴의 주름 정도는 사소한 단점이다. 나이 든 영감마님은 비렁뱅이일망정 젊고 예쁜 여인을 품게 되어 신났다.

그렇게 태어난 것이 무니였다. 대감마님은 첩의 아이일망정 앙증맞게 고물대는 팔다리가 너무 귀여워 어여뻐했다. 어여뻐할 시간이 길지는 않았지만. 대감마님이 세상을 뜬 후 무니의 어미는 집안을 휘어잡은 본부인과 며느리의 눈이 무서워 도망갔다. 그리고 무니만 남았다.

남자는 앞에 놓인 주안상을 보며 말했다.

"그래, 네 아버지는 누구인지 나도 알고 있으니 네 어머니에 대해 말해보거라."

"제 어머니는 노비가 아니셨어요."

"그래?"

"네. 무당이셨습니다."

"무당?"

"하지만 신력을 잃고 이 마을로 흘러드셨다가⋯ 이 댁 영감마님의 첩이 되셨어요. 지금은 어머니도 영감마님도 계시지 않아요."

"저런."

무니는 눈물이 차올랐다. 마님은 무니와 그 어머니가 기어들어 와 집에 액이 들어 집안이 기울기 시작한 거라 했다. 그 남편이 방탕한 것에는 아무런 책임이 없었으며, 남편의 동생들이 죄다 한량이라는 것에도 책임이 없었다. 오로지 무당과 그 무당의 딸년을 따라 액이 들어온 것이다.

"죄송합니다."

"아니다. 가만, 너는 그럼 무기(巫氣)가 있느냐?"

"하나도 없어요. 마님은 제가 고뿔이라도 나면 무병이 들린 거라 하시며 밖으로 내놓아요."

크게 열이 나 누워 있으니, 마님은 저 무당 딸년이 드디어 신병이 난 거라 하며 앓는 무니를 산에다 버리게 했다. 빌고 빌어 다시 살게 된 것이 두어 달 전이다. 그전에는 불평을 좀 했더니 저게 저주를 걸고 있다 하여 마님이 직접 싸리 빗자루를 들어 입술이 터지도록 때렸다.

"그리 우울하게 있지 마라. 너는 어여쁘니 예쁘게 굴어라."

"네?"

"커다란 꽃 같구나. 그러니 웃어라. 울지 말고."

무니는 칭찬에 볼이 붉어졌다. 그만큼 두려워진다. 드디어 시간이 된 건가. 그래도 젊고 아름다운 남자가 아닌가. 괜찮을 거다.

"네 방에 가거라."

"네?"

“남의 집에서 건네주는 모르는 계집은 품지 않는다. 게다가 너무 어리다. 너를 이 방에 들인 이유를 모르지는 않으나 거절한다. 너 정도 어린아이를 품는 망측한 취미도 없고, 또 너도 싫을 터이니 나가보아라.”

“가, 감사합니다.”

무니는 크게 감사하며 방을 나섰다. 방으로 돌아가자 다른 계집종이 다행이라 크게 안도하며 저녁밥을 차려주었다. 무니는 그것을 모두 먹고 편하게 잠들었다.

다음 날 반여 앞에는 흰 쌀죽과 맛조개를 볶은 것에 구운 숭어, 송이탕이 놓였다. 반여는 역시나 무시했고, 조청과 꿀에 볶아 검은깨 가루로 반죽한 흑임자 다식과 차를 대접받아도 무시했다. 식사가 끝나자 반여는 그의 하인이 들고 온 짐 하나를 내놓았다. 작은 함이었다. 안에 금가락지와 칠보가락지, 옥으로 된 산삼이 달린 노리개까지 들어 있었다. 대국의 도자기와 그림도 곁들여 있었다. 엄청난 패물이다.

“이게 무엇이오?”

바쳐야 하는데 오히려 대가를 받으니 주인 나리가 매우 놀랐다.

“제게 좀 주셨으면 하는 것이 있습니다.”

“무엇이오?”

“어제 제 잠자리를 봐주었던 아이를 주십시오.”

“무니를 말이오?”

“네. 그 아이 몸값이라 생각하시고 주십시오.”

이게 무슨 소리냐. 하지만 이런 금은보화를 받고 고작 계집종 하나 첩으로 못 준다고 하는 것도 염치없었다. 그래서 대충 둘러댔다.

"그 아이는 종이 아니오. 돌아가신 아버지께서 다 늦은 나이에 첩을 들이셔 본 아이지. 어미가 비렁뱅이 출신이긴 하나 그래도 이 집 핏줄이오."

"주십시오."

그리고 그는 주인과 적당한 거래와 약간의 보장이 주어진 뒤에 '다리'를 놓아주기로 하고 무니를 데리고 왔다.

무니는 이 남자를 따라간다고 생각하니 절로 신이 났다. 게다가 반여가 데리고 간 곳은 무니의 집과는 비교도 되지 않았다. 비교적 크고 잘산다 생각해 왔던 무니의 주인집은 이 집 별채 하나만도 못했다.

반여는 가솔들에게 자신이 수양딸을 거두었다 말했다. 무니에게 안채와 가까운 별당 하나를 주었다. 그리고 무니는 문희가 되었다.

무니, 아니, 이제 문희는 반여에게 감사했다. 일을 하지 않아도 되는 것에 감사했고, 맞지 않는 것에 감사했으며, 모두가 친절하게 대해주는 것에 더더욱 감사했다.

그 집에서 문희는 정말 별당아씨처럼 대접받았다. 짚처럼 마르고 버석대던 소녀는 금방 핀 복사꽃같이 고와졌다. 그리고 그만큼 몸과 마음이 자라며 이런 생활을 베풀어준 반여에 대한 감사한 마음과 함께 아쉬움을 느꼈다.

데려다놓고 끝이었다. 아주 가끔 올 뿐 아예 잊은 듯 돌아오지 않는다.

겨울이 지나고 눈이 비로 변했다. 검은 나뭇가지와 땅 위로 빗줄기가 내리박히고, 여린 볼에 비 섞인 찬바람이 닿았다. 문희는 온몸이 봄의 땅이 되어가는 것을 느꼈지만, 문희의 마음속에는 싹을 틔우지 못한 씨앗뿐이다.

그리고 드디어 자리를 비웠던 반여가 돌아오는 소리가 들렸다. 항상 그 자리에 있으라, 절대 밖으로 나가지 말라 하고 사랑채 근처로 오지도 말라 했던 반여지만, 문희는 반가운 마음에 자리를 박차고 나가 대문까지 나갔다.

반여가 청지기와 이야기를 하고 있다 문희가 오자 이내 싸늘해졌다. 그는 얼음처럼 차가워져 문희를 노려보았다.

"들어가라."

반여의 목소리에 문희는 움츠러들었다. 문희의 마중을 조금도 반가워하지 않는다. 그는 지금 문희가 나온 것에 화를 내고 있고, 그의 명령을 듣지 않은 것에 더더욱 화를 내고 있었다.

문희는 별채의 방으로 들어가 울음을 터뜨렸다.

그때 문이 열리며 밖의 비 냄새, 흙냄새가 안으로 확 풍겨왔다. 문희는 돌아서지 않고 반짇고리를 찾아 여태 바느질을 하려 했다는 시늉을 하며 모르는 척했다. 그러나 허둥대다 바늘에 찔리고 말았다. 핏방울이 그 손끝에 둥글게 부풀어 올랐다.

"그만 허둥대라. 네가 여태 바느질을 하지 않았다는 것만
은 분명히 알겠다."

"죄송합니다."

반여가 문희의 손목을 잡았다. 놀라 심장이 발딱댔다. 그
손이 선뜩하도록 찼다. 반여는 핏방울이 맺힌 손가락 끝을
자신의 중지를 댔다. 핏방울이 그 손끝에 옮겨갔다. 그리고
반여는 그 손끝의 피를 입으로 가져갔다. 문희는 놀라서 그
모습을 보았다. 반여에게서 항상 느끼던 냉기가 어마어마하
게 강해지는 것을 느꼈다. 온 방 안에, 온 집 안에 온통 그의
냉기로 가득 차는 것 같았다. 한발 물러났던 겨울이 다시 오
는 듯했다.

잠시 뒤, 잔잔한 미소가 그 입가로 번졌다. 무언가를 확인
하고 안심하는 것 같다.

문희는 그런 반여를 보았다. 여태 사람 같지 않다는 것은
알아왔지만, 지금 문희는 앞에 아주 무섭고 위험한 존재가
있다는 것을 깨달았다. 온몸이 곤두서며 범을 앞에 둔 듯,
표를 뒤에 둔 듯 두려워졌다. 게다가 춥다. 이리 추울 수가.
처음 알았다, 이 남자가 이리 춥다는 것을.

"외로우냐?"

"네?"

"외로우냐 묻는 게다."

"아닙니다."

"그렇구나."

문희는 고개를 저었다. 마음이 긍정하는 만큼 세게, 아주 세게 저었다.

반여가 웃었다.

"그래."

문희의 얼굴이 붉어졌다.

"이제 그럴 나이지."

❀

우은은 눈을 떴다.

계속 깜빡였다. 누구의 기억인 건가, 누구의 눈으로 보는 꿈일까. 너무도 생생해 이게 꿈같이 느껴지지 않는다.

우은은 고개를 돌렸다. 머리맡에 반여가 있었다.

"왜 그러느냐?"

반여는 책을 보고 있었다. 보통 서생이라면 책상 앞에 두고 참으로 애지중지하며 볼 터인데, 그는 한 손으로 말아 쥐고 보고 있었다. 책을 아끼는 자가 보면 애통해할 만한 자세다.

"이상한 꿈이."

우은은 나른하게 말했다.

"꿈?"

"네. 하지만 이리 생생하니 꿈같지도 않아요."

"어떤 꿈인데?"

“당신과 문희.”

“그럼 꿈이 아닐 거다.”

“네?”

“내 기억이다.”

“어째서요?”

“너와 내 피가 섞여서 그럴지도 모른다. 그러니 언제고 내 기억을 보게 될지도 모르지. 꿈으로.”

“그런가요?”

“뭘 보았느냐? 이상한 거냐?”

“이상한 거라뇨?”

“나도 내가 여인을 품는 모습 같은 건 보여주고 싶지 않은데.”

“아닙니다.”

저절로 화가 치밀었다.

“그래, 무엇을 보았느냐?”

“문희 보고는 예쁘다고 했네요.”

“그때 그 아이 열두 살이었다. 그런 병아리를 가지고 좋은 말을 하지 나쁜 말을 하겠느냐.”

“저에게는 아니었잖아요.”

“다르다.”

“그런데 이거, 대체 뭐죠. 당신 기준으로 봐야지, 왜 문희 기준으로 보여요?”

“내가 그 아이 피를 먹은 적이 있으니. 피를 먹으면 잠시

나마 그의 생각, 마음을 읽을 수 있지. 한 방울의 피도 많은 것을 전해줄 수 있단다. 그 아이도 그러했어. 언제고 그 아이의 마음을 보고 싶었다. 그래서 아직 그게 내 기억에 남아 있는 걸지도. 어떻더냐?"

"몰라요, 걔가 어떻게 생겼는지. 하지만 반여는 볼 수 있고, 반여를 보는 그 아이의 눈도 볼 수 있지요."

그리고 우은은 반여를 물끄러미 보았다. 눈과 눈이 마주했다. 며칠째 항상 옆에 있던 사내인데도 이리 새삼 보니 신기하다. 자주자주 바라보고 싶다. 자주자주 옆에 있는지 확인하고 싶다.

"왜?"

"색다르게 보입니다."

"그 아이 눈으로 보니 내가 더 잘생겨 보이더냐?"

"눈에 콩깍지가 수북하게 덮인 듯했습니다. 용궁의 왕자요, 월궁의 신선이었던 것 같아요. 그런데도 반여는 참……."

"참?"

"매정했네요."

반여가 웃음을 터뜨렸다.

"잘해주었으면 좋았겠니?"

"그건 아닙니다. 절대 잘해주지 마세요."

잠시 반여가 웃음을 멈추었다. 뭔가 잘못 말했나. 하지만 웃지는 않아도 눈이 화를 내지는 않는다.

"그 아이는 나를 항상 원망하더구나. 그래서… 명헌과 같이 지내면 금방 정분나서 잘 지낼 수 있을 거라 생각했는데 말이지."

"접붙이는 것도 아니고, 너무하지 않습니까."

"어여쁜 소녀와 잘생긴 소년이 만나면 당연하지 않느냐, 우은아. 취향이란 것이 있기야 할 터이지만, 그 정도면 참 잘 맞을 거라 생각했는데. 게다가 열두 살 소녀와 열네 살 소년인데."

"잘 안 되었습니까?"

"되기도 전에 끝났다. 명헌이 싫어하더구나."

"문희를요?"

"문희와 그런 식으로 인연이 되는 것 말이다. 불공평하다 생각한 것 같다. 명헌은 문희를 아꼈다. 다만 소녀의 마음이 자기 것이 아닌데 부인으로 삼고 싶지는 않다는 게지."

우은은 반여의 속셈이 계산되었다. 명헌이 문희와 혼인이라도 하면 영원히 반여의 것이 되는 것이다. 문희가 반여를 연모하는 이상 절대로 떠날 수 없다. 문희는 어린 나이부터 반여에게 각인된 것 같다.

"저도 같나요?"

"음? 뭐가?"

"문희를 뜰에 심어 돌보는 꽃처럼 대하셨는데, 저도 그럴 건가요?"

"설마. 문희는 내가 고르고 찾아낸 아이지만, 너는 어느 날 갑자기 굴러떨어졌지 않느냐. 나도 어쩔 줄 모르고 있어. 너에 대해 계획한 것도, 생각한 것도 없다. 그래서 그냥 되는 대로 대하고 있는 중이다. 앞으로 어찌 될지도 모르고, 어떻게 왔는지도 모르겠다. 그냥 이리 즐겁게 지내는 게지.”

우은은 자기도 모르게 웃음이 나왔다.

“웃는 게 훨씬 낫구나. 네가 웃으니 내가 다 뿌듯해지니.”

“놀리지 마십시오. 그래, 저는 그래서 문희보다 못합니까?”

“그런데 왜 자꾸 묻느냐. 투기하는 것 같이.”

우은은 부아가 치밀었다.

“투기라니요.”

“투기지 뭐냐. 옛 연인에 대해 묻는 듯 그리 캐묻느냐. 그러면 무슨 답이든 정답이 없지. 네가 원하는 답이 무엇인지 나도 모르고 너도 모르니 말이다.”

맞는 말 같다. 우은은 다시 눕고 이불을 뒤집어썼다.

“자려고?”

“네. 그러니 적당할 때 가주세요.”

“이젠 사내 앞에서 잘도 자는구나. 머리카락 하나 손대는 것도 싫어하더니. 이제는 버린 몸이란 거냐.”

“그러니 책임지시는 겁니다. 여인이 몸을 허했으니 이제 모든 것을 다 책임지셔야지요.”

“내가 너를 정말 품기라도 했다면 오냐 하고 그럴 터이지만, 나는 너를 데리고 본격적으로 해본 건 하나도 없어. 너무하구나."

"그래서 본격적으로 다 하실 겁니까?"

"……."

"거보세요. 자, 이만 잘 겁니다."

정말 잘 거라 생각하지 못했던 반여는 정말 조용해지자 이불을 내렸다. 소녀는 정말로 자고 있었다.

반여가 그런 우은 옆에 누웠다. 천장이 보인다. 고개를 돌리자, 우은은 고개를 옆으로 돌리고 무슨 꿈을 꿀지 모를 잠으로 들어갔다. 지금도 꿈인지 생시인지도 구분하지 못하는 것 같다. 하긴, 방금 전에 말하는 걸 보니 제정신이 아니긴 한 것 같다.

문희라…….

어차피 이 소녀가 으악, 하고 일어날 만한 짓은 저지른 적이 없으니 상관없다. 품지 않은 것은 품을 이유가 없어서였다. 필요하다면 했을지도 모르지만, 적어도 그때까지는 필요 없었다.

문희는 어여쁘고 순진한 아이였다. 열두 살이 열다섯이 되고 열여섯이 되니, 희고 고운 피부에 큰 눈과 코가 아리땁게 자리 잡은 절색이었다. 본인은 그 사실을 전혀 몰랐지만 정말 그러했다. 게다가 워낙 향이 진한 아이라 제대로 못 다루면 금방 다른 이가 탐내어 데리고 갈지도 모르는 아이였다. 그 체향에 반여도 머리가 어지러울 지경이라 그 아이를 데려다놓고 한동안 근처도 가지 않았다. 명헌이 그 짝으로 좋을 거라 생각했던 것도 그 탓이다. 혈귀나 다른 귀신들로부터 지켜줄 터이니 얼마나 좋은가.

다시 작은 신음 소리가 들린다.

이제 반여는 문희에 대한 생각은 사라지고 앞의 소녀를 바라보고 있었다. 지금 이 아이는 무엇을 보고 있는 것일까.

반여는 이 아이가 보지 말아야 할 것을 보게 될 거란 생각이 들자 이내 이 모든 것을 허락한 것이 후회가 된다.

그건 매우 두려운 일이었다. 그러니 그것만은 보지 않길 바란다. 이 수백 년 묵은 요괴의 안에 담긴 청년의 마음을 보지 않기를 바란다. 아직은 이 아이가 이렇게 눈을 감고 있기를 바란다. 이 기이한 모험을 아직은 혼자만 하고 싶었다.

❀

우은은 다시 문희로 돌아가 있었다.

이제 명헌이 옆에 있다. 문희의 눈으로 보는 명헌도 잘생긴 소년이었다. 다정하고 부드러웠다. 항상 상냥하게 대해주어 문희는 이런 잘생기고 집안 좋은 소년 앞에만 서면 송구스러웠다. 하지만 반여가 둘이 지내게 해주는 의중을 모를 문희가 아니었다.

분명 명헌은 매우 잘생긴 소년이고, 또 집안도 품성도 좋다. 하지만 그는 반여가 아니다. 명헌이 부족한 것은 그거

하나였고, 그런데 그것이 아니면 안 되었다. 그나마 다행인 것은, 명헌이 온 뒤로 반여가 거의 매일같이 문희 옆에 있게 된 것이다. 그는 진심으로 명헌을 그의 옆에 두고자 했고, 또 그가 명헌에게 베푸는 선물 중 하나가 바로 문희였다.

화가 나기 시작했다. 너무나 화가 난다.

몇 해가 그렇게 지났다.

아무 일도 없이, 너무나 평화롭게. 명헌은 점점 어른이 되어갔고, 문희도 여인이 되어갔다. 하지만 속에 돌이 하나둘 생겨 마음에 박혔다. 심장이 두근댈 때마다 아팠다.

어느 날 문희는 반여가 나가는 것을 보고 명헌을 불렀다.

"우리 반여님이 어디 가시는지 같이 가봐요."

"왜?"

"항상 안에만 있었어요. 좀 나가보고 싶사옵니다."

문희는 명헌을 졸랐다. 명헌이 청을 들어줄 거라는 것을 알아서 그리 조른 것이다. 또한, 여기 온 이후로 밖에 나가 본 적이 없다. 탑돌이도 못해보았거니와 다리 밟기 해본 적도 없다. 종살이할 때도 이 정도는 아니었다,

그날은 실패했지만, 반여가 무언가에 신경 쓰기 시작하는지 문희와 명헌에 대해 주의하는 것을 잊어갔다. 문희와 명헌이 가까운 것을 바라기에 문희가 명헌에게 무슨 말을 하는지 간섭하지 않았다.

결국, 명헌은 문희에게 굴복했다.

"알았어. 대신 단 한 번만이다."

그들은 반여의 뒤를 따라갔다.

따라가면 갈수록 춥다. 해가 저물녘이 되어 쌀쌀해지는 것일까. 그런 것 같다. 세상이 추워진다. 동지섣달 새벽처럼, 정월 여명의 서리처럼 싸늘하다. 이렇게 추울 수가. 문희는 이를 딱딱 부딪쳤다. 하지만 명헌은 아무렇지도 않은 듯 문희를 감싸 안아주었다.

사람 사는 곳의 흔한 골목길을 가는 것인데도 절벽을 오르는 듯 두렵다. 골목 깊은 곳으로 들어가면 들어갈수록 냉기가 뿜어 올라 살갗을 작신작신 얼렸다. 나무 싹도 그대로고 풀잎도 그대로인데, 고작 한 걸음 한 걸음 옮기는 것인데 어찌 이리 춥단 말인가. 한 걸음 움직일 때마다 가을 새벽이 되고 겨울 새벽이 된다.

그런 그들 앞에 나른한 얼굴의 여인이 나타난 것은 갑작스러웠다. 여인은 어느 순간 갑자기 나타나 그들을 보고 있었다. 갸름한 얼굴에 눈매가 붓으로 그린 듯 위로 치솟은 여인이었다.

"너, 웬일이지?"

여자가 말했다. 눈썹이 치켜 오르며 가만히 노려보고 있었다.

"너를 먼 곳에서나마 본 적이 있다. 반여의 수양딸이라지? 여기까지 웬일인 게냐?"

문희는 옆의 명헌을 보았지만, 그는 아무 말도 하지 않았다. 문희가 대충 둘러대야 했다.

"반여님이 오라 하셨습니다."

"정말이냐?"

날카롭고 싸늘한 얼굴과는 달리 여인의 목소리는 양단을 몸에 감듯 부드럽고 나른했다. 차림새도 호사스럽다. 가채를 얹은 머리에 사치스러운 뒤꽂이와 비녀를 꽂았다. 그러니 머리에 은과 홍옥, 칠보와 녹옥으로 만든 나비와 꽃으로 화사하다.

"나는 하자청이다. 누가 들여보냈느냐 묻거든 그리 답해라. 그러면 아무도 너를 건드리지 않을 게다."

자(紫)와 청(靑). 화려한 색인 동시에 차갑고 어두운 색이다.

"와라."

여인은 앞으로 나섰다. 바닥을 걷는 게 아니라 흐르는 것 같았다. 자청이 안내하니 금방 문이 나타났다. 함 같은 집이었다. 사방이 꽉 닫혀 있다.

자청이 말했다.

"사람 계집을 왜 오라 했는지. 이해는 못 하겠다만 알아서 하겠지. 거짓말일 경우에는 내가 알아서 네 주인에게 이를 터이니 그때는 너도 각오해라."

여인의 입술 끝이 처음으로 올라갔다. 비웃음이었다. 동시에 여인의 입술 사이로 긴 송곳니가 보였다. 문희가 기겁하자 여인은 더 비릿하게 비웃었다.

"정신을 혼미하게 만드는 피 냄새를 가지고도 너는 네 주인이 뭔지 모르는구나."

"네?"

"나, 그리고 네 수양아버지라 자청하는 반여, 또 그의 수하인 난하, 우리는 생귀신이란다."

"그게 또 무엇이랍니까?"

"죽었다 살아나 진액과 피가 다 말라 없는 자들이다. 그래서 산 사람이나 짐승의 피와 간을 먹어야 한다. 인간의 음식을 먹을 수 없는 건 아니지만 거대한 바다에 던진 작은 술잔처럼 아무렇지도 않게 사라지지."

"사람이 아니라는 말씀입니까?"

"한때는 사람이었지만 모두 옛일이다. 오너라."

혈귀(血鬼).

문희는 그날 처음으로 알게 되었다.

살아도 산 것이 아니요, 죽어도 죽은 것이 아닌, 그래서 살아 있는 귀신이자 피 먹는 귀신.

그래서 혈귀.

"들어오너라."

자청은 그들을 데리고 안뜰로 들어갔다.

이른 봄인데도 뜰은 꽃으로 뒤덮여 있었다. 이제 막 숨을 튼 나무 아래로 꿩의 다리가 예쁜 나뭇잎 위로 자주색 꽃을 피웠다. 활짝 핀 노란 괭이눈이 형형한 빛을 발하고, 옆에는 금낭화가 흐드러지게 피었다. 이른 괴불주머니도 그 옆을 장식한다. 사방이 꽃 천지다.

그들 앞에서 장지문이 열렸다. 중간의 문을 모두 떼어내 방 세 개가 거대한 방으로 변해 있었다. 그 양옆으로 남녀들이 모여 있었다.

그 가운데 깎아낸 듯 단정한 선비가 앉아 있다. 자청은 문희를 던져 두듯 놓아두고 그 방으로 갔다.

그 분위기는 무척 굳어 있었다. 금방 불길이라도 치솟을 분위기라는 것을 문희도 알 수 있었다.

"남녀도, 반상도 없이 이리 섞여 있소?"

선비가 물었다.

"이 앞에서 사람은 모두 같소. 양반의 자식이든, 농민의 자식이든, 노비의 자식이든, 기생의 자식이든, 무당의 자식이든, 백정의 자식이든 다. 아름답든 추하든, 어리든 늙었든 다 같소이다."

반여였다. 문희는 자기도 모르게 앗, 하며 소리를 냈다. 비가 쏟아지듯 주변의 눈이 모두 문희를 향했다.

반여도 고개를 들었다. 문희는 그의 눈이 무섭게 타오르는 것을 보았다. 아주 화가 나 있었다. 달군 무쇠처럼 뜨겁다.

가라.

그 눈이 말한다.

문희도 이 안에 모인 자들이 코를 벌름거리거나 눈을 이글대며 보는 것이 두려웠다. 당장 뛰어 도망치고 싶었지만, 꾹 참고 가만히 있었다. 명헌이 문희의 팔목을 잡아 주자 간신히 진정할 수 있었다.

반여의 양옆에 두 사람이 더 있었다. 하나는 어린 소년이고 다른 하나는 소녀였다. 소년은 열너덧 정도 된 어린아이였으며 소녀는 깜짝 놀랄 미모였다. 부드러워 보이는 하얀 얼굴에 눈은 크고 그 속눈썹은 길고 검었다. 그리고 그 큰 눈은 금빛이었다. 어찌나 예쁜지 문희는 자신의 눈, 코, 입이 부끄러울 지경이었다. 반여가 저런 아이를 알고 있다면 문희 정도는 아주 평범해 보였을 것이다.

명헌이 말했다.

"가는 게 좋을 것 같아."

"아닙니다, 도련님. 더 보고 싶습니다."

반여가 말했다.

"송도의 남반여요."

부드럽고 두꺼운 목소리였다. 처음 들었을 때부터 문희를 부드럽게 감싸던 바로 그 목소리이다.

"한양의 남하랑이오."

그 예쁜 소녀가 말했다. 맑고 낭랑한 목소리였다.

"평양의 이채요."

문희는 가장 어린 소년을 보았다. 선명한 푸른 눈을 가진 기이한 분위기의 소년이었다. 채, 그에 대한 이야기를 가끔 들었다. 평양의 채, 모두가 그리 불렀다. 그리고 그는 이름만으로도 모든 것이 설명이 되는 자였다.

반여가 말했다.

"댁의 제안은 잘 받았소."

"그런데 왜 오지 않고 부른 거요."

채가 웃으며 말했다.

"귀신을 집에 들이고 싶어하셨다면 진작 그리 말씀하시지. 계집종, 사내종 열 명 정도 준비해 저녁 대접 거하게 해주신 뒤에 이야기를 할 걸 그랬소."

아이답게 버르장머리 없다. 반여가 그런 채를 말리듯 어깨에 손을 얹었다.

"우리 셋 다 거절이요."

"대가는 충분하다고 생각하오만."

단정한 사내가 말했다. 서른 정도 되어 보이는 젊은 남자다.

"땅과 패물들, 그게 우리에게 무슨 필요가 있겠소."

"그대들에게 벼슬을 내리고……."

옆의 소년이 키득키득 웃었다.

"채."

반여가 낮은 목소리로 만류했다. 채는 히죽대며 말한다.

"이 꼬맹이 머리에 관모를 쓰고 단령을 걸치라 하니 웃기지 않아, 반여? 거기다 하랑은 계집인데, 하랑에게도 벼슬을 줄 건가? 병아리에게 수탉의 벼슬을 붙이고 암탉을 지붕 위로 올리시게."

반여는 잠시 눈을 감았다. 채의 낄낄거림은 이 벼슬아치의 인내가 바닥을 헤맬 즈음에 끝났다.

셋의 대표이자 그나마 '어른 사내' 라는 껍질이 있어 이야기하기 가장 무난한 반여가 말했다.

"대감, 우리는 필요 없소. 우리가, 특히 우리 셋이 어느 정도 오랫동안 살아왔다고 생각하시오? 우리는 많은 나라가 무너지고 세워지는 것을 보았으며, 많은 왕과 왕비들이 살고 죽고 이어지는 것을 보아왔으며, 더 많은 벼슬아치를 보았소. 우리에겐 그 모든 것이 부질없소."

"그래도 이렇게 은거하고 살지 않아도 되는 거요."

"우리는 인간들 눈에 뜨이고 싶지 않소. 특히 이런 시대에는. 우리에겐 그것이 맞소. 한해살이에게 겨울은 없지. 끝이 있을 뿐. 하지만 우리는 그런 것이 없소. 항상 겨울이지. 우리는 순리는 없고 욕망만 있되, 당신들과는 다르오. 그러니 이리 사는 것이 우리의 방식이오."

"들어만 주면 이보다 더 큰 것을 줄 수 있는데."

"하지만 우리는 대비도 주상도 영원히 살게 할 수도 없을 뿐더러 그리 만들지도 않소. 그대들의 때가 다하면 다른 이들의 때가 올 것이오. 그리고 유감스럽게도 우리는 당신이어서 끝나길 바라오."

"그럼 저 남쪽의 선비들을 불러들여야 한다는 건가."

"그건 당신들이 알 바고."

"그 선비들은 아둔하지."

남자가 말했다.

"그들은 자기들이 조정에 들어앉기만 하면 세상이 좋아질 거라 떠들어대지. 하나 정말 그럴 것 같나? 그들은 조금만 수틀려도 밤낮 자기들끼리 싸울 거네. 트집 하나 잡아 싸우고 트집 두 개 잡아 원수가 될 테지. 이리 갈리고 저리 갈려 자기들 이전투구에 정신이 팔려 나라는 뒷전이 될 터이지. 그들은 그렇게 아둔한 자들이고 무능한 자들이니 결국이 나라를 파탄에 이르게 할 거네."

"그래, 그럴 거요. 언젠가는. 모든 나라가 그러하듯."

"그런데 왜 그들이 우리 대신 나라를 가져야 하는 건가? 그들은 백성도 나라도, 심지어 상감마마도 편하게 할 수 없어. 그들은 요순(堯舜)을 가지고 오는 게 아니라 난장판을 만들 거요."

채가 혀를 찼다.

"게다가 백성이 못사는 건 백성 탓이기도 하지. 잘사는 자가 있으면 못사는 자도 있소. 예로부터 이 조선 땅의 백성은 게으르고 아둔한데 식탐이 많아 식량을 아낄 줄 모르고 부지런히 일을 하지 않고 항상 술과 놀이판을 벌이려만 하오. 분에 넘치는 낭비를 할 뿐 요령있게 재물을 모을 줄도 모르니 항상 가난하지. 세금은 이 땅에 살고 있으니 내야 하는 거고, 고리채를 쓰고 빚을 지는 것은 그들이 어리석고 방탕하여 주제넘게 빚을 내어 그런 것. 나라의 국법을 어기고 도주하는 것은 엄히 다스려야 할 일이니 나라에서 자비를 베

풀 일이 아니오. 그런 자들에게 구휼을 하여 공으로 쌀을 나
누어 주면 그들의 방탕함을 조장하는 거요."

참으로 당당하다.

하랑은 턱을 괴고 앉아 감탄하며 그 이야기를 들었다. 채
는 어이가 없어서 멍하니 그를 보았으며, 그 와중에 어른 남
자의 형상이라는 이유 하나만으로 이들을 대표해야 하는 반
여는 잠시 말을 고르는 것 같았다.

"백성이 세금을 버티지 못하고 땅을 빼앗기고, 또 빌려 땅
을 농사짓는 자들도 지대(地代)를 제대로 내지 못해 빚을 지
고, 또 공물조차 제때 내지 못해 방납(防納)을 하다 빚을 지
고 그 빚을 감당 못해 도주하고 있소."

"나라의 은덕을 받아먹고 사는 처지에 공물을 제때 준비
하지 않는 것 역시 죄요. 세금은 항상 정해져 있는데 그걸
왜 준비 못하는 거요. 나는 그걸 더 이해 못하겠군."

"마련할 수 없는 것을 마련하라 하는 것은 문제이지 않소.
전복이 나지 않는 곳에서 전복을 내놓으라고 하고, 그 전복
값을 원래의 가격보다 갑절씩 불러 방납을 해주니 버틸 수
있겠소."

"누가 미리 준비하지 말라 했소. 부지런하면 다 준비가 되
오. 자기들이 아둔하여 그리되는 것을. 그리고 그 죄가 없다
하면 아마도 그들은 전생의 업이 쌓여서 현생에서 고생을
하는 걸 거요."

"선비가 석씨의 말을 인용하나."

채가 빈정댄다.

"가질 것을 가지는 거요, 주는 것을 주는 거요. 바치니 받는 것이요, 받았으니 우리 역시 주는 것. 우리에게는 그럴 힘이 있고 권리도 있소. 억울하면 힘을 키우고 기회를 봐야 하는 것 아닌가. 그들에게는 충분히 그럴 수 있소. 그들이 지고, 그들이 어리석어, 그래서 우리 손에 죽고 빼앗기는 거야."

"그러면 왜 두려워하시오?"

반여가 말했다.

"뭐?"

"그리 당당하다면 무엇이 그리 두려운 건가. 두려워하지도 말아야지. 그대의 뜻이 옳다면 옳다고 생각하고 가시오. 그런데 왜 그대 얼굴에는 두려움이 차 있는 건가."

"그……."

"우리는 그대의 힘이 되어줄 수 없소. 우리는 이미 세상에서 죽은 자들이요."

명헌이 가까이 들으려고 더 고개를 숙였다. 그런데 반여는 명헌에게 눈길도 주지 않는다.

남자가 말했다.

"우리는 당신들 도당을 죄다 도륙 낼 수도 있어. 아무리 귀신이라 하나 그래도 이 조선 땅에서는 임금의 아래요."

"겁박하시는 건가?"

"거래를 하자는 거지."

“그렇다면 해보시오. 우리를 도륙 낼 방법이 있기는 한지 모르겠소.”

하랑이 말했다.

“하지만 우리를 도륙 내기 전에 할 일이 있어.”

채가 마지막으로 말했다.

“꺼져.”

남자의 단정한 얼굴이 굳으며 그 눈길이 주변을 훑었다. 그러다 문희를 발견하고 그 옆의 명헌도 보았다. 명헌이 문희의 팔을 잡았다.

“이만 가자.”

문희는 명헌의 팔에 기댔다.

명헌은 재빨리 자리를 떴다.

그 기이한 저택을 나서고 반여의 집으로 돌아오며, 이 집이 반여의 집이라기보다는 반여의 별저라 해도 될 곳이란 사실을 깨달았다. 그 집이 진짜 반여의 집이고 문희가 사는 곳은 반여가 들르는 곳일 뿐이다. 문희는 그 정도 처지인 것이다.

반여는 밤늦게 돌아왔다. 그리고 그가 다시 문희의 별채로 온 것은 며칠이나 지난 뒤였다.

“죄송합니다.”

반여가 문희의 손을 잡았다.

문희는 깜짝 놀라며 가슴이 두근댔다. 반여는 그녀의 손을 얼굴 가까이 가져갔다. 문희는 눈을 감았다. 반여의 입술이 손에 닿았다. 문희는 손을 당기고 도망치고 싶었다. 심장이 쿵쾅거렸다. 온몸에 열기가 돌았다. 동시에 반여의 이가 손끝을 뚫었다. 붉은 핏방울이 솟아올랐다. 그 손끝을 반여의 혀가 훑었다. 서늘한데 손끝에서부터 화끈해진다. 달콤하고 뜨겁다. 몸이 달아오른다.

반여는 문희의 손을 놓았다. 문희는 손을 움츠리며 반여를 보았다. 반여는 눈을 지그시 감았다가 가만히 떴다. 검은 눈이 문희를 물끄러미 본다. 그리고 무언가를 기다렸다.

문희는 손을 움츠린 채로 가만히 있었다. 잠시 뒤, 반여가 한숨을 내쉬었다. 안도하는 것으로 보였다.

"나리?"

"집을 나간 것은 그것대로 벌할 터이니 너는 너대로 할 일이 있다. 되도록 내 부탁을 받아들여 주었으면 하는구나."

문희는 크게 혼나지 않은 것에 감사했다.

"말씀하십시오."

"명헌에게 먼저 말했다. 명헌과 혼인하는 것이 어떠하냐?"

문희의 눈이 커졌다.

"처음부터 둘을 짝지어주려 했다."

"하지만 도련님과 저는 신분이 하늘과 땅처럼 차이가 납니다. 제가 어찌 언감생심! 그분은 반가 댁 장남이시고 저는 천인의 딸입니다."

"내 앞에서는 그 어떤 차이도 무용하다. 마음에 들고 서로 맞는다면 너희 둘이 짝이 되는 데 무엇이 문제 되겠느냐.
자, 어찌 생각하느냐?"

문희는 아무 답도 못했다. 명헌이 뭐라 답했는지 모르기
때문이다.

"천천히 생각해 보거라. 긍정적이면 좋겠구나."

반여는 달콤하게 말했다.

들어주어라. 내 부탁이니.

그리 말하는 것이다.

순간, 분노가 치밀었다.

문희는 명헌이 좋다고 하면 문희 자신이 선택할 여지가
없다는 것을 깨달았다. 당신의 부탁이니 들어드려야지요.
당신이 명하시니 복종해야지요. 그러나 문희의 가슴에서는
서러움이 솟아 나왔다. 몸과 마음이 슬픔에 젖어, 젖은 종이
가 찢기듯 힘없이 망가진다. 이 사내는 문희의 마음을 훤히
알고 있다. 빈 궤짝 안을 들여다보듯 훤히 안다. 그럼에도
이리 말하고 있는 것이다. 마음이 그의 것이니 그의 명령을
들으라는 것이다. 항상 그 마음을 간직한 채로 혼인하라는
것이다. 그리고 혼인한 뒤에도 그 마음을 거두지 말라 한다.
또 반여는 분명 필요하다면 모든 일을 할 것이다. 명헌과 혼
인할 터이니 그전에 품어달라 하면 그것도 해줄 것이다.

그리고 며칠 뒤에 명헌이 사라졌다.

반여의 분노는 보지 않아도 느껴졌다. 명헌의 집에 무슨

일인가 생겼다고만 어깨 너머로 들었다. 문희 때문에 벌어진 일은 아니지만, 그래도 문희는 이것으로 명헌의 답을 들었다 생각했다.

명헌을 오라버니처럼 좋아해도 남자로 생각해 본 적이 없어 다행이다 싶었다. 반여가 당장 명헌을 찾아가겠다고 했을 때도 다행이다 싶었다. 둘 다 눈앞에 보이지 않는 것에 안심이 되었다. 하지만 반여는 아주 극심하게 분노하고 있다. 그건 무서웠다. 그러니 어서 명헌이 그의 앞으로 돌아와야 한다.

잠들자. 그래, 잠들자. 문희는 어린 시절 이후 오랜만에 깊은 잠으로 파고들어 갔다.

정신이 들면 항상 앞에 문희가 있는 그 꿈을 향해 들어간다. 그러면 세상에 문희가 둘이요, 그래서 혼자가 아니었으며, 아무도 문희를 보지 못하니 문희는 문희도 아니었다. 그렇게 문희는 명헌을 찾기 시작했다.

자, 이제 내가 그를 찾아야 한다. 어서 찾아야 한다.

그를 찾아야 한다.

반여는 지금 엄청나게 화가 나 있다.

그러니 빨리 돌아와서 용서를 빌어.

하지만 결국 찾지 못하고 돌아와 정신이 들었다.

문희는 뜰에 앉아 있다. 꽃이 모두 시들었다. 다른 꽃이 필 때가 오겠지.

누군가가 문희의 입을 틀어막았다. 반항하자 바닥에 내동댕이쳐지고 주먹으로 맞았다. 울부짖으려 하자 등으로 발길질이 왔다. 노리개가 떨어져 나가고 옷이 찢겼다. 그리고 새카맣게 꺼진다.

우은은 꿈에서 깨어났다.

반여가 앉아 있던 채광창 옆은 비어 있었다. 우은은 일어나 앉았다.

아무도 없다.

우은은 채광창 너머를 보았다. 해가 뜨는 듯 푸른 쪽빛 하늘 아래로 금빛이 차오르고 있다.

우은은 멍하니 꿈을 생각했다. 명헌이 사라진 것은 자기 집 소식을 들어서였을 것이다. 그런데 그 난폭한 짓을 당하는 광경은 뭐지? 그리고 분명 반여와 기억이 섞인다 했는데 반여는 문희가 어찌 되었는지 모른다. 조금 전의 기억은 분명히 반여가 명헌을 찾아 떠나며 집을 비웠을 때의 문희의 기억이다.

왜 거기까지 보이는 거지? 우은은 그녀의 옆을 지키는 그림자를 보았다.

"너는 아니?"

하지만 그림자는 아무 말도 할 수 없다.

우은은 반여와 채, 하랑과 만났던 벼슬아치를 떠올렸다. 그자와 연관이 있는 걸까.

그런데 우은은 명헌을 이해하기 어려웠다. 아무리 집을

망친 것이 혈귀라 하지만 반여는 책임이 없다.

도와달라 하면 도와주지 않을 반여가 아닌데, 왜 그렇게 극단적인 짓을 한 걸까.

물론 명헌이 신중하지 못한 성격이란 건 알고 있지만, 그건 신중 이전에 기본적인 판단력 문제가 아닌가.

아!

우은은 주먹을 쥐었다.

분명 문희는 누군가에게 끌려갔다. 그 어리고 예쁜 소녀가 끌려갔으니 굉장한 수모를 당하고 있을지도 모른다. 그때문에 명헌이 문희를 붙잡은 자들의 말을 들어줘야 하는 것 같다. 하지만 반여는 문희에게 왜 아무 생각이 없는 걸까. 수양딸 삼아 데리고 와 그리 소중하게 돌보아 왔는데, 정작 반여는 문희가 어떻게 되든 관심도 없다.

아, 맙소사!

자신이 한심해진다. 그는 정말 문희에게 큰 관심도 없었고, 어떻게 되든 아프지도 걱정되지도 않았던 것이다. 그는 그런 사람이지. 아무렴.

우은은 눈을 감았다.

잠은 오지 않지만, 현기증은 남아 있다. 혈귀의 독도 그 오랜 비상의 독은 해독하지 못했나 보다. 아직도 아프니 우재가 안쓰럽게 느껴진다. 내가 어리석어 너를 이 고통을 백겹으로 쌓은 고통 속에 죽게 했구나. 이 누이가 어리석었다. 이 누이가 조금만 현명했다면 네가 살았을 텐데. 그 그림자들이 그렇게 경고했는데도 몰랐다니, 내가 너무 어리석었구나. 내가 너를 그렇게 만들었다.

그때 못에 돌이라도 떨어진 듯 풍당 소리가 크게 들렸다. 우은은 얼른 고개를 들었다.

반여였다. 반여가 다시 돌을 집어 연못으로 던졌다.

"이제 깨었느냐."

우은은 그를 물끄러미 보았다. 소년인 양 천진하게 돌멩이 던지는 모습을 보니 그의 지난 모습이 꿈처럼 느껴진다. 정말 같은 사람이 맞나? 내 앞에서는 그냥 바보 같기만 한데. 종종 짜증도 나고.

문희의 눈에 비친 이 남자는 마음을 알아주지 않고 알려 하지도 않거니와 오히려 이용하기도 했다. 문희의 마음은 그에게 있어 문희를 이용하기 간편하게 해주었을 뿐이다. 그렇게 대했으니 문희의 눈에 이 사내는 천하의 냉혈한이었을 것이다. 얼음처럼 차고 서리처럼 시린 사내일 것이다.

우은에게는 어떠한가.

우은은 아무리 보아도 이 사내가 그리 차가워 보이지 않았다. 실없고 어딘지 빈 것 같고, 그래서 뭐가 진심인지 도통 모르겠다. 모든 게 장난 같은 사내다. 항상 희롱하고 놀리기만 할 뿐이라 밉기는 해도 서럽게 한 적은 없었다. 지금은 오히려 한량 남편과 그 아내 같은 분위기다. 우은이 문희처럼 이 사내를 연모하지 않아서일까.

"내려오너라."

"네?"

"어서."

우은은 자신의 흰 옷차림을 보았다. 속옷 차림이나 다름없다.

"이러고요?"

"어서."

우은은 주변을 살폈다.

"아무도 안 본다. 걱정 마라. 내려와."

우은은 뜰로 내려갔다. 그는 우은이 오기를 기다려 팔을 벌렸다. 우은은 그 옆으로 갔다. 회화나무가 그림자를 드리운 못은 깊고 검었다. 안에 물고기 몇 마리가 있을까. 그 위로 낙엽이 떨어지며 수면 위의 흰 달빛을 흔들었다.

"무슨 꿈을 보았느냐?"

"문희요."

"또?"

"문희 대신 저를 데려왔다면, 저와 명헌을 혼인시켜 주셨을까요?"

"아니. 절대로 아닐 거다."

"내가 아까워서요?"

우은은 웃으며 그리 말하고는 반여의 흐트러진 머리카락을 매만졌다. 보는 사람 없다고 머리도 묶지 않고 어깨 위로 드리운다. 그 머리카락이 부드러워 우은은 마치 강아지의 털을 어루만지듯 그 머리를 쓸다가 손끝에 감았다. 검고 부

드러운 머리카락이 손에 감겨오며 향내를 풍겼다. 그에게서
는 소나무 향내가 난다. 차가운 겨울 소나무 냄새가.

"말해봐요. 왜, 싫은가요?"

"아니. 너는 내 것이 아니니까 그에게 줄 수 없어."

그리고 반여는 우은의 손을 잡았다. 우은은 자신이 너무
주제넘었다는 생각이 들어 그의 머리카락을 놓았다.

"그건 그러네요. 좋아요. 만약 당신 것이 된다면?"

"네가 내 것이 된다면……."

반여는 손에 힘을 주었다. 그 안의 우은의 손은 작아 녹아
사라질 것 같았다.

"그냥 내 거지."

"시집도 안 보내줄 건가요?"

"다른 남자에게는."

❀

축시(丑時)에 가을비가 가느다랗게 내리더니, 미시(未時)
가 되자 그쳤다. 종일 하늘이 시커멓게 얼룩져 있으니, 난하
와 모연이 그 사이로 산책을 했다. 비가 내리든 말든 그들은
정답게 손잡고 뜰을 거닐었다.

우은은 창을 통해 그들을 지켜보았다. 눈꽃처럼 흰 난하
와 단정한 모연은 두 송이 꽃처럼 보였다. 참 사이 좋아 보
인다.

중양절(重陽節:음력 9월 9일)이라 아침 반상에 유자화채가 나왔다. 우은이 아직 귀신이 된 건지 사람인 건지 모른다며, 반여는 하랑을 통해 찬모를 부탁했다. 그러자 하랑이 사람을 하나 보냈다. 지난번 하랑의 집에 들렀을 때 만났던 자청이라는 여인이었다. 잘 벼린 칼날처럼 갸름하고 날카로운 용모답게 그녀는 재료를 재어 자른 듯 정확하게 같은 크기로 잘라 양념과 버무렸다. 그런 자청이 만들어온 유자화채를 들여다보니, 유자 껍질과 배를 어찌나 가늘게 썰었는지 꼭 국수 같았다.

"다음에는 제가 대접하겠습니다."

기대하지도 않았던 화채를 받고 그리 말하자, 자청이 오히려 의아해했다.

"그건 왜?"

"죄송해서 그렇습니다. 이리 얻어먹으니 불편하기 그지없습니다."

아무래도 믿을 사람이 없어 자청이 직접 온 듯했다. 그 싸늘한 얼굴과 마주하여 상을 받으니 시어머니 일 시키는 듯 불안하다.

"어차피 먹어봤자 허기만 도지는 것을. 차라리 피 한 사발을 들이켜는 것이 더 나아. 그래, 너는 먹으면 배가 차느냐?"

"네. 좀."

자청의 가느다란 눈이 우은의 입술을 보았다.

"피를 먹은 지 오래되어 나는 사람이 먹는 것을 먹으면 오히려 구역질이 치민다. 피를 머금은 날고기 정도나 좀 먹을까, 이런 화채 같은 것을 입안으로 넘기면 바로 토악질이 치밀어."

"다… 그런가요?"

우은은 옆자리에 앉은 반여를 보았다. 반여가 무언가 먹는 것을 본 적이 없다.

"다 그렇지는 않지만 나는 사람 피를 너무 많이 먹었으니 내 나이가 그다지 많지 않음에도 이리되었다. 산해진미를 먹어봤자 입에 썩은 것을 넣는 거나 진배없어. 그러니 내게 먹을 걸 줄 생각 같은 건 하지도 말아라."

그리고 그녀는 방을 나갔다.

"그럼 쥐라도 잡아 드려야 하나."

옆에서 반여가 쿨럭쿨럭 기침을 시작했다. 우은은 화채를 마시다 옆의 반여를 보았다. 반여는 그런 우은을 물끄러미 보고 있었다.

"왜 그러하십니까?"

"그냥, 때맞춰 음식을 먹는 것을 보는 것도 오랜만인 듯하구나."

우은은 화채를 내려놓았다. 화채 맑은 국물 아래 노란 유자 껍질과 흰 배에서 향긋한 냄새가 피어올랐다.

중양절, 9월 9일, 제비가 남쪽으로 날아가는 날이다. 예전에 살던 집에서는 이날에는 어르신들끼리 국화주를 돌리고 메밀로 메밀만두를 빚어 먹었다. 바구니 안에 메밀만두를 아무리 가득 쌓아도 그 수가 모자랐다. 그래도 그날은 우은도 쉴 수 있었다.

"저도 해볼까요?"

"아니. 자청이 하게 내버려 둬라. 안에 울화가 쌓이거나 불안하면 끝없이 음식을 만들어낸다. 먹지도 못할 음식이건만."

"울화요?"

"혈귀들은 여기 심장에 피 대신 울화가 쌓인단다."

그리고 반여는 자기의 가슴을 가리켰다.

"자청은 그중에서도 신경질적이다. 그녀는 혼란한 것을 두려워한다. 정해지지 않은 일, 해서는 안 되는 일이 벌어지는 것을 두려워하지. 한때 그녀는 사대부 집의 아낙이었거든. 하지만 폭군이 다 망쳤지. 채홍사(彩虹使)에게 걸려 남편이 있는 몸으로 끌려갔다. 목숨을 걸고 도망 왔지만, 그녀의 남편은 이미 재가하였고 집의 호적에서도 지워졌지. 세상에 없는 여자가 된 거야. 그 후 죽으려고 벼랑에 몸을 던졌다가 하랑이 구해주게 된 거다. 자청은 그녀를 더럽혔던 채홍사를 죽이고 그 집의 아버지, 아들, 손자까지 죄다 죽였다. 하지만 가장 큰 원수인 임금이 쫓겨났다. 그녀를 망친 자가 패망한 거야. 자청은 직접 그를 죽이겠다고 방방 뛰다 미쳤고, 그 미친 자청을 하랑이 끌어다 토굴 안에서 한 해를 가두어 간신히 고친 것이 지금이다."

“미쳐요?”

“사람 살에 이를 꽂고 직접 그 생기와 함께 마시면 미친
다. 점점 더 포악해지지. 햇빛을 점점 볼 수 없게 된다. 미치
지 않고 배가 부르려면 단 하나… 문희 같은 아이의 피를 마
시면 된다.”

“당신은 얼마나 사람을 죽였습니까?”

“많이. 나와 하랑은 전쟁도 몇 번 겪었다. 사람 죽일 일은
참 많았다.”

“다른 분은요?”

“채 말이냐?”

“네.”

“채는… 우리와 좀 다르다.”

“어떻게요?”

“우리와는 달리 전란은 겪지 않았지만, 우리보다 더한 분
노가 차 있다. 그리고 변덕도 심하지. 또 욕망도 그만큼 강
하다. 그 어떤 것도 그에게는 무용하지만, 무용하기에 욕망
하지. 보면 알 것이다. 보이고 싶지는 않지만 말이다.”

“저기, 그럼 송도로는 언제 가실 겁니까?”

“좀 놔두어야 할 것 같구나. 나올 놈이 다 나와야 잡지. 섣
불리 덤비면 죄다 풀 속으로 숨어들어 간다. 그 전에 해결해
야 할 일도 좀 있고 말이다.”

우은은 송도의 집을 떠올렸다. 흐드러지게 핀 꽃, 향을 뿜
어내는 향나무와 소나무, 단단한 나무 둥치를 세운 오동나

무, 여기와 비슷하다.

그곳에 명헌도 살았지.

명헌.

우은은 지금 이 집의 어딘가에 갇혀 있을 명헌을 생각했다. 명헌이 여기로 잡혀온 후로는 본 적이 없다.

옆에 항상 반여가 붙어 있으니 우은은 명헌이 있다는 것을 알아도 들여다볼 수는 없었다. 간절히 보고 싶은 정도는 아니라도, 얼굴을 보고 눈을 들여다보고 싶었다.

왜 또 그 생각.

우은은 고개를 숙였다. 그렇게 화가 났었는데, 이렇게 손바닥 뒤집듯 변했다는 것이 우스웠다.

"좀 걸어보겠느냐."

"네?"

반여가 손을 내밀었다.

"저 속에 소금을 치며 쓰리게 하는 기러기 같은 부부가 제 방으로 들어갔지 않느냐. 이제 나도 눈이 덜 시려하며 돌아다닐 수 있지."

그러고 보니 난하와 모연이 사라지고 없었다.

"샘내십니까?"

"백 년 넘게 저 꼴을 보면서도 볼 때마다 눈에 초를 친 듯 아리단다."

"그럼 왜 곁에 두십니까?"

"난하를 잡아다 놓으면 저 부인도 같이 따라오니 그렇지.

자, 오너라. 나도 걸어보자.”

“왜 걸어보고 싶어하십니까?”

“이제 이곳은 네 집이기도 하다. 그러니 좀 보아두어야
지.”

“저를 위해서란 건가요?”

“길 잃고 울지 말고 미리미리 알아둬. 내가 외출이라도 하
면 어쩌려 그러느냐.”

우은은 이 남자가 떠나면 문지방을 넘어 도망가 버리고
싶었다. 혈귀든 호군이든 간에 모두 버리고 도망치고 싶었
다. 하지만 그런 만큼 이 남자 없이 지내는 것도 두려웠다.

“저는 아무것도 모르고 싶어요. 무엇이 있는지, 무엇을
해야 하는지.”

“무서워하는구나. 그래, 자, 이리 와보거라.”

우은은 반여가 이끄는 대로 대청마루 끝으로 갔다. 그리
고 반여가 내미는 운혜를 물끄러미 보았다. 반여가 재촉했
다. 발을 내밀자 반여가 신을 신겨주고 손을 잡아 뜰로 이끌
었다. 비는 그쳐 차가운 바람만 감돌았다.

“물어보고 싶은 것이 있으면 물어보거라.”

허락을 받으니 당장 생각나지 않았다. 가만히 서 있기만
하자 반여가 재촉했다.

“어서.”

“당신과 제 관계는 대체 무엇입니까? 아버지와 딸이라 하
는 건 농이라 생각하렵니다. 대체 무엇입니까? 자꾸 혈속이

라 하는데."

"피로 나누어진 관계다. 남매도 부모자식도 우리만큼 가깝지는 못할 거다."

"우리는 만난 지 한 달도 안 되었다고요."

"하지만 지난 십여 년보다 더 많은 일이 있지 않았느냐. 다른 생이 되었지. 같이 걸어가면 언제나 같이 걸어가지만 남겨두고 걸어가면 멀어진다."

"이상합니다. 그런 이유로 인연이 생긴다는 것이."

"싫으냐?"

"아뇨. 너무 허술하다고요. 그저 피를 먹고, 먹게 했다는 이유만으로 이리해 주시는 것이. 고작 그 이유만이라면 다른 작은 이유로도 이 인연은 끊어질 것 같네요."

"너무 깊이 생각하는구나. 그저 몸이 편하면 편하게 지내고, 입이 즐거우면 즐거워하고, 보기 어여쁘면 어여뻐하여라."

"제 것이 아니면 쉽게 사라지는 것입니다. 아니, 제 것이어도 사라집니다. 그 돌 부적이 없었다면 명헌은 제게 오지도 않았을 테고 당신도 오지 않았을 걸요. 명헌이 당신 앞에 저를 놓고 가지 않았다면 당신과 제 인연은 숲에서 끝났을 것입니다. 고작 그런 인연이 피를 나눈 형제와 어린 시절을 나눈 동무보다 더 깊은 인연이 된다는 것이 제게는 농으로밖에는 들리지 않습니다."

자기도 모르게 눈물이 볼을 타고 흘러내렸다. 왜 당연한 말을 하는데 이리 슬픈 걸까. 반여의 서늘한 손이 볼에 닿았다. 그 손끝에 눈물방울이 맺혔다.

"그래서……."

그런데 계속 눈물이 나왔다. 투명한 눈물방울은 계속 반여의 서늘한 손 위로 흘러내렸다.

"따뜻하구나, 네 눈물은."

"전……."

"이런 눈물을 잊은 지 오래되었구나."

우은은 고개를 돌렸다. 눈물은 옷섶에 떨어졌다.

"왜 내 말을 못 믿는 게냐."

"그야……."

우은은 잠시 말을 골라야 했다. 반여는 흥미진진하다는 눈으로 우은을 보고 있었다. 이 키 큰 남자 앞에 우은은 그저 작고 가는 병아리에 불과했다.

"말해보거라. 왜 나를 못 믿겠다는 거냐?"

"헤퍼 보입니다."

"……."

"아무 여인네나 덥석덥석 물다가 죽지 않고 살아남아 저처럼 되면 그리 어르실 것 같습니다. 보세요. 문희의 피도 먹어보았으니 이제 그녀도 당신 혈속입니까? 네? 그런데, 대체 왜 그 아이는 챙기지 않아요?"

"……."

"그러니 못 믿습니다. 그런 갈대처럼 가볍고 지푸라기처럼 하찮은 이유라면 너무 싫습니다.”

순간 가슴 안이 확 타오르며 수치심이 치밀었다. 이게 무슨 말이란 말인가. 누가 봐도 기녀가 서방에게 투정부리는 것이다.

“그래서 당신도 싫어요.”

“정말 싫은 거냐?”

“네. 정말 미워요.”

목소리는 이상하게도 잔잔하고 담담했다. 우은은 자신의 목소리에 자신이 감탄했다. 이제 익숙해지는 거냐.

“자, 이리 오거라.”

반여가 잡아끌었다. 발에 닿는 풀은 축축하게 젖어 있었다. 치마 끝으로 빗물이 배어들었다. 나뭇잎 끝에 맺힌 빗방울이 치마와 저고리로 떨어졌다.

“모든 인연이 그러하다, 우은아. 나도 모르고 너도 모른다. 누구와 어떤 인연을 맺게 될지. 하늘이 정하는 것도 아니고 땅이 이끄는 것도 아니다. 그 자리에 서 있는 사람만이 아는 것이다.”

그리고 우은의 볼에 아직 맺힌 눈물을 마저 닦았다.

“그러니 소중한 인연을, 귀중한 인연을 놓치면 안 되는 거다. 언제라도 맺어지지만 언제라도 끊어질 수 있는 것이 바로 그 인연이란다. 그때마다 소중한 것이 인연인 법이다.”

반여는 우은의 두 손을 모아 그 위에 입을 맞추었다. 우은의 손이 움츠러들었다. 그러자 반여의 손끝에 힘이 들어갔다. 서늘하고 단단하고 단호하게 자신의 손안에 가두어두고 입을 맞춘다. 입안이 말라가는 것 같다. 가슴 깊은 곳에 부드러운 날개를 가진 새가 퍼덕이는 것 같다.

어느 여자에게든 이랬을까. 온갖 생각이 든다. 그러니 자신이 과연 이 사내에게 어떤 존재인지 궁금해진다. 소중한 걸까. 아무것도 아닌 걸까. 중요한 걸까. 스치는 것뿐일까.

벌써 배신을 두려워하는 걸까. 믿지도 않으면서.

우은은 자기도 모르게 웃었고, 그 웃음을 본 반여의 눈이 우은을 뚫을 듯 바라본다.

"왜요?"

반여는 우은의 손을 놓았다.

모든 장난이, 모든 바람이, 모든 반짝거림이 일시에 꺼지고 차게 식어간다.

"그리 웃지 말거라."

"왜요?"

"보기 싫구나."

"왜요?"

"너무 하얗고 시리구나. 새벽 서리처럼."

이건 진담이었다.

第九章
남색으로 날카롭게

고유연

우은은 모연에게 비단과 오색 실을 얻어 수를 놓았다. 마음이 엉키면 자신을 달래기 위해 바늘을 놀리곤 했다. 그러나 우은이 생각하기에 자신은 대단한 솜씨는 없어 보였다. 숙모도 항상 잔소리를 했다. 땀이 비뚤어졌다, 수놓는 올이 흐트러졌다 등등.

재주가 없는 것이 싫다. 시를 짓는 솜씨가 있으면 좋을 테고, 노래를 잘 부르면 좋겠고, 몸이 가벼워 춤을 잘 추어도 좋을 것 같았다. 머리가 좋아 사서삼경을 사내아이보다 잘 읽으면 좋겠다는 생각도 했다. 그런데 우은에게 주어진 최선은 언문으로 된 책을 읽고 기억하는 것뿐, 그리고 그 이야기를 생각하고 생각하며 비단, 무명, 삼베 위에 한 땀 한 땀

바늘을 밀어 넣는 것뿐이었다.

계집아이가 해도 되는 일은 몇 개 되지 않는데, 해야 하는 일은 많았다. 그중에 수를 놓고 바느질을 하는 것도 포함되어 있었다. 우은은 한 땀 한 땀에 슬픔과 서러움을 담아 바늘을 놀렸다.

"남편 분은 어디 갔나요?"

난하가 며칠 동안 보이지 않는 것 같아 우은은 옆에서 귀주머니를 만드는 모연에게 물었다.

"일이 있어서 나갔어."

모연이 귀주머니에 넣은 무늬는 나비와 모란이었다. 촘촘하고 세심하게 만든 그 물건은 우은은 꿈도 못 꿀 솜씨였다. 얼마나 단련하면 이 정도로 만들어낼 수 있을까. 우은은 모연이 부러웠다. 우은도 이리 대단한 솜씨를 가지고 있으면 참 좋겠다.

"훌륭하네요."

"네가 만든 것도 예뻐."

"제 솜씨는 정말 별거 아닌 걸요. 보세요. 여기 놓으니 꼭 어린애가 만들어놓은 것 같네요."

모연이 절대로 아니라며 웃었다. 이렇게 잘 만들어놓고 엄살피운다는 표정이니 진심이다. 이 여인은 자기가 못하고 잘한 건 알아도 아무래도 남이 잘하고 못한 건 전혀 모르는 것 같다.

다시 모연이 바느질에 몰두하여 조용해지자, 우은은 바늘을 멈추고 창 너머를 보았다. 모연은 조용한 여인이라 같이 있으나 없으나 이야기하는 것이 없기는 매한가지라 좋았다.

가을비가 내린 뒤 낙엽은 더 붉어지고 바람도 무척 차가워졌다. 금방이라도 모두 떨어지고 그 앙상한 나뭇가지 위로 눈이 흩어질 것 같았다.

우은은 뜰에 누군가가 서 있는 것을 보았다. 노랗게 흩어지는 은행잎 사이로 선명한 붉은 치마가 보인다.

"밖에 누가 있는 것 같아요."

"응?"

모연이 돌아보았지만, 그녀는 아무것도 보지 못한 것 같았다. 그런데 분명 붉은 치마에 노란 저고리를 입은 소녀가 보였었다.

하랑인가. 장미(薔薇)처럼 어여쁘지만, 입안에 흰 가시가 돋아 있는 그 소녀는 반여의 말로는 백번도 넘게 노파가 될 나이라지만(그리고 그리 말하는 반여 역시 아흔아홉 번 정도 할아범이 될 나이고) 옷은 보이는 나이로 입었다. 피처럼 붉은 치마에 샛노란 저고리다. 자청이 얼어붙은 듯 보이고 모연이 말라붙은 듯 보인다면 하랑은 온몸이 피에 흠뻑 젖은 듯 보인다. 자청과 모연이 인생을 버린 자라면, 그녀는 인생을 먹어치우는 자로 보인다.

아는 혈귀 여인은 그리 셋뿐이지만, 우은은 다른 혈귀 여인들은 어떠한지 궁금했다. 예전에 태어난 자들일 터이니, 사람 사이의 규범도 다를지도 모른다. 그들이 태어나고 살던 시대의 여인들은 지금과 달랐을 것이다.

다시 그 붉은 치마가 보였다. 얼굴이 보일 듯 말 듯한 거리에 서서 얼쩡얼쩡 기웃댄다. 우은은 모연에게 물었다.

"저기, 혹시 하랑이 오늘 오기로 했나요?"

"오기로 하든 가기로 하든 자기 마음대로 하는 분이지만, 오늘 온다는 말은 없었는데, 왜?"

우은은 바느질거리를 놓고 일어났다.

"잠시 나갔다 올게요."

"왜 그러니?"

"볼 것이 있어서요."

모연은 그러렴, 하고 말하고는 다시 바느질에 집중했다.

우은은 연못가로 다가갔다. 검은 연못 아래로 붉은 물고기가 헤엄쳐 다가왔다. 그 위로 노란 저고리가 비쳤다.

우은은 얼른 다리 위를 보았다. 구름다리 위에 소녀가 앉아 있었다.

"누구예요?"

우은이 묻자 소녀는 답하는 대신 다가왔다. 다가오는 걸음걸음이 너무 가벼워 꽃잎이 날리는 것 같다. 촉촉하고 큰 눈에 얼굴은 희었다. 난초처럼 예쁜 소녀였다. 나이는 우은보다는 두어 살 어려 보인다. 열다섯이나 여섯 정도 될까. 눈이 무구하게 반짝여 너무 귀여웠다. 소녀가 우은의 손을 향해 손가락을 뻗더니 살짝 건드렸다.

"손이 따뜻해요. 혈귀가 아니군요."

소녀의 손도 서늘했지만 그건 반여나 모연, 자청의 시린 냉기와는 달리 바람처럼 가벼운 서늘함이었다.

"누구인데 여기 있는 거죠?"

"그보다 아씨는 인간인데 어찌 여기 계시는 겁니까?"

그야 설익어서 나도 내가 사람인지 귀신인지 모릅니다, 라고 말하고 싶었지만 어쩌겠는가. 이 소녀를 겁주고 싶지 않았다.

"사정이 있어요."

할 말은 그것뿐이었다.

"그럼 아씨, 쇤네를 좀 도와주십시오."

"무슨 일인데요?"

"쇤네 이름은 문희라고 합니다."

우은은 다시 문희를 보았다.

"문희?"

"네. 이문희라고 합니다, 아씨."

"문희… 라고요?"

가슴이 덜컥댔다. 놀라움에 팔다리가 굳었다. 당혹스럽기도 했다. 이 아이가 대체 어떻게 여기에 있는 거지? 그것도 이렇게 붉고 노란 옷을 입고 곱게 앉아.

"저에 대해 아십니까?"

"글쎄요. 안다고 해야 할지 모른다고 해야 할지."

문희의 눈으로 보았던지라 문희의 얼굴은 몰랐다.

물론 그 꿈이 끝나기 직전에 이상하게도 문희의 얼굴을

보고 있는 자신을 본 적이 있기는 하다. 스치듯 본 것이라 거의 기억나지 않았지만, 이제 보니 그 얼굴 같기도 하다.

우은은 두근거려 오는 것을 느끼며 말했다.

"어떻게 온 거죠?"

"젊은이를 찾습니다."

우은은 가슴이 삐거덕대는 것 같았다. 혀 안쪽이 조용히 말라간다.

반여가 그랬다. 문희는 없어졌다고. 그런데 이 아이는 어떻게 여기에 있는 거지? 몰래 도망쳐 여기로 온 걸까? 그렇다면 누구를 찾는 거지? 아무리 보아도 자신의 정체를 일부러 숨기며 우은에게 접근하는 것이다. 아직 이름은 말하지 않았으나, 찾는 사람은 분명 명헌이다.

"젊은이요?"

"이름은 명헌이라 합니다. 이 안으로 들어가야 하는데, 들어가지 못하고 여기 배회하고 있습니다. 그를 구해야 해요. 이대로 내버려 두면 늙어 죽을 때까지 갇혀 있을 겁니다. 저 때문에 그리 만들 수는 없습니다."

네 탓이 아니라 걔가 바보짓을 해서 잡혔다는 생각이 들었다. 적어도 해치거나 죽이지 않으니 그것만도 다행이라고 생각했다. 일단 명헌은 반여를 정말 위험하게 했다. 용서받을 수 없거니와, 우은이 용서해 달라 청할 주제도 되지 못했다.

문희가 우은의 얼굴을 살피며 조심스럽게 물었다.

"아씨, 이곳이 어디인지 아시나요?"

"네."

"그래도 아직 다치지도 않으신 걸로 보아 괜찮으신 듯합니다."

"어째서요?"

"혈귀는 인간을 잡아두고 그 피를 뽑아 마십니다. 이를 박고 마시면 가장 맛있다 하나, 한번 이를 박으면 인간이 죽는다 하여 잘 먹이며 칼로 피를 뽑아 마셔요. 아씨도 언제고 그리될 겁니다. 예쁜 옷과 패물을 준다 하여 여기 계속 있다가는 고초를 당하실 겁니다."

"괜찮아요. 아무 일도 없었어요. 그리고 나는 그다지 맛난 피는 아니래요. 흔해빠진 맛이라던데요."

"왜 여기 계시는 건가요?"

"처지가 그리되어서요. 저기, 명헌을 찾는다 하셨어요?"

문희는 얼른 고개를 끄덕였다.

"도련님은 어디 계시나요?"

"몰라요."

정말 몰랐다. 어딘가에 가두어두었다는 것만을 알 뿐, 이 집 안에 있는지, 아니, 집 안에 있기는 한지도 모르겠다. 사실 이 집 안의 구조도 잘 모른다. 너무나 복잡하다.

"혈귀가 무섭다 하면서 댁은 왜 여기로 온 거죠? 물리고 찢길 수 있는데, 왜 왔어요."

문희의 얼굴이 더욱 해쓱해졌다. 무언가를 '기억하는' 눈빛이었다. 우은은 소녀의 팔을 잡았다. 소녀는 여전히 굳어 있었다.

"얼굴이 왜 그래요? 혹시 방금 전에 말한 그대로… 당한 적 있어요?"

문희의 얼굴에 공포가 어렸다.

"누가 그랬어요?"

일순, 반여에게 물리던 그때가 눈앞을 스쳐 지나갔다. 공포, 절망, 분노와 증오가 치밀어 올라 몸이 펄펄 끓어올랐다. 그때만 생각하면 주먹에 힘이 들어가고 턱이 아려온다. 잊고 싶어도 잊히지 않는다. 그리고 외로워진다. 이리되는구나, 내가 여기까지구나 하는 생각에 슬프고 외로웠다. 다만 어차피 극독을 먹어 몸이 기진해 있었으니 반여는 상대적으로 죄가 작다 여기고 용서하기로 했다.

"후……."

문희의 입술이 떨렸다.

"후? 무슨 후요?"

담벼락 위에서 기왓장 깨지는 소리가 났다. 기와 조각이 튀었다. 우은은 얼른 손을 놓고 돌아섰다. 지붕 위에서 기왓장이 탁하고 날아오르더니 우은을 향해 날아왔다. 우은은 피하며 문희를 찾았다. 기왓장이 발 옆에 깨졌다. 문희는 사라지고 없었다. 그 치마 차림으로 이렇게 빨리 사라지다니 놀랍다. 가만있자, 저 아이도 물린 걸까. 물렸다 살아남으려면 혈귀가 되는 것뿐이라던데. 아니다. 반여에게 물렸는데 저 아이는 그대로였다. 저 아이는 물려도 계속 사람으로 남아 있을 수 있었다. 가만있자, 예전에 명헌의 동생도 그런 몸이었다 하지 않던가.

우은은 치맛자락을 잡고 움직였다. 누구에게 가야 하나. 생각나는 것은 반여뿐이다. 하나에서 열까지 반여에게 의지하는 자신이 부끄러웠지만, 그럴 수밖에 없다.

순간 목덜미가 잡히더니 몸이 붕 떠올랐다가 바닥에 내동댕이쳐졌다. 우은은 몸을 일으켰다. 그때 우은의 눈에 초승달처럼 희게 빛나는 송곳니가 보였다. 그 이가 우은의 목에 박히려 했다.

퍽, 하는 엄청난 소리가 났다. 바위를 걷어차거나 나무가 통째로 무너지는 듯 굉장히 묵직한 소리였다. 우은은 일어났다. 긁힌 턱과 목에서 피가 나오다 금방 멎었다. 앞에는 머리를 맞고 나동그라진 소년이 엎드려 있었다.

"남의 집에 허락받지도 않고 들어와 아무거나 집어 먹으면 안 된다는 거, 엄마가 가르쳐 주지 않던가?"

반여가 그렇게 말하며 소년을 달랑 집어 들었다. 고작 열서넛 정도로 보여 커다란 반여에 비하면 정말 그의 아들인 듯 작았다. 반여는 소년을 흔들며 말했다.

"어이, 채. 답해봐."

"닥쳐!"

그러며 발길질이 날아왔으나 반여는 팔을 앞으로 뻗으며 그 공격권에서 벗어났다. 소년의 몸이 늘어졌다.

우은은 반여를 보았다.

"누구예요?"

"내 오랜 벗이다. 서로 골병 나게 만드는 사이지. 평양의 공후 채다."

그리고 바닥에 툭 떨어뜨렸다. 복건이 거의 떨어질 뻔했다. 채는 복건을 당겨 제대로 썼다. 벗이라 하지만 우은이 보기에 반상 놓고 다과 얹은 다음 오늘의 날씨에 대해 이야기할 사이로는 보이지 않는다. 채가 우은을 쏘아보았다.

"이건 뭐냐?"

"내 혈속이다."

"이 계집애가?"

그리고 우은을 훑었다.

"그래, 인사들 해라. 우은이라고 한다. 그러니 다음부터 애한테 손대면 매우 혼난다."

"심장이 뛰잖아! 물어도 괜찮은 건가?"

우은은 움찔했다.

"아니, 아니. 문희 같은 건 아니다. 이유는 알 수 없지만 혈귀가 되는 것이 멈춘 것뿐이다. 먹으려 해봤자 안에 든 피는 혈귀와 가까워 별 맛이 없을 게다."

"그건 봐야 알 것 같은데."

그리고 우은을 향해 손을 뻗어 손목을 움켜잡았다. 반여가 그런 채의 멱살을 잡았다.

"놔라."

"싫다면?"

"놓을 때까지 맞는다."

"그냥 맞을 거라면?"

"그래, 그냥 맞아. 오랜만에 너를 시원하게 때리면 오늘 밤에 잠자리가 편안하겠다."

채가 얼른 우은의 손을 놓았다.

"들어가 있어라, 우은아. 우리 둘이서 좀 대놓고 이야기 해야 할 것 같으니."

"네."

그때 우은의 눈에 다시 문희가 보였다. 문희는 중문 너머로 우은을 보더니 금방 사라졌다. 우은은 반여를 보았다. 나뭇잎 하나 날려도 금방 눈치채는 남자가 지금 문희가 뒤에서 돌아다녀도 전혀 모른다. 이상하네.

우은은 중간 문을 넘어 별채로 갔다. 문희는 별채의 담에 붙어 있었다. 우은은 문희에게 다가가 그 손을 잡았다 .

"저는 도와줄 수 없어요."

"어째서요, 아씨?"

"그야 저는 남반여의 보호를 받는 몸이니까."

"명헌이 어찌 되든 상관없다는 말인가요?"

반여가 화날까 봐 걱정되는 건 둘째고, 첫째로 걱정되는 것은 문희의 무모함이었다. 섣불리 명헌을 구하려 하면 오히려 명헌이 위험해질 수 있다. 명헌은 반여가 보이지 않을 거라 생각했지만, 결과는 어떠한가. 반여는 명헌을 잘도 잡아 여기에 가두었다. 막무가내로 도망치면 반드시 다시 잡힌다. 반여는 그 일에 합당하게 가중치를 둘 것이다. 그래서 우선은 명헌이 어찌 되든 상관없는 입장이 되기로 했다. 그편이 명헌에게 안전했다.

"명헌은 제가 어찌 되는지 상관 안 했어요."

"아뇨. 도련님은 아씨를 구하러 왔어요. 당신을 찾으러 온 거랍니다."

"뭐라고요?"

"도련님은 아씨를 걱정했어요."

"당신, 날 알아요?"

"네, 알고 있었어요."

"그럼 조금 전에는 왜 그랬어요?"

"속이려던 건 아니에요. 하지만 아씨를 설득할 자신이 없었어요. 그래서……."

"정말 명헌이 날 구하러 여기로 온 건가요?"

"네, 참말입니다."

"그럼 밤에 몰래 데리러 오든가, 아니면 곤히 자는 것을 들고 가든가. 반여의 코앞에서 데리고 가려 하면, 내가 반여라도 일단 두어 대 때린 다음 끌고 올 걸요. 바보 같았어요. 무모했고요."

"아씨를 위해서였어요."

"나를 위해서 명헌 자신에게 해가 되도록 행동하는 건 싫어요. 그건 나를 위하는 게 아니라 자기 마음을 위한 거라고요."

"왜요?"

"자기 자신을 고통스러운 위기에 처하게 하는 것으로 마음의 괴로움을 덜면 안 되죠."

명헌이 나타난다고 반여가 '아참, 얘 네 거였지? 어서 데리고 가거라' 할 리도 없거니와, 정신이 멀쩡할 때의 우은이 명헌을 따라갈 리도 없다. 명헌이 달고 왔던 사람처럼 생긴 짐짝들이 명헌의 의지와 의도를 관철하는 데 물리적으로 도움이 될 리 없었다.

"어리석어 보였단 건 알아요. 하지만 반여님과 아씨를 해치려던 그 사람들을 데리고 간 건 도련님 뜻이 아니었어요."

"나를 구하는 것이요, 나를 '바보같이' 구하려는 거요? 뭐가 아니란 거죠?"

"도련님은 혼자 몰래 갈 생각이었어요. 아씨가 살아남았다는 것을 알고 괴로워했어요. 하지만 그 나리가 그렇게 놓아두지 않았어요. 혼자 움직여서는 안 된다고 했어요."

"나리요? 그건 누구죠?"

"그런 분이 있어요. 하여간, 그분의 수하들이 명헌을 따라가겠다고 했어요. 개성에 소문이 다 퍼졌다더라고요. 극독을 맞은 반여는 이제 사람만도 못하다고요. 또 수하들이 죄다 들고일어났다 하니 그를 도울 자도 없을 터인데, 지금 반여의 집에는 금은보화가 가득하고, 기와는 황금이고 기둥은 은이요, 주춧돌과 섬돌은 옥이라고들 했어요. 그래서 그들은 도련님을 따라나선 겁니다. 도련님도 어쩔 수 없었어요. 그러니 제발 도와줘요."

"제가 어떤 처지인지 알아보고 왔어야지요."

"실랑이할 틈이 없어요."

"아뇨. 나는 지금 당신을 설득하는 거예요. 당신을 도와줄 이유가 없어요. 그러니 가요."

문희의 얼굴이 처량해졌다. 다급해하며 안절부절못한다.

"아씨, 지금 도망치지 않으면 그는 평생 이곳에 있어야 해요. 반여는 도련님을 죽일 수도 없고 놓아줄 수도 없으니까. 그래도 좋아요?"

"명헌을 놓아주면 반여가 위험해요."

"반여의 목숨이 아씨와 무슨 상관이 있지요? 그는 이미 죽은 자이고, 그와 계속 있으면 아씨에게 좋지 않아요."

문희가 우은의 손을 잡았다. 우은은 고개를 저었다.

"싫어요."

"가만. 아씨, 누군가 와요."

별채 모퉁이로 낯선 남자가 빠르게 다가오는 것이 보였다. 놀라운 속도다. 사람인가? 아니다. 사람이라면 저렇게 거미처럼 빠를 리 없다. 그는 우은을 보자마자 달려왔다. 우은은 문희에게 가라 하려 했지만, 돌아보니 문희는 없었다.

"문희?"

남자는 빗장을 뽑고 문을 밀었다. 그 문이 열리자마자 벌통이 깨진 듯 엄청난 방울 소리가 터졌다.

우은은 귀를 막으며 뜰을 보았다. 금방 들어간 젊은 남자가 귀를 막고 엎드려 있었다. 별당 앞뜰에는 밧줄이 거미줄처럼 가득 처져 있고, 그 팽팽한 줄마다 방울이 달려 있었다. 바닥에는 재가 가득해 남자가 엎드리자 먼지가 부옇게 피어올랐다. 그때, 다른 남자가 나타나 제비가 허공을 베듯 빠르게 문 안으로 들어갔다. 그가 들어가자, 그 몸에 줄이 걸리며 방울 소리가 더 크고 요란하게 들렸다. 귀가 아플 정도로 요란했다.

"윽."

우은은 자기도 모르게 신음을 흘렸다.

사내가 단도를 휘둘러 밧줄을 끊었다. 끊어진 줄과 방울이 바닥으로 툭툭 떨어졌다. 그 사내는 별당을 향해 성큼성큼 걸어갔다. 별당은 문이 사슬로 묶이고 자물쇠가 채워져 있었다.

"반여!"

우은은 더 크게 고함을 질렀다.

"반여!"

반여는 방울 소리를 들었다. 세상을 다 흔들 듯 끝나지 않았다. 해가 뜨고 질 때까지 계속될 것 같았다. 그리고 그 안에 날카로운 목소리가 섞여 있다.

"반여!"

속에 울화가 치밀게 하는 소리다. 그의 영역에 침입자가 있다는 소리였다. 마음을 흔들고 성질을 긁어대는 소리였다. 당장에 이 방울 소리를 내는 자를 잡아 족쳐 다시는 그런 소리를 내지 못하게 만들고 싶었다. 찢어버리고 싶다. 분노하고 싶다. 증오를 터뜨리고 싶었다.

반여는 화가 치밀었다. 정말로 화가 난다.

왜 이렇게 된 거지.

명헌과 만나며 비틀어진 운명이, 애초에 없었다면 좋았을 과거가, 그 선택의 어리석음을 아는 이성이 얼어붙은 심장 아래에 들러붙어 그를 조롱하고 있다. 식은 지 오래인 피가 끓어오르는 것 같았다.

손에 잡혀 있는 채도 그 소리를 들었다. 채의 아이 얼굴에 웃음이 번졌다. 반여는 채를 던졌다. 채의 작은 몸이 날아가다 허공에서 빙글 돌더니 깃털이 내려앉듯 가볍게 들러붙었다.

반여는 그런 채를 노려보았다.

"왜 온 거냐, 채?"

"뜻이 있어서."

"언제고 네가 뜻이 없던 적이 있더냐. 가당찮은 뜻이라 문제였지."

"알면서 왜 묻는 거냐."

"입버릇이다. 너만 보면 왜, 왜, 왜 하고 묻느라 지친다. 그리고 다시 묻고 말지. 왜! 라고."

"그리고 어차피 너는 이유를 듣지도 않잖아!"

“들을 필요도 없다.”

“그럼 왜 물어?”

“너 혼자서 정리할 시간을 주는 거다. 최소 그때는 머리를 쓰겠지.”

“너!”

“따라와!”

“싫다면?”

반여는 채의 귀를 잡고 별당으로 향했다.

안다. 애초에 명헌을 데리고 있던 것이 실수다. 이 채, 오늘 복종하고 내일 배신하고, 오늘 고개를 끄덕이고 내일 비난하는 이런 변덕이 펄펄 끓는 녀석이 평양에 들어앉아 있을 때, 아니, 애초에 그런 족속들이 득실득실한 북쪽 땅에 명헌을 데리고 있었던 것이 실수다.

하지만 명백한 실수임을 알고도 거두어들인 건 명헌뿐만이 아니었다. 벌써 두 번째 실수이지만, 실수라는 것을 알아도 둘 다 처리하지 못하고 있다. 마지막 순간만 되면 손을 거두게 하는 지긋지긋한 미련이 문제다.

담 너머로 그림자들이 휙휙 지나갔다.

“또 수하들 데리고 온 거냐?”

반여는 채의 귀를 흔들며 물었다.

“왜, 안 되냐?”

“말을 하면 좀 들어라. 데리고 오지 말라고 했잖아.”

“그렇게 당하고도 지킬 거라 기대하냐? 멍청이 같으니.”

"그래, 내가 멍청하긴 하다. 네가 내가 생각한 것보다 더 멍청하다는 것을 항상 잊으니."

"내가 대체 언제 멍청한 짓을 했다고 그러는 거야? 증거라도 있어?"

"시간 나면 이야기해 주마. 하도 많아서. 물론 네놈에게 이야기해도 금방 다 까먹을 테지만."

"알았으니 귀 좀 놔줘."

"따라올 거냐?"

"네."

반여는 손을 놓고 주변을 둘러보았다.

약속된 기한 외에 수하들을 데리고 남의 영토로 오는 것은 금지 사항이다. 어지간하면 지켜줘야 큰 소리가 나지 않는다. 혈귀들은 인간을 초월하는 능력을 갖추었건만 인간보다 훨씬 더 큰 제약이 있으니 혈귀들끼리 죽일 수 없다는 것이다. 그다음 큰 제약은 늘어나는 속도가 아주 제한적이라는 것이다. 이를 들이대며 물어보았자 혈귀로 다시 살아나는 인간은 극히 적다. 그리고 대체로 마음에 안 드는 놈만 골라서 혈귀가 된다. 아무나 물고 다녀 걸귀로 만들면 전쟁이 없을 때는 사람들의 눈이 촘촘해서 금방 눈에 뜨인다. 그러니 평화가 계속될수록 하지 말아야 할 일은 많아지고 규칙도 제약도 늘어난다. 물론 혈귀들은 더럽게 말을 안 듣지만 하랑과 반여는 각자의 방식으로 혈귀들을 단속했다. 아무리 어리석은 동족이라도 내버려 두어 공멸하고 싶지는 않았다.

그런데 채는 아니었다. 채는 항상 강제로 혈귀들을 다스리고 복종시켜 그들을 이용하여 문제를 일으키고 사고를 치고 해결은 하지 않았다. 채는 계집애처럼 예쁘장한 얼굴과는 달리 태생이 반골에 흉포하다. 가장 놀라운 건 이 포악한 녀석이 하랑과 반여보다 평화로운, 아니, 비할 바 없이 평화로운 시절에 태어났다는 것이다. 그 탓인지 고통에 대한 내성이 없어 그가 살아 있을 때 겪은 고통에 대한 분노가 아주 크다. 항상 불행을 준비해야 하는 시대에 당하는 것과, 그를 제하고는 아무도 불행하지 않을 때 갑작스럽게 당하는 고통은 분명 다르다.

그리고 바로 그 지점에서 채의 문제가 발생하고 하랑과 반여의 골치가 시작되는 것이다. 더 골치는 채는 자기 문제를 자기 혼자 짊어지고 있는 법이 없다는 것이다. 항상 둘을 끌어들이고, 일이 끝나고 보면 혼자 아무 일도 하지 않았다.

별당에 온 반여는 손을 들었다.

"지금 저기에 있는 건 네 부하냐?"

"아니. 저놈은 아닌데."

청년이 흰 칼날을 번득이며 방울이 매인 끈을 끊고 있었다. 반여는 안으로 성큼성큼 들어갔다. 칼을 휘두르던 자는 반여를 흘끔 보더니 별당으로 바로 달려가 그 문을 묶은 사슬 사이로 검을 깊이 박아 넣었다. 자물쇠가 끊어져 바닥으로 떨어지고 문이 터지듯 뽑혀 나갔다.

반여는 문으로 가서 그 옆에 놓아둔 검을 집어 올렸다. 그 검은 반여가 가장 오래 가지고 있던 물건이다. 인간이었을 때도 가지고 있었다. 그 검은 인간의 삶과 혈귀의 삶 사이에 놓인 유일한 다리이자 흔적이다.

침입자가 입술을 올리며 반여를 돌아보았다. 명헌은 아니다. 훨씬 마르고 길다. 작고 가무잡잡한 얼굴에 눈, 코, 입이 조그마해 키 큰 계집애처럼 보인다.

"혈귀군!"

청년이 그렇게 외치며 뜰로 뛰어내렸다. 발이 바닥을 스치며 재가 피어올랐다.

반여는 검을 뒤집어 그를 향해 꽂아 넣었다. 청년은 뱀처럼 몸을 돌려 피했다. 반여의 검은 허공을 뚫었다. 하지만 청년의 몸은 금방 방울 달린 끈에 걸렸다. 방울이 울리며 청년의 몸이 통겨 나갔다. 그의 발도 바닥의 끈에 걸리며 재가 피어올랐다. 반여는 청년의 몸을 향해 검을 휘둘렀다. 청년이 몸을 뒤틀며 단도를 뽑아 검을 막고는 급히 뒤로 물러나며 주변의 끈을 끊었다. 방울 달린 끈이 떨어지며 재가 흩어졌다.

그때 풀잎이 흔들리며 퉁퉁 소리를 내기 시작했다. 비가, 늦가을의 소나기가 화살처럼 쏟아지기 시작하는 것이다. 반여의 어깨로 빗방울이 번지고, 목덜미로 물방울이 흐르고, 머리카락이 젖어갔다. 끈 위로도 방울이 지더니 아래로 뚝뚝 떨어졌다. 재가 젖으며 먼지도 가라앉았다. 청년이 반여를 향해 단도를 휘둘렀다. 이제 더 이상 그의 몸에 걸리는 끈은 없었다. 반여도 검을 휘둘렀다. 청년의 단도가 검에 맞아 날아갔다. 반여는 검을 멈추지 않고 휘둘렀다. 살이 잘리며 붉은 핏방울이 튀었다. 뜰을 덮은 회색 재 속으로 빗방울이 툭툭 내리꽂히고 그 위로 검은 핏방울이 떨어졌다.

반여는 검을 들어 침입자를 겨누었다.

마른 얼굴이 이를 드러내며 웃었다. 산발한 머리카락이 비에 젖어들어 가고 있었다. 빗방울이 흘러내리는 얼굴 위의 붉은 눈이 반여를 노려보고 있었다.

짐승의 눈이다.

"누구냐?"

"흉개."

오랑캐 같은 이름이다. 몸은 볕에 그을려 있었다. 북방에서 말을 달리며 강한 햇살과 거친 바람을 맞아온 자다. 그의 손과 등에 가죽과 쇠의 냄새가 진하게 배어 있다. 얼굴의 살의는 야생의 것이나 다름없다.

"누구 수하냐?"

"스스로 왔다."

"왜?"

"네놈을 죽이러."

"나는 너를 모른다. 모르는 놈에게도 원한 질 만큼 막살지는 않았고."

채의 수하들이 하나둘 보이기 시작했다. 반여에겐 이 청년만큼이나 명헌이 어디로 갔을지도 중요한 문제였다. 방금 이 근처에서 우은이 고함을 지르는 소리도 들었다. 근방에 있을 텐데, 둘 다 어디로 갔지. 반여는 금방 열린 문을 보았다. 순식간에 튀었다, 저 자식.

화살이 빗줄기를 뚫고 날아왔다. 혈귀 하나가 화살을 잡았다가 불덩이라도 잡은 듯 비명을 지르며 화살을 내동댕이쳤다.

닿기만 해도 저리 자지러지려면 하나밖에 없다.

"수질."

반여가 말했다.

동시에 비명을 지른 혈귀를 향해 두 번, 세 번, 네 번의 화살이 박혔다. 마지막으로 화살이 목을 꿰뚫으며 혈귀가 잿더미로 변했다. 반여가 고함을 질렀다.

"화살에 맞으면 안 된다! 피해! 건드리지도 마라!"

반여를 향해서도 화살이 날아왔다. 다음 순간 반여는 화살을 날리는 살수 뒤에 서 있었다. 살수가 고개를 돌리기도 전에 반여의 이가 박혔다. 피가 비와 섞여 턱을 타고 흘러내려 옷자락을 적셨다. 살수가 비명을 지르며 바닥으로 나동그라졌다. 화살이 반여를 향해 쏟아졌다. 반여가 사라진 자리에 그 화살이 무수히 박혔다. 다음 반여는 다른 살수의 발을 낚아챘다. 다른 화살이 날아왔지만, 반여는 그곳을 향해 살수의 몸을 던졌다. 화살은 그 살수의 등에 박혔다.

반여는 다음 침입자를 찾았다. 침입자들은 어떻게든 반여를 맞추려 했으나 이들에게 반여는 너무나 빨랐다.

"난하!"

난하가 소나무 뒤에 있다가 반여가 부르자마자 활을 쏘았다. 화살은 반여의 어깨를 스치며 침입자의 몸을 뚫었다. 쓰러지는 침입자 위로 진탕이 튀었다.

반여는 다음 살수를 찾았다. 순간 그의 목을 누군가가 휘감더니 등을 향해 주먹을 꽂았다. 엄청난 힘이었다. 반여는 그의 어깨를 잡아 앞으로 던졌다. 우둑 하며 부러지는 소리가 났다. 고통에 차 쓰러져야 하는데, 그는 개의치 않고 퉁겨 올라 반여를 향해 뛰어들었다. 반여는 그 머리를 걷어찼다. 그러나 흉개가 몸을 젖히더니 창을 날렸다.

반여는 턱을 젖혀 간신히 그 창을 피했다. 흉개는 창이 빗나가자 이를 드러냈다. 그의 등에는 창이 두 개 더 달려 있었다. 그는 다시 창을 뽑아 던지려 했다. 그런데 빗줄기 속으로 흰 이가 번득이더니 채가 모습을 드러냈다. 그는 이를 박지 않고 손을 뻗어 청년의 어깨를 움켜잡았다. 손가락이 어깨를 뚫었다. 흉개는 이번에도 고통을 아랑곳하지 않고 창을 휘둘러 채의 몸을 꿰뚫었다. 채의 몸에서 피가 후두두 떨어졌다. 창에 발린 독이 몸을 침입하자 채는 고통을 참지 못하고 고함을 질렀다.

흉개는 채의 몸에서 창을 뽑고 반여를 향해 달려갔다. 반여는 청년의 허벅지를 후려쳤다. 그 허벅지가 뒤틀리자 반여는 허리를 돌려 팔꿈치로 등을 찍어 누르고 그가 엎어지자 반대로 배를 걷어차 날렸다. 흉개의 몸이 허공에서 돌아 뒤집히자 반여는 청년의 허리를 후려쳤다. 갈비뼈가 으스러지며 흉개의 몸도 무너졌다. 반여는 그의 목을 잡고 손가락을 박아 넣었다. 피가 쏟아진다. 반여는 손을 적신 피에 혀를 댔다. 아주 쓰고 역했다.

"더러운 놈, 혈귀의 피를 먹었냐?"

흉개가 웃었다. 반여는 아무 짓도 하지 않았다. 가려면 가고 말려면 말아라. 청년은 눈을 부릅뜨고 피 범벅인 목덜미를 짓누르더니 그대로 뒤돌아 도망쳤다. 새가 날아간 듯 빨랐다.

반여는 쓰러진 채에게 갔다. 채는 이를 악물고 몸을 웅크리고 있었다. 반여는 채의 몸을 들었다. 채가 고통에 몸을 뒤틀었다.

"아파! 손대지 마!"

"다행이구나. 아파서."

반여는 아직도 혀 아래를 감도는 쓴맛이 역겨웠다. 삼키지 않은 것이 참으로 다행이다. 채가 이를 악물고 고개를 젖혔다.

"아파. 빌어먹을!"

"오지 말라고 했잖아."

마침 채의 수하가 달려왔다. 반여도 아는 자였다.

"무슨 일입니까?"

"거머리."

그리고 수하에게 채를 집어 던졌다.

"뭐든 먹여라. 단, 집 안에 있는 청년은 내 사람이니 건드리지 마라. 청지기도, 하인도 건드리지 마라! 다른 데서 구해.”

채가 다시 아프다고 고함을 질렀다.

반여는 턱을 훔치며 생각했다. 젠장, 네놈이 아프고 나도 아프다. 짜증 난다. 채의 수하는 쓰러진 사람 중 하나를 옆구리에 끼고, 어깨에는 채를 메고 갔다. 잠시 뒤 처절한 비명이 들려왔다.

반여는 그중 살아서 몸을 뒤트는 자를 향해 다가갔다. 방금 반여에게 물어뜯겼던 자다. 반여는 남자를 향해 고개를 숙였다.

“누구 수하냐?”

남자가 이를 악물었다. 반여는 그의 상처에서 흘러나오는 피를 집어 입술에 댔다. 방금 전에 문 놈이긴 하지만, 흉개의 독한 피 맛에 그 맛이 다 지워졌다.

잠시 뒤, 반여의 머리로 단정한 얼굴이 휙 스쳐 지나갔다. 아는 얼굴이다. 지난번 영의정 윤원형의 수하라 하며 찾아와 벼슬을 주고 상권을 보장할 터이니 좀 도우라 했던 바로 그자다.

반여는 비가 쏟아지는 바닥을 노려보았다. 노리개가 떨어져 있었다. 반여가 전날에 우은에게 준 칠보 가지 노리개였다. 진흙과 재에 뒤범벅이 되어 뒹굴고 있었다.

반여는 그것을 집어 들었다.

“우은아.”

주변에 없다. 집안에도 없다. 집 주변에도 없다.

여기서 비명을 지르던 그 아이가 대체 어디로 갔단 말인가. 도망쳤나? 숨었나? 하지만 도망쳤으면 그가 모르도록 멀리 갔을 리 없고 숨었으면 금방 알 수 있을 것이다.

게다가 지금 별채도 텅 비어 명헌도 없다. 조금 전 반여가 흉개인지 들개인지 하고 싸우는 중에 녀석답지 않게 도망치기를 택한 것이다. 평소의 명헌이라면 분명 뒤에서 후려갈겼을 터인데.

녀석이 반여의 뒤통수보다 더 중요하게 여길 게 무엇이던가.

그건 세상에 하나뿐이다.

화가 치민다.

여태 명헌에게 화가 난 것을 다 합친 것보다 더욱 화가 났다. 정말이지, 지금처럼 그를 갈가리 찢고 주먹으로 다져 주고 싶은 적도 없다.

"너를……."

반여가 말했다.

"찾아야겠다."

『공후연』 2권에 계속……